宝刀

茅盾文学奖获奖者小说丛书

阿来
张学昕 编

江苏凤凰文艺出版社
JIANGSU PHOENIX LITERATURE AND ART PUBLISHING, LTD

图书在版编目（C I P）数据

宝刀 / 阿来著. — 南京：江苏凤凰文艺出版社，2017.4

（茅盾文学奖获奖者小说丛书）

ISBN 978-7-5399-9493-2

Ⅰ. ①宝… Ⅱ. ①阿… Ⅲ. ①中篇小说－小说集－中国－当代②短篇小说－小说集－中国－当代 Ⅳ.①I247.7

中国版本图书馆 CIP 数据核字(2016)第 171354 号

书　　名	宝刀
著　　者	阿　来
责任编辑	蔡晓妮
责任校对	黄　婷　王娜娜　史誉遐　刘　娜
出版发行	凤凰出版传媒股份有限公司 江苏凤凰文艺出版社
出版社地址	南京市中央路 165 号，邮编：210009
出版社网址	http://www.jswenyi.com
经　　销	凤凰出版传媒股份有限公司
印　　刷	江苏凤凰新华印务有限公司
开　　本	880×1230 毫米　1/32
印　　张	9.5
字　　数	220 千字
版　　次	2017 年 4 月第 1 版　2017 年 4 月第 1 次印刷
标准书号	ISBN　978-7-5399-9493-2
定　　价	39.00 元

目　录

宝　刀

一

我从乡下回城里，登上长途班车，看见一个熟悉的身影。事情就这样开始了。那人是我和妻子韩月在民族学院的同学，是个藏汉混血儿，名字叫作刘晋藏，而且，他还是韩月的初恋情人。

都说，女人永远不会忘记初恋情人，韩月是不是时常想起刘晋藏，我没有问过，我倒是一直想忘记这个人。我想就当没看见他，不想他却对我露出了灿烂的笑容。他的手热情有力，就像亲密朋友多年不见。

其实，我们之间并不存在什么亲密关系。读书时，我们不在一个系。虽然同是一个地方出去的，但他老子在军分区有相当职位，我跟这种人掺和不到一块。刘晋藏身上带着干部子弟常有的那种对什么都满不在乎的做派：有钱下馆子喝酒，频繁地变换女朋友，在社会上有些不正经的三朋四友。好多不错的女同学却都喜欢他们，韩月就是那些女同学中的一个。我知道韩月，是我们班上一个女同学为了刘晋藏跟她在咖啡屋撕扯了一番，韩月因为被扯掉一绺头发成了爱情上的胜利者。她跟刘晋藏的事比他那些前任女友更轰轰烈烈。直到快毕业时，刘晋藏因为卷进一起倒卖文物案被拘留。后来靠他当政委的父亲活动，没有判刑，学籍却被开除了。

韩月在民族学院里是少数民族，汉族，常常在联欢会上弹一段琵琶。关于她，在学校里我就知道这么多。也是因为刘晋藏是出风头的人物，她也连带着有些知名度。

我跟韩月是在一起分配到这个自治州政府所在地小城时认识的。

刚刚到达小城的那天，在刺眼的骄阳下走下蒙满尘土的长途汽车，我才认出头上一直蒙着红纱巾的姑娘竟是学院里的风流人物。她提着一只很大的皮箱，整个身子都为了和那只皮箱保持平衡而扭曲了。我从她手里接过了箱子，她道了谢。我问："里面有你的琵琶吗？"

"我以为到了一个人也不认识的地方。"她说。

我们就这样正式认识了。

两年后，她成了我的妻子。我没有提过刘晋藏，她当然不会以为我不知道那个人。

现在，这个人却出现在我的面前。穿着新潮但长时间没有替换的衣服，还是像过去一样，说起话来高声大嗓。他拉住我的手，热烈地摇晃："老同学，混得不错吧，当科长还是局长了？"

"坐这种车会是什么长？看来，你的生意也不怎么样，不然，也该有自己的车了。"

他很爽朗地说："是啊，目前是这样，但这种情况马上就要改变了。"他说，这次重回故地，是来找一个项目，有港商答应只要他找到项目，就立即投资，交给他来经营管理。他十分大气地拍拍我的肩膀，说："怎么样，到时候来帮忙，大家一起干吧！"这一路，刘晋藏都在谈生意。车窗外掠过一道瀑布，他就说办旅行社。看到开花的野樱桃，他想办野生果品厂。挑野菜的女人们坐在路边树荫下，他又要从事绿色食品开发与出口。我不相信他会办成其中任何一件，却佩服他这么些年来，一事无成，脑子里却能像冒气泡一样冒出那么多想法，而且还能为每一个想法激动不已。

最后，他从腰里摸出了一把古董级的藏刀，让我猜猜有多少年头。想起他曾涉嫌文物案，我说："这才是你此行的目的。"

他否认了，说："第一是找项目，顺便收购了一两把有年头的藏刀。"

我问一把刀能赚多少，他说纯粹是为了收藏。他还给我讲了些判定藏刀年代与工艺的知识，这使我感到多少有些兴趣。

突然，他搂住了我的肩膀："这回，我们是真正的朋友了。"

弄得我身上起了点疙瘩。

到了目的地，该分手时，他却说："不请我到你家去看看吗？"

他是讨厌的，又是不可抗拒的。

韩月打开门，看见旧情人一下站在面前，十分慌张。平时，她心里如何我不知道，外表上总是从容镇静的。就连我跟她第一次亲吻，她也在中间找到一个间隙，平静地对我说："你不会说我欺骗你，因为你了解我的过去……"倒是我急急忙忙用嘴唇把她下面的话堵了回去。第一次上床时也是一样，我手忙脚乱地进去了，她依然找到间隙说："现在你知道我不是……"我又用嘴唇把她下半句话堵了回去。

女主人举措失常，空洞的眼神散失在灯光下。倒是客人落落大方，他频频举杯祝酒，每次都有得体的祝词。到后来，酒与祝词的共同作用消除了这对旧情人相会带给我的痛楚。刘晋藏虽然在这个小城出生，但他在军分区当官的父亲已经离休，到省城去安度晚年了。他说："我在这里没有朋友，就是老头子在，我也不去找他。"

这一来，我们就非收容他不可了。

这个小城，是中西部省份的西部，一个让人不愿久待的地方。人员流失带来一个优点，住房不紧张。结婚后，单位分给韩月的房子就一直空在那里，还保留着她单身时的家具、床铺、锅碗瓢盆。我把刘晋藏送去那边，天上挂着一轮很大的月亮。他突然问我："朋友，告诉我，你有过几个女人？"

我不明白他问我这话是什么意思，也不愿意实打实地回答他，迄今为止只有韩月一个。

"你至少有三个女人，不然，你不会看着我跟韩月会面，还这么大度。"进了屋，他在床边坐下，拍拍枕头，"这里肯定是你平时约情人的地方。"

我差点说这是韩月的房子，韩月的床，但这话终于没有出口。

刘晋藏从包里取出了几把藏刀。在车上，他只给我看了其中一把。现在，他把这些刀取出来，轻手轻脚，像是从襁褓里抱出熟睡的婴儿。他把墙上挂着的几幅画取下来，把刀子挂上去，说，入睡前看着这些刀子，心里会踏实一些，他说："也许，我还能梦见一把更好的刀。"

韩月很快就恢复了正常，对待旧日情人，完全像对我那些喝酒吃肉的朋友一样，不温不火。她几乎没有朋友。照她的说法："酒肉朋友，酒肉朋友，我不喝酒，也不喜欢吃肉，怎么会有朋友。"

刘晋藏常来吃饭，来谈他那些多半不会实现的目的。越来越多的时候，是谈他的刀子。有时，他消失几天，再出现时，肯定又寻访到一把有年头的好刀。在这个初春,在山间各种花朵次第开放的季节,我见过的好刀,比我三十年来所见过的都多。我学会了把刀从鞘中抽出来,试试锋刃,看看过去不知名的杰出匠人在刀身上留下的绝不重复的特殊标记。

二

我是独子,父母去世后,舅舅就是直系亲属中最近的亲了。他出了家,一直在老家一座规模不大,据说又是非有不可的小庙里修行。这些年,有时也到小城后边山上的大寺庙挂单。舅舅在喇嘛中算是旁门左道,虽然给释迦牟尼佛上香磕头,却不通一部最基本的佛典。他通的是咒魔之术,有相当的功力,在我们这个地方有相当名气。

刘晋藏想和我舅舅交个朋友。

见面的那天,刘晋藏提了两瓶酒,喇嘛舅舅笑眯眯地收下了。他既然被人看成了左道旁门,有时,把脸喝得红红地坐在屋外晒太阳,也不会有人大惊小怪。舅舅并不因为喝了别人的酒而放弃原则,他说:"侄子的朋友不能做我的朋友,最多也就跟我侄子一样。"

刘晋藏很扫兴,悻悻地走下寺庙前灰色的石阶。舅舅叫住我说:"你的朋友一身刀光。"

我身上寒凛凛地,像是自己也被一身刀光裹住了。

舅舅却又安慰我说,不要紧的,那些刀子都已经过劫数,只是刀子本身,不再带有刀子的使命和人的仇恨与野心了。

我追上刘晋藏,把舅舅的话告诉了他。他没有说什么,而是带我去看他的收藏。他叫我在床边坐下,脸上升起一种近乎庄严的神情,说:

“好吧，看看我们的刀子吧。”他从床下拉出一个旧纸箱，从中拿出一只塌了帮的旧靴子，从靴筒里掏出一把钥匙，打开了上了锁的里屋。正是太阳下落的时候，外面，阳光格外地金黄明亮，屋子里却很晦暗。里屋没有开灯，却被一种幽微的光芒照亮了。我记得韩月住在这里时，她第一次在我面前赤裸身体，我也是这样的感觉，觉得整个世界都笼罩着静谧而幽深的光芒。刀子错错落落地挂在一面墙上，却给人一种满屋都是刀子的感觉。

他送我出来时，投在身上的是路灯光芒，却有一轮月亮挂在天上。刘晋藏说：“你该给州长热线打个电话，建议有月亮的晚上不要给路灯送电。”

我说：“就是不搞项目，你也狠赚了一笔。”

刘晋藏自得地一笑，说：“也可以算是一个收藏家了。”他好像在不经意间，就有了那么多收藏。我知道他那些收藏的价值，那几乎可以概括出这一地区的历史、工艺史、冶炼史。

以至于有一天，刚从床上醒来，我便说：刀。

刀，这个词多么简洁，声音还没有出口，眼前便有道锋利刃口上一掠而过的光芒，像一线尖锐而清晰的痛楚。韩月替我翻了析梦的书，里面没有一句提到刀子的话。把书放回架上时，她才恍然说：“你是醒了才说的，不是梦嘛。”

我说：“是半梦半醒之间。”

她笑了：“是不是看上你朋友的收藏了？”

我嘴里说，哪里呀，心里却怀疑这可能是真的。

刀，我恍然间说出了这个字眼。它是那么锋利，从心上划过许久，才叫人感到一丝带着甘甜味道的痛楚。

中午，我没有回家，打电话把刘晋藏约出来，坐在人民剧场门口露天茶园的太阳伞下，就着奶酪喝扎啤。

我把那个字眼如何扎痛我的告诉了他，并准备受到嘲弄。

他只是一本正经地问："你是不是真的说了它，刀。"

"是。"

"是不是就只单单一个字：刀。"

"是。"

他猛拍一下手掌，他黑红的脸慢慢变白了，压低了声音："走，我们去找你喇嘛舅舅。"刚才还没有一丝云彩的天空飘来了大团乌云，云中几团闷雷滚过，豆大的雨水便噼噼啪啪落下来了，水雾带着尘土四处飞溅，这是高原的夏天里常常出现的天气。不一会儿，云收雨止，我们便向舅舅挂单的山坡上的喇嘛庙走去。庙前的石阶平常都是灰色的，雨水一浸，显出了滋润的赭红。踩在这样的石阶上步步登高，从日常的庸碌中超越而出的感觉油然而生。我把这感觉说给刘晋藏，他说："小意思。"

小意思是什么意思。

舅舅不在，庙里的住持说，最近，这个人在禅理上有些心得，回山里小庙静修去了。

夏天里的太阳光那么强烈，我跟刘晋藏坐在石阶上，水汽蒸腾而起，渗入到骨头里去了，人有些恍恍惚惚。石阶上红色慢慢褪去，眼前的万物都要被炽烈的阳光变成同一种颜色，一种刀锋光芒映照下的颜色。再下面一点，是不大，但却拥挤、喧闹的城市，街道上的车流与人流，使这个平躺着的城市，在眼前旋转起来了。我听见自己突然问刘晋藏："你那些刀子值好多钱？"

他笑了，说："我也不晓得具体值到多少，但肯定是很大的一笔。"

他还说，每把刀子都有个来历。

但我对那些故事不感兴趣。

"你可以没有兴趣，但我必须感兴趣，不然，这些刀子的拥有者，不会把刀子给我的，就是高价也不行，何况我还出不起多高的价钱。"

我喉咙深处发出了点声音，但连自己也没听清楚。

刘晋藏说："我送你其中八把刀子的故事，你写一本小说，关于刀的小说，不就成家了。"

我说："还差一篇，要九篇。"

九篇故事才能合成一本书，才符合我们民族的宇宙观，才是一种能够包容一切，预示无限的形式。我们共同认定，要写一本书，就要在形式上与这种观念相契合。突然，我眼前一亮，知道刘晋藏要说什么了。果然，他说："另外一篇刀子的故事，就要产生了，来找你舅舅就是为了这个。"

于是，我把刘晋藏搭在摩托后面，往山里去了。

三

山里，有一个小小的幽静的村子，是我的老家。

舅舅当住持的小庙在村子对面的山腰。

一年四季有大多数早晨，这座寺庙都隐在白色的雾气中间。庙子上方是牧场，再往上，便是山峰顶着永远的雪冠。庙子下面，是一堵壁立的红色悬崖。悬崖下面一个幽幽的深潭，潭边，是村子和包围着村子的麦田。村子里的每一天都是从女人们到泉边取水开始的。取水的女人装满了水桶，直起腰来，看见隐着寺庙的一团白雾，便说，今天是个好天。

好天就是晴天。

我们是晚上到的，早上，还没有起床，就听见取水回来的侄女说："今天是个好天。"

好天，可以上山去庙里。要是阴天上去，可能被雷电所伤。

我俩立即动身，出村的路上，一路碰见取水姑娘，她们都对陌生人露出灿烂的笑容。出了村子，一声声清脆的鸟鸣响在四周，硕大冰凉的露水落在脚面上，鞋子很快就湿透了。走到悬崖下仰望庙子的金顶时，我的眼皮怦怦地跳了几下，因为这个，我不想上去了。刘晋藏推我一把："你不是不信迷信吗？"

我说："那是在城里，现在是在乡下。"

"这里跟那里不一样，是吧。"刘晋藏替我把下半句话说出来，很得意，嚯嚯地笑了。他本来就笑得有些夸张，悬崖把他的笑声回应得更加夸张，嚯，嚯嚯，嚯，嚯嚯嚯，听这笑声，就知道他比我还信民间这些莫名其妙的禁忌，至少从他开始收罗刀子，听了些离奇的故事以后，就超过我迷信的程度了。上山的路紧贴着悬崖，有些很明显的阶梯，还有好多葛藤可以攀援。快到悬崖顶上时，路突然折向悬崖中间。整座悬崖是红色的，脚下的路却是一线深黑色，在红色岩石中间奋力向上蜿蜒。我听过这条路的传说。过去它是隐在红色岩石里面的，没有现形。那座小庙现在的位置上，是一对活生生的金羊。作为一个蒙昧而美好时代的标志，金羊背弃了森林里的藏族人，不知到什么地方去了。金山羊走后，夏天的炸雷便一次次粉碎高处的岩石，直到把这条黑色的带子剥离出来。原来，这是一条被困的龙。当它就要挣脱束缚时，村里人建起那座寺庙镇住了它。小时候，我仰望崖顶上那个世界，总是看见一个喇嘛赶着一小群羊上了寺后的草坡，那人就是我出了家的舅舅。我问过舅舅，这是一条好龙还是一条恶龙。舅舅说，他也不知道，他只知道师父教给他的咒术与秘法，要永远地镇住它。

也是我小时候，一个地质队来到村里，离开时，开了一个会给大家破除迷信，说，整座悬崖都是铁矿，而那条黑色的龙不是龙，是石头里面有更多的铁，更多的和周围的铁不一样的铁。

放着一群羊的喇嘛那时还年轻，说："既然崖石上的红色是铁，那条路怎么没有变成更红的颜色，红得就像现在的中国？"

好心的翻译没把这句话翻过去，所以，没有得到更明确的回答。

舅舅又说："是一条龙，叫我们的庙子镇住了。"

这句话翻过去了。得到的回答是，那不是科学，今天，科学已经把迷信破除了。地质队离开后，村里人说，科学回他们自己的地方去了，迷信还在老地方。

想着这些事情，我们登上了崖顶。

舅舅静静地坐在庙前，额头上亮闪闪的是早晨的阳光。

舅舅说："看来有什么事要发生，这里也该有点什么事情发生了。你们来了，肯定有什么事情要发生了。"

老喇嘛有些故作神秘，看刘晋藏的样子，他也有了神秘的感觉，想来是收藏了几把尘缘已尽的刀子的缘故吧。我要是也那样，就显得做作了，于是开口说："我的朋友专门来请教你，我为什么会说那个字。"

舅舅问："什么字？"

刘晋藏抢在了前面，说："刀。"随着那个字出口，一种庄严而崇敬的感情浮上了他鼻梁很高、颧骨很高的脸，这个混血儿，长了一张综合了汉族人与藏族人优点的脸。

我又被那个字眼的刃口划伤了，虽然，我说不出来伤在心头还是伤在身上。看看天空，阳光蜂拥而来，都是刀刃上锋利的光芒。

悬崖下面，我出生的小村子沉浸在蓝色的风岚里。注视着这片幽深的蓝色，还没有离开这个村子，还没有接触到外面世界的那些感觉又复活了。那种感觉里的世界是一个神秘世界，天界里有神灵，森林里有林妖，悬崖顶上曾经有一对金羊，金羊走后，那条黑色的龙就显形了，这座不起眼的小庙将其镇住了整整八百余年。

舅舅好像没有听懂我们的问题，对刘晋藏说："你那些刀，尘劫已尽了。"

这时，庙里鼓声大作，一场法事开始了。舅舅说："我请来了不少帮手呢，脚下这家伙，最近动静大得很，我要进去做法事了。"

我对着喇嘛舅舅的背影喊了一声。

他回过头来，说："你们两个俗人回村里吧，这条龙怕是要显形了。"

他一挥手，红衣喇嘛们奏起了威武的音乐，高亢的唢呐声和沉闷的鼓声把我的声音压下去了，连我自己都没有听清楚自己又喊了句什么。

走在黑色矿脉上，我觉得像是在刀背上行走一样。

下了山，两人坐在深潭边喘气，刘晋藏说："这一切跟刀有什么关系？"

"是啊，跟我们想知道的事有什么关系？"

"你他妈是不是真正说了那个字？"

"日他妈现在心头还有被划破了皮又没有见血的感觉。"

刘晋藏把一段枯枝投进水里，圆形的涟漪一圈圈荡开，水里的天空摇晃起来，水里倒立着的悬崖也晃动起来。在水里，悬崖上的黑色矿脉也是向下的，一动起来，就真的是一条龙了，头，就冲着我们，张嘴的地方，让人看到了很幽深的喉咙，恍然间，龙大张着嘴对着更加幽深的潭底叫了一声。它是冲着水底叫的，但隆隆的响声却来自我们背后的天空。抬头看天，只听见从崖顶的小庙里传来了咚咚的鼓声和凄厉的唢呐声。我们都没有问对方是否听见了龙吟，我跟他都不是要把自己弄得十分敏感的那种人。

村子里还是寻常景象。鸡站在篱墙上，猪躺在圈里，姑娘们坐在核桃树阴下面，铁匠铺里，叮叮咣咣，传来打铁的声响。这才是真实的生活，这才是真正的人生的景象。走到铁匠铺门口时，回头望望悬崖上那道虬曲的黑色矿脉，我说："我们是中了什么邪了？"

刘晋藏说："回去，找个买主，把那些刀子出手算了。"

"发了财可要请吃饭。"

刘晋藏说这没有问题，他还要我答应让他给韩月买点时装或者首饰，说跟她耍朋友时，穷，连件像样的东西都没有送过她。

我笑笑，觉得脸上皮肤发紧，嘴里还是说："行啊，只要不是订婚戒指。"

"要是呢？"他问，脸上是开玩笑的表情，又好像并不完全是。

我换了很认真的表情，说："按这里的方式，我只好杀了你。"

"你还是个野蛮人。"

"好好感受一下这里的气氛，就知道我说的不是假话。"

走进铁匠铺，那个早年风流的铁匠围着一张皮围裙，壮硕的身子已经枯了，一粒粒脊骨像要破皮而出。

他抬头看我一眼，就像我从来没有离开过村子，就像我们昨天刚刚分手一样，说："小子过来，帮我拉拉风箱。"

风箱还是当年的那只，连暗红色的樱桃木把也还是当年的，只不过已经磨得很细了，却比原来更加温暖光滑。风箱啪嗒啪嗒地响起来，铁匠历历可数的肋条下，两片肺叶牵动着，我差点以为，那是由我的手拉动的，老头笑了："我知道你小子想的是什么，你不要可怜我。"他搓搓手，两只粗糙的手发出沙沙的响声，"我这副身板还要活些时候呢。"

铁匠不是本村人。在过去，也就是几十年前，手艺人从来就不会待在一个地方。他到这个村子时，共产党也到了。共产党为每个人都安排一个固定的地方，铁匠就留在了这个村子。也就是从那一天起，他就不再是专业的铁匠了。过去，手艺人四处流动，除了他们有一颗流浪的心，还因为只有这样，才能找到足够的工作。平措没有生疏铁匠手艺，又学会了所有的农活，成了孩子们最喜欢的人，我也是这些孩子中的一个。他没有家，却宣称自己有许多孩子，他找我舅舅用藏文，找村小老师用汉文写了不少信给不同地方的女人，信里都是一个内容，告诉这些女人，要是生下了他的儿子，就在什么地方来见他，他要为这些儿子每人打一把佩刀。许多年过去了，没有一个儿子来看他，他也没有打过一把真正的男人的佩刀。他打的刀都是用来砍柴、割草、切菜，没有一把像模像样的男人的佩刀。他说还要活些时候，我想，他是还没有死心，还在等儿子来找他。

我用力拉动风箱，幽蓝的火苗从炉子中间升起来。我问："平措师傅还在等儿子吗？"

他看看刘晋藏，笑了："我还以为你给我带儿子来了呢。"

他从红炉里夹出烧得通红的铁，那铁经过两三次锻打，已经有点形状了。他拿着铁锤敲打起来，叮咣，叮咣！像是要打一把锄头，接着，他把锤子一偏，柔软的铁块又被锻打成扁长的东西，那就是一把刀子的雏形了。我朋友的目光给牢牢地拴在了正在成形的铁块上。铁匠手里的锤子又改变了落点，铁块又回复到刚出炉时那什么都不是的样子了。

刘晋藏吁出一口长气："平措师傅不是要打一把刀吗，怎么不打了。"

铁匠气咻咻地说："我都不知道自己要干什么，你怎么能知道？"

刘晋藏眼里闪出了狂热的神情，说："我有好多最漂亮的刀子，你给我再打一把，我配得到你的刀子。"

铁匠却转脸对我说："你的朋友很有意思。封炉吧。"

我像小时候一样，替他做了差事，脸上还带着受宠若惊的表情。锁好铺子门，他说，有人送了他一坛新酿的酒。我知道，这就是寂寞的老铁匠的邀请了。老铁匠还从别人家里讨来一些新鲜的蜂蜜。

这天，我们都醉了。

我和刘晋藏不停地说着刀，刀子。

夕阳西下，庙子里的鼓和唢呐又响起来。红色悬崖隐入浓重的山影中，黑龙的身影模糊不清了。

铁匠把着我的手说："小子，我流浪四方的时候，真的有过许多女人，也该有几个儿子，他们怎么不来找我？"

"你一定要为儿子打了刀子，才肯给别人打？"

他生气了，说："你小子以为进了城，就比别人聪明吗？"

四

我们起得晚，头天喝得太多了。

我们在泉边洗了脸，绕着村子转了一圈，铁匠铺子落着锁，看来铁匠也醉得不轻。天气很热，是会引来暴雨甚至冰雹的那种热法。两个人嘴里都说该回去了，却把身子躺在核桃树阴下，红色悬崖在阳光照耀下像是抖动的火焰，刘晋藏睡着了。

我似睡非睡，闭着眼，却听见雷电滚动，然后响亮地爆炸，听见硕大的雨点密密麻麻地砸在树叶上，杂沓的脚步噼噼啪啪跑向村外，我都没有睁开眼睛。我迷迷糊糊地想，晴天梦见下雨，于是闭着眼睛问刘晋藏："晴天梦见下雨是什么意思？"

没有人回答。我睁开眼睛，发现他不在身边。阳光照着树上新结的露珠，闪闪发光，崖顶小庙的鼓声停了。村子空空荡荡，见不到一个人影。在铁匠铺铁匠正在给炉子点火，潮湿的煤炭燃烧时散发出浓烈的火药味。铁匠告诉我，雷落在崖顶了。

这有什么稀奇呢，雷落在树上，落在崖上，夏天里的雷，总要落在什么地方。小时候，我还见过雷落在人身上。我对铁匠说："给我朋友打把刀吧。"

铁匠说，"在山里，男人带一把刀是有用处的，你们在城里带一把刀有什么用处？"

如果我说，是为了挂在墙上，每天都看看，铁匠肯定不会理解，何况刘晋藏肯定不会把它们一直挂在墙上。这时，风从红色悬崖下的深潭上吹过来，带来了许多的喧闹声。

铁匠说："小子，还是看热闹去吧。"

我就往热闹的地方去了。在悬崖下沉静的潭水边，人们十分激动，原来是雷落在黑龙头上了。舅舅带着几个喇嘛从山上下来，宣称是他们叫雷落在了龙头上，不然，这恶龙飞起来，世上就有一场劫难了。刘晋藏比喇嘛们更是言之凿凿，他告诉我，当我在核桃树下进入梦乡时，那黑龙便蠢蠢欲动了，这时，晴朗的天空中，飘来了湿润带电的云团，抛下三个炸雷，把孽龙的头炸掉了。

舅舅补充说，被雷炸掉的龙头掉下悬崖，沉到深潭里去了。

眼前，蓝幽幽的潭水深不可测，我对舅舅说，反正没人敢下潭去。舅舅气得浑身哆嗦。这时，刘晋藏脱光了衣服，站在潭边了。这个勇敢的人面对深不可测的潭水，像树叶一样迎风战抖。借铁匠给的一大口酒壮胆，他牵着一段绳子，通一声跳下了深潭。在姑娘深受刺激的尖叫声里，溅起的水花落定，我的朋友消失在水下。先还看见他双腿在水中一分一合，像一只蛤蟆；后来，除了一圈圈涟漪，就什么都看不见了。过了很久，他突然在对岸的悬崖下露了头，趴在崖石上，猛烈地咳嗽，手里已经没有绳子了。他再一次扎向了潭底，直到人们以为他已做了水下龙宫永久的客人时，才从我们脚边浮了上来。姑娘们又一次像被他占有了一样发出尖利的叫声。舅舅用一壶烧酒搽遍他全身，才使他暖和过来。他的第一句话是："拉吧，绳子。"

绳子拴着的东西快露出水面时，大家都停下了，一种非常肃穆的气氛笼罩了水面。下面的东西，在靠岸很近的地方又沉下去了。舅舅站在水边很久，下定了决心："请它现身吧！"

男人们发一声喊，那东西就拉上来了。

这东西确实是被雷从黑龙头上打下来的。这块重新凝结的石头失去了原来的坚实，变成了一大块多孔的蜂窝状的东西，很酥脆的样子。

铁匠走上前来，用铁锤轻轻一敲，松脆的蜂巢样的石头并没有解体，却发出钟磬般的声响，铮铮然，在潭水和悬崖之间回荡。

我说："原来是一块铁。"

舅舅不大高兴，狠狠地瞪了我一眼。

铁匠带点讨好的神情对我说："孽障被法力变成了一坨生铁。"

舅舅高兴了，说："它的魂魄已经消散了，成了一块铁，它是你铁匠的了。"

人群慢慢散开了。我跟刘晋藏拿锤子你一下我一下地敲着，听清脆声音在悬崖下回荡。叮哐！叮哐！

舅舅又上山去了。

那块蜂窝状的顽铁很快被我们用大锤敲成了碎块，堆在铁匠铺中央的黄泥地上了。我们坐在铁匠铺门前的空地上，就着生葱吃麦面饼子，望着太阳从山边放射出的夺目光芒，铁匠拿出一个小瓶子，我们又喝了一点解酒的酒。就在这会儿，黑夜降临了，周围山上森林的风声像大群的野兽低声咆哮，气温也开始下降，直到生起炉子，我们才重新暖和过来。这次，铁匠生的是另一口炉子。这口红炉其实是一只与火口直接相通的陶土坩埚。铁匠不要我们插手任何事情。他把砸碎的龙头残骸与火力最强的木炭一层层相间着放进坩埚里，然后，往手心啐一口唾沫，拉动了风箱。幽蓝的火苗一下下蹿起来，啪嗒，啪嗒，好像整个世界都由这只风箱鼓动着，有节律地呼吸。铁匠指着放在墙角的一张毡子说："我要是你们，就会眯上一会儿。"

我不想在这时候，在那么脏的毡子上睡觉，刘晋藏也是一副不情愿的样子，但我们还是在幽暗的墙角，在毡子上躺下了。铁匠仍然端坐不动，一下，一下，拉动风箱，啪嗒，啪嗒，仿佛是他胸腔下那对肺叶扇动的声音。幽蓝的火苗呼呼地蹿动，世界就在这炉火苗照耀着的地方，变得统一谐和，没有许多的分野，乡村与城市，科学与迷信，男人与女人，所有这些界限都消失了，消失了……

等我一睁开眼睛，正看见铁水从炉子下面缓缓淌出来，眼前的一切都被铁水映红了。铁水淌进一个专门的槽子里，发出蛇吐芯子那种咝咝声。炼第二炉铁，是我拉的风箱。铁匠自己在毡子上躺下，很快就睡着了。出第二炉铁水时，天快亮了。清脆的鸟鸣声此起彼伏。铁匠醒来，铁水的红光下，显现出一张非常幸福的脸。

“我梦见儿子了，”他说，“我梦见儿子来看我了。”

刘晋藏蹲在渐渐冷却的铁水旁，说：“你用什么给儿子做礼品？”

铁匠看着渐渐黯淡的红色铁块，说：“这么多年，我都想梦见儿子的脸，这么多年，每当要看清楚时，就醒来了。”

刘晋藏又一次重复他的问题。

铁匠说：“你们出去吧，我要再睡一会儿，我一定要看见儿子的脸。”

五

走出铁匠铺，眼前的情景使我们大吃一惊：全村的人都聚集在铁匠铺外，看他们困倦而又兴奋的神情，看他们头顶上的露水，这些人在这里站了整整一个晚上！

没有人相信我们在铁匠铺里过了一个十分安静的夜晚。他们说，一整夜都从铁匠铺里传来山摇地动的龙吟。

刘晋藏问我知不知道身在何处。我想我不太知道。

他问我相不相信超自然的东西。我想我愿意相信有这种东西。

得知龙头被炼成了生铁，人们把我们当成了英雄，连喇嘛舅舅也用敬畏的眼光看着我。昨夜，他也听到龙吟，受到惊动下山来了。他说，正是我们什么也不信，才把孽龙最后制伏了，而他的法力只够召来雷电。村里人送来了很多酒肉，但我们俩却没有一点胃口。刚刚经历了不可思议的奇迹，马上就像平常一样吃喝肯定有点困难。我们不能享用村里人贡献的东西，使他们感到无所适从。舅舅代表他们说：“你俩总该要点什么吧？”那声调已经近乎于乞求。

好个刘晋藏，我被眼前这情景弄得头晕目眩了，他却目光炯炯地盯住了喇嘛腰间的一把佩刀。

确切地说，这只是一只空空的刀鞘，从我记事起，就是喇嘛舅舅的宝贝。喇嘛不准佩刀，舅舅常常脱去袈裟，换上平常的百姓服装，就是为了在腰间悬一把空空的刀鞘。小时候，我问舅舅，鞘中的刀去了什么地方。他声称是插在一个妖魔背心上，被带到另一个世界去了。这是一把纯银的刀鞘。这么些年来，喇嘛舅舅得到什么宝石都镶嵌在上面，几乎没有什么空着的地方了。

刘晋藏的眼光落在他腰上，我对舅舅说："他看上你的宝贝了。"

舅舅呻吟了一声，说："你知道吗，这把刀已经有六百年历史了。"是他把自己看成这一村人的代表，是他代表他们做出一定要向这个藏刀收藏家贡献什么的表情。看着他痛苦地把手伸向腰间，我都开始仇恨自己的朋友了。但这个家伙，做出一点不上心、一点不懂得这刀鞘价值的样子，望着远处什么地方，脸上却忍不住露出了得意的笑容。

他若无其事地接过刀鞘，还是一个劲地傻笑。

舅舅牙疼似的从齿缝挤出了声音："也好，我的尘缘终于完全解除了，谢谢侄儿，谢谢侄儿的朋友。"说完，便走出人群，向红色悬崖走去，回山上的小庙去了。

而刘晋藏竟然说："要是没有刀，这空空的刀鞘恐怕没有什么意思。"

我的拳头重重地落在他脸上。

刘晋藏好半天才坐起来，一点点用青草揩去了脸上的血，缓缓地说："朋友，是为了你韩月还是你舅舅？要不要再来一下，要是你心里摆不平，就再来一下。"他把脸凑过来，他不说，你心里不好受就再来一下，那样的话，我也许会再来一下。可他偏偏说，要是你心里摆不平，就来一下，这样，我连半下也不能来了。

我说："算了，我们该回去了，这里不是你久待的地方。"

结果是，两个人傻坐一阵，又回到铁匠铺里了。

铁匠并不在做梦，他正在炉子上进一步把铁炼熟。这一下午，炉子里换了三种木炭，最后，生铁终于变成了熟铁。冷却后铁泛着蓝光，敲一下，声音响亮。铁匠笑了，说："好铁。"

铁匠抽了两袋烟，望着天空，开始说话了："我们这一行，从来不在一个固定的地方，也就没有一个固定的家，遇到三个走长路的，必定有两个是手艺人。那真是匠人的时代啊！"

六

那天，匠人在我们眼前复活了一个过去了的时代。

我们被铁匠的故事深深吸引住了。

他说，在那个匠人时代，他的父亲就是一个匠人。长大后，他去寻找这个匠人。他母亲说他的父亲是个木匠，但他走进一个铁匠铺讨口热茶喝时，那个铁匠说，天哪，我的儿子找我来了。他也没有过多计较，便让自己做了铁匠的儿子，其实是做了铁匠的徒弟。然后，自己又当了师傅，带着手艺走过一个又一个河谷，一片又一片群山，一路播撒了男欢女爱的种子。最后，他问我们："我好过的那些女人，总不会一个儿子不生吧。"

刘晋藏却问："为什么认铁匠做父亲，你明明知道他不是木匠。"

"那是冬天，炉火边很暖和。"

我和刘晋藏忍不住笑了。

铁匠自己也笑了，但乌云很快又罩住了他的脸，他说："为什么今天这样的时候也不能看见儿子的脸？"

刘晋藏追问："今天这时候是什么时候？"

铁匠想了想说："总归是有点不一般。"

我想安慰一下铁匠："来不来看你，都一样是你的儿子。"

铁匠说："不来看我，怎么会是我的儿子呢。要是我儿子为什么不来看我？"

刘晋藏冷峻地向铁匠指出，他过去是想当匠人才去找父亲，所以，遇到铁匠就再也没有去找那个木匠。现在儿子不来找他是因为，这个世界上再没有一个年轻人想当铁匠，想投入一个正在消亡的行业了。

在此之前，肯定没有人如此直接地向铁匠揭示过事情的本来面目，刘晋藏勇敢地充任了这个角色。铁匠望着自己炭一样黑、生铁一样粗硬的手出了半天神。我想，铁匠清醒过来立即就会把他赶出铁匠铺。可是，这个以脾气暴躁出名的老头只是自言自语地说，其实他心里早就明白了，却一直等着别人把这话说出来。老铁匠还说，要是早有人对他讲，他就早看开了，那样，要少好多个不眠之夜呀。

刘晋藏趁热打铁，说："看看吧，你将是最后的铁匠，最后的铁匠难道不该给世上留下样人们难以忘记的东西吗？"

铁匠没有自信心，认为自己是个普通匠人，手上从来没有出过众口传说的物件。

刘晋藏大声对我说："从你嘴里出来的那个字要应验了！"

铁匠转脸问我："你说了什么？"

我告诉他，不能认真，是我刚从床上醒来，还不十分清醒时说的。

刘晋藏锲而不舍，用很谦逊的口吻问铁匠，是不是这种状态下说出来的话才最有意思。

铁匠说:“对,有些算卦的人想有这种是自己又不是自己的状态还很不容易呢。”

刘晋藏摇摇我的肩膀:“把那个字说出来吧。”

铁匠又重复一次他的话。

我不愿意说,是觉得这会儿说出那个字肯定非常平淡无奇,就像平常我们无数次地说到这个字眼一样。我终于还是以一种冒险般的心情,说了“刀”。

本来,我是准备好,看着这个本该银光闪烁的字跌落地上,沾满这个平淡无奇世界上的尘土。但我的一生中,至少这天是个奇迹。那刀字出口时,效果犹如将真刀出鞘,锵啷啷凉飕飕闪过,是刃口上锋利无比的光芒。

看得出来,这个字眼,对铁匠、对刘晋藏都有同样的效果。

刘晋藏大喝一声:“好刀!”

铁匠一脸敬畏的神情,小声说:“我好像都看见了。”

我也想把这个字眼变成一件实在的东西,便对铁匠说:“那你就照看见的样子打一把,那样,没有儿子后人也不会忘记你了。”

老铁匠不很自信,说他从没有打过一把叫人称赞的刀子。

刘晋藏把小酒瓶递到铁匠手上,指着正在冷却的铁说:“这可是上天送来的,难道能用来打挖粪的锄头吗?”

“本来,就是上天不送这铁来,我也准备打一把刀给儿子做见面礼。”

刘晋藏很粗暴地说:“你要再不打出来,说不定今天晚上就死在床上了。”

铁匠灌自己一大口酒,竟然说:“你是个说真话的朋友,我不会就这样去啃黄土的。不过，现在我想睡了，明天再动手吧。”

七

晚上，睡在脚那头的刘晋藏问我：“明天，老头会打出一把好刀来吗？”

我说：“谁知道。”

他说：“你不要不舒服，要是等到一把好刀，我就把以前的收藏全部都转送给你。”

我没有说话。

他又说：“反正我把女朋友都拜托给你了。”这句话并不需要回答，我听着呼呼刮过屋顶的山风，想明天出世的刀子会给我们带来什么。他又开口了，问：“你说老实话，韩月有没有偶尔想我一下。”

我咬着牙说：“要是那把刀子已经在了的话，我就马上杀了你。”

刘晋藏说：“想杀人，这屋里有菜刀。城里砍人是西瓜刀，乡下砍人用柴刀就可以了，用好刀杀人是浪漫的古代。现在，好刀就是收藏，就是一笔好价钱。”

“那你也给了别人一笔好价钱？”

“我是穷人，穷得叮当响。”

“那你靠什么得到那些刀？”

“靠人家把我当成朋友。”

我不禁感到夜半的寒气直钻到背心里了。这家伙好像是猜出了我的心思，说：“我们俩可是真正的朋友，就是到死，你也是我的朋友，真正的朋友。”

这一来，弄得我不知说什么好了，只好说："睡吧，明天还要打刀。"

早晨，村里人家房前屋后的果树上大滴大滴的露珠被太阳照得熠熠闪光，清脆的鸟鸣悠长明亮。一只猎狗浑身被露水湿透，嘴里叼着一只毛色鲜艳的锦鸡出猎归来了。我的朋友看见了，马上就想动手去抢。我坚决把他拦住了，告诉他，在这个村子里，早上看见满载而归的猎人或猎狗，可以认为是好运气的开始。

他恋恋不舍地看着猎狗跑远，看着锦鸡身上五颜六色的光芒，嘀咕道："但愿如此吧。"

今天，铁匠刮了胡子，一张脸显得精神多了，红红的眼睛里有种格外灼人的光亮。

刘晋藏一步就跨到了风箱跟前，开头几下，他拉得不是很好，但很快就很顺畅，铁匠出去走了一圈，回来，夹起一块铁准备投进炉里，叹口气："看来，我这辈子真不会有儿子了。"

我心软了，说："再等等吧，说不定，一下就从大路转弯的地方冒出一个人来。"

铁匠再一次走出门去，望了望大路，很快就回来了，他坚决地把铁块投进炉子。艳红的火星飞溅，在空中噼噼啪啪爆响。刘晋藏起劲地拉动风箱，炉火呼呼上蹿，发出了旗帜招展时那种声响。眼前的景象不能说是奇异，但确实不大寻常。

铁匠说："难道不是你跟你朋友的要求吗？"

刘晋藏对铁匠说："别理他，他有时像个女人，总爱莫名其妙地担心什么。"

铁匠接下来的举动使我十分吃惊，他对刘晋藏眨眨眼，说："可能是因为他有个当喇嘛的舅舅吧。"

于是，两个人像中了邪一样，放肆地大笑。当他们两个举起锤子，开始把一块来历奇异的顽铁变成一把刀时，我走了出去，远远地望着村外静静的潭水。我从平静的潭水中看见红色悬崖，看见喇嘛舅舅从悬崖上失去了脑袋的黑龙身上下来。我望了一阵，不知道自己，铁匠，刘晋藏，还有舅舅，我们哪一个的生存方式更为真实，更接近这个世界本来的面目。更可笑的是，我们这些如此不同的人，怎么会搅在一起。

回到铁匠铺，那块铁还没有现出刀子的模样。

舅舅正从山上下来，那条黑龙一死，专门用来镇压的庙子就没有什么意义了，他一直想离开这座小庙，只是一种责任感使他留下，现在，黑龙已死，他的这个心愿终于可以实现了。

舅舅来到铁匠铺，围着炉子绕了几个圈子，炉子里铁正在火中变红变软。铁匠问他看出点名堂没有。舅舅说："我们村的铁匠还没有做出过什么使人惊奇的物件。"

红红的铁再次放上铁砧锻打，慢慢变出一把刀的形状，慢慢失去绯红的颜色，铁匠带着挑衅的神情用锤子敲出一长串很有节奏的声音。

喇嘛舅舅没有说什么，笑了笑，走开了。

舅舅再次出现时，已经牵上了他的毛驴，驴背上驮着他从庙里带下来的一点东西：无非是几卷经书，几件黄铜和白银制成的法器。他只是从这里路过，但铁匠把他叫住了："喇嘛不说点什么吗？"

舅舅把缰绳挽在鞍桥上，对毛驴说："先走着吧，我会赶上来。"毛驴便摇晃着脖子上的响铃，悠悠然往前去了。舅舅走进门来，喝了一大瓢水，指指红色悬崖顶上，说，原先，那里有一对金色的羊子时，人们是一种生活，后来，羊子走了，黑龙显身，人们又过上了一种生活。现在，龙被削去了脑袋夺走了魂魄，就什么都没有了，又是一种生活开始了。

本来，铁匠是想和喇嘛开开玩笑，不想喇嘛正正经经一大通话，把他给镇住了。而在过去，两个人见面，总是要开开玩笑的。舅舅说："要下雨了，我要赶路了。"说完，便追赶毛驴去了。

我们停下手里的活，听着叮叮咚咚的铜铃声慢慢响到谷口，又慢慢地消失。铁匠这才问："这老东西说又是一种生活，一种什么样的生活？"

刘晋藏说："就是什么都不信的生活。"

铁匠反驳刘晋藏，却又不太自信："人总要信点什么吧？不然怎么活？"

刘晋藏给了他个不屑于回答的笑容。

不知怎么，我心里突然涌起了怒火，没好气地对铁匠说："你有什么生活？指望儿子来找你吗？可你也知道他永远不会来。要是今天打了一把坏刀，你还可以等打出一把好刀，要是今天就打出好刀，就什么都指望不上了。"

铁匠把铁锤甩得飞快，火红的铁屑像他的怒气一样四处飞溅。他说："让我什么都不指望了吧，我今天就要打出好刀。"

刘晋藏趁热打铁，催铁匠赶快。

铁匠锤头一歪，一串艳红的铁屑飞进了刘晋藏的左眼。他惨叫一声，这才用手把眼睛捂住了，直挺挺倒在地上。

铁匠冷冷地说："眼睛伤了，又不是腿。"

刘晋藏并没有因为这句话站起来。

翻开他的眼皮，一小块薄薄的灰色铁皮赫然在目，铁匠伸出舌头，把铁屑舔了出来，清凉的泪水从刘晋藏眼中潸然而下。铁匠说："这会儿，就是哭了也没有人知道，好好哭一场吧。"

刘晋藏骂："我日你娘。"

铁匠还是说:“你这个人,肯定还是有伤心事的,想哭,就好好哭一场吧。这样,心里畅快了,还能保住眼睛。”

我们没有再去管那把不知能不能出世的刀子,一只实实在在的眼睛总比一把可能出现的好刀重要。

刘晋藏躺在铁匠家的门廊上,泪水长流不止。我也为朋友的眼睛担心,便把他的手紧紧握住。刘晋藏笑了,说:“你恨我,但你又是我真正的朋友。”

铁匠找来个正在哺乳的年轻女人。刘晋藏把好眼睛也闭上,说:“希望是个大奶子女人,我喜欢大奶子女人。”

铁匠附耳对他说:“是村里最漂亮的女人。”

这一天剩下的时间,刘晋藏都躺在那里,没有动窝,女人来了两三次,掏出硕大的乳房把奶汁挤进刘晋藏的眼睛。太阳下山时,刘晋藏坐起来,说:“眼睛里已经很清凉了,看来瞎不了。”

铁匠用一片清凉的大黄叶子把刘晋藏受伤的眼睛遮起来,那只好眼睛便闪烁着格外逼人的光芒。铁匠被那刀锋一样的光芒逼得把头转向苍茫的远山,幽幽地说:“看来,你真想得到一把好刀。”

刘晋藏的回答是:“眼睛也伤了,要是连刀子都得不到,就什么都没有得到。”这个让我暗暗羡慕嫉妒的家伙,声音里的绝望能使别人心头也产生痛楚。

起风了。

村前的潭水卷起了波浪,不高,却很有力量地拍击着红色悬崖,发出深远的声响。这声音是从过去,也是从未来传来的,只是我们听不出其中的意思罢了。这是没有办法的事情。人类能够听懂这些声音的时代早就逝去了。现在,我们连自己内心的声音也听不清楚。

我问铁匠为什么故意让铁屑溅进刘晋藏的眼睛。

铁匠的回答很有意思。

他说,因为这个人内心的欲望太强烈了,而不懂世上没有什么东西能随便得到。

八

早上的太阳把屋子照得明晃晃的,整座房子散发出干燥木头淡淡的香气。

铁匠已经走了。厨房里有做好的吃食:两只热乎乎的麦面馍,一小罐蜂蜜,一大壶奶茶,还有几块风干的牛肉。我想,平常铁匠的早餐绝对不会如此丰富。那女人又来了。我告诉她,眼睛需要奶水的人还在床上。她红了红脸,进去了。

走出屋子时,心口还在隐隐作痛。刘晋藏也跟来了,我们什么部没说。铁匠铺里一下就充满了非常严肃的气氛。铁块投进了炉膛,立即被旗帜般振动的火苗包围了,石槽里用来淬火的水被窗口投射进来的阳光染成了金色。盯着坚硬的黑色铁块在炉火中变红变软,心里的块垒似乎随之而融化了。

锤声响起,太阳特别明亮,天空格外湛蓝。

锤声再次响起,太阳更加明亮,天空更加湛蓝。

第一遍锤声响起时,铁匠手下已经初步出现了一把刀子的模样。村子出奇的安静,红色悬崖倒映在平静的潭水里,而天空中开始聚集满蓄着雨水与雷电的乌云。刀子终于完全成形了。刀子最后一次被投进炉火中,烧红了,淬了火,打磨出来,安上把,就真正是一把刀了,看上去,却没有任何特别之处。就在这个时候，乌云飘到了村子上空，带来了猛烈的旋风。铁匠铺顶上的木瓦一片又一片，在风中像羽毛一样飞扬。村里，男人们用火枪、用土炮向乌云射击，使雨水早点落下来，而不至于变成硕大的冰雹，毁掉果园与庄稼。乌云也以闪电和雷声作为回应，然后，大雨倾盆而下。炉子里的刀烧红了。一个炸雷就在头顶爆响。铁匠手一抖，通红的刀子就整个落在淬火的水里了。屋子里升腾起浓浓的水雾，我们互相都有些看不清楚了。狂风依然在头顶旋转，揭去头上一片又一片的木瓦，乌云带着粗大的雨脚向西移动，从云缝里，又可以看到一点阳光了。刀子再一次烧红出炉时，乌云已经带着雨水走远了，雷声在远处的山间滚动着，越来越远。红色悬崖和潭水之间，拱起了一弯艳丽的彩虹。就在刀子一点点嗞嗞地伸进水里淬火时，彩虹也越发艳丽，好像都飞到我们眼前来了。我看见铁匠止不住浑身颤抖，他嘴里不住地说："快，快点。"手上却一点不敢加快。刀身终于全部浸进水里了。出水的刀子通身闪着蓝幽幽的颜色，那是在云缝之中蜿蜒的闪电的颜色。铁匠冲出铁匠铺，跪在湿漉漉的草地上，冲着彩虹举起了刚刚出世的刀子。

就在我们眼前，幽蓝的刀身上，映出了潭上那道美丽的虹彩。

铁匠跪了很久，最后，潭上的彩虹消失了，而刀身上的彩虹却没有消退。虹彩带着金属的光芒，像是从刀身里渗出来的。

铁匠站起来，又咚一声倒下了。

刀子上的彩虹灿烂无比，铁匠却说不出话来了。

铁匠中风了，这是造就一把宝刀的代价。从此，这个失语的铁匠就享有永远的盛名了。

刘晋藏守着倒下的铁匠，我回了一趟城，请有点医术的舅舅回来给他治病。我回家时，韩月还没有上班。她还是十分平静的样子，没有追问我这几天去了什么地方。过去，我为此感到一个男人的幸福，现在，我想这是因为她并不真心爱我的缘故，于是，我又感到了一个男人的不幸福。我告诉她需要一个存折。她给了我一个，也没有问我要干什么。我在银行取了现金，便又上路了。

一路上，喇嘛舅舅在摩托车后座上大呼小叫，这样的速度在他看来是十分可怕的，是魔鬼的速度。

喇嘛的咒语与草药使铁匠从床上起来，却无法叫他再开口说话。而且，他的半边身子麻木了，走路跌跌撞撞，样子比醉了酒还要难看。铁匠起了床便直奔他简陋的铺子。那场风暴，揭光了铺子上的木瓦，后来的两场雨，把小小的屋子灌满了。铁砧，锤子，都变得锈迹斑斑。炉子被雨水淋垮了，红色的泥巴流出屋外，长长的一线，直到人来人往的路边。风箱被雨水泡胀，开裂了，几朵蘑菇，从木板缝里冒出来，撑开了色彩艳丽的大伞。

铁匠吃惊地张大了嘴巴。

要知道，四五天前，我们还在里面锻打一把宝刀呢。

刘晋藏采下那些菌子，说要好好烧一个汤喝。

铁匠从积水里捞出几样简单的工具。

那把刀，最后是在铁匠的门廊上完成的。他用锉刀细细地打出刃口，用珍藏的犀牛角做了刀把，又镶上一颗红宝石和七颗绿珊瑚石。铁匠脸上神采飞扬，他一扬手，刀便尖啸一声，像道闪电从我们面前划过，刀子深深地插在了柱子上，在上面闪烁着别样的光芒。

刘晋藏想把刀取下来，铁匠伸手没有拦住他。结果，刀刚一到手，他就把自己划伤了。舅舅把刀子甩回柱子上："这里不会有人跟你争这把刀，这样的刀，不是那个人是配不上的，反而要被它所伤。再说，你总要给他配上一个漂亮的刀鞘吧。”

刘晋藏这才想起从舅舅那里得来的刀鞘，刀和鞘居然严丝合缝，天造地设一般。

舅舅说：“年轻人，你配不上这把刀子。”

刘晋藏说：“我出现在这个村子里，刀才出现，怎么说我配不上！”

九

我很高兴刘晋藏在我面前露出了一回窘迫的样子。

铁匠打出了宝刀，因上天对一个匠人的谴责再不能开口说话了。但刘晋藏却一文不名，付不出一笔丰厚的报酬。还是我早有准备，给了铁匠两千块钱，铁匠便把刀子递到了我的手上。这下，刘晋藏的脸一下就变青了。

我跟铁匠碰碰额头，然后戴上头盔，发动了摩托。

刘晋藏立即跳上来，紧紧地抱住了我的腰，我感到他浑身都在战抖，那当然是为了宝刀还悬挂在我腰间的缘故。

一松离合器，摩托便在大路上飞奔起来，再一换挡，就不像是摩托车在飞奔，而是大路，是道路两旁的美丽风景扑面而来了，这种驾驭了局面的感觉真使人舒服。

刘晋藏大声喊道：“我以前的收藏都是你的！”

我把油门开大，用机器的轰鸣压住他的声音。

他再喊，我再把油门加大。

在城里韩月那套房子里，他指着这几个月收敛起来的刀子叫道：“都是你的了！”

“你不心疼吗?”

“我要得到一把真正的宝刀!”

“怎么见得你就该得到?”我并没有准备留下这把刀子给自己,只不过想开个玩笑。

我的朋友脸上却露出近乎疯狂的表情,他几乎是喊了起来:“我这辈子总该得到点什么,要是该的话,就是这把刀子,你给我!”

不等我给他,他就把刀子夺过去了。

而且,他脸上那种有点疯狂的表情让我害怕。我还不知道一个人的脸会被一种不可见的力量扭曲成这个样子。之后好多天,他都没有露面,没有来蹭饭。平常,他总是上我家来蹭饭的。

有一天,我用开玩笑的口吻对韩月说,自从刘晋藏来后,我们家的伙食大有改善。于是,我们就一连吃了三天食堂,连碗都是各洗各的。第四天晚上,她哭了。我承认了我的错误。其实,我心里知道自己并没有什么错。第五天,家里照常开伙,刘晋藏又出现了。我们喝了些酒,韩月对旧情人说,她的丈夫有两个缺点,使其不能成为一个男子汉。

我说,第一,她的丈夫要把什么事情都搞得很沉重;第二,不懂得女人的感情,弄不懂在女人那里爱情与友谊之间细微的分别。

她为我的自知之明而表扬了我。其实,这两条都是她平常指责我的。

这天晚上,她一反常态,在床上表现得相当陶醉和疯狂,说是喜欢丈夫身上新增了一种神秘感。

她想知道我怎么会有如此变化。

但我想,这么几天时间,一个人身心会不会产生如此的变化。

星期六,照例改善生活,不但加菜,而且有酒,刘晋藏自然准时出席。

在我看来，韩月和她的男友碰杯有些意味深长。当大家喝得有点晕晕乎乎时，韩月对刘晋藏提起她所感到的丈夫近来的变化。刘晋藏说："那是非常自然的，因为我们互相配合，算是都相当富有了。"

韩月这才知道了那几千块钱的去向，知道我拥有了相当的收藏。

刘晋藏醉了，说了一阵胡话便歪倒在沙发上。

韩月拉着我出门，去看如今已转到我名下的收藏。

那一墙壁的藏刀，使那间有些昏暗的屋子闪着一种特别的光亮。要是以一个专家的眼光去看，肯定可以看到一个文字历史并不十分发达的民族上千年的历史。要是个别的什么家，也许会看出更多的什么。

她悄声问我："这些都算得上是文物吧？"

我点点头。

她又悄声说："这些刀，它们就像正在做梦一样。"

"是在回忆过去。"我说，并且吃惊自己对她说话时有了一种冷峻的味道。

关上门，走到外面，亮晃晃的阳光刺得人有点睁不开眼睛，她又感叹道："这个人，不知道从哪里搜罗来这些东西。"

刘晋藏曾经说，这些刀子的数量正好是他有过的女人的数量，我把这话转告了她。

很长一段路，她都没有再说什么，我为自己这句话有点杀伤力而感到得意。到了楼下，韩月已上了两级楼梯，突然回过身来，居高临下地看着我，眼里慢慢沁出湿湿的光芒，说："是你跟他搅在了一起，而不是我把他找来的，你可以赶他走，也可以跟我分开，但不要那么耿耿于怀。"

一句话，弄得本来觉得占着上风的我，从下面仰望着她。

刘晋藏醉眼蒙眬，看看收拾碗筷的女主人，又看看我，把平常那种游戏人生的表情换过了。他脸上居然也会出现那么伤感的表情，是我没有料到的。他把住我的肩头，叫他的前女友好好爱现在的丈夫，他说："我们俩没有走到一起，我和许多女人都没有走到一起，那是好事，老头子一死，我就什么都不是了。你看现在我还有什么，我就剩下这一把刀了。"

他把刀从鞘里抽出来，刀子的光亮使刀身上的彩虹显得那么清晰耀眼，像是遇风就会从刀身上飞上天空一样。

真是一把宝刀！

把个不懂刀的女人也看呆了。

刘晋藏收刀的动作相当夸张，好像要把刀刺向自己的胸膛。

韩月尖叫一声，一摞碗摔出了一串清脆的声音。

刘晋藏手腕一翻，刀便奔向自己的鞘子，他的手又让这把刀拉出了一道口子。他手掌上的皮肉向外翻开，好一阵子，才慢慢沁出大颗大颗的血珠子。

韩月叫道："刀子伤着他了！"

刘晋藏也说："刀子把我伤着了！"

舅舅说过，那些现在已归我所有的刀已经了了尘劫，那也就是说，刀子一类的东西来到世间都有宿债要偿还，都会把锋刃奔向不同的生命，柴刀对树木，镰刀对青草，屠刀对牛羊，而宝刀，肯定会奔向人的生命。这把刀第一次出鞘就奔向了一只手。这只手伸出去抓住过许多东西，却已都失去了。这把来历不凡的刀既然来到了尘世，肯定要了却点什么。现在这样，可能只是一个小小的警告。

一把不平凡的刀，出现在一个极其平凡无聊的世界上，落在我们这样一些极其平凡而又充满各种欲念的人手里，不会有什么好结果。而过去的宝刀都握在英雄们手里，英雄和宝刀互相造就。我的心头又一次掠过了一道被锋利刀锋所伤的清晰的痛楚。

我问刘晋藏有没有觉得过自己是个英雄。

刘晋藏脸色苍白，为了手上的伤口咝咝地从齿缝里倒吸着冷气，没有说话。

这就等于承认自己是个凡夫俗子。

所以，我对韩月说："你看，世上出现了一把宝刀，但你眼前这两个男人都配不上它。"

韩月把她生活中先后出现的两个男人从头到脚打量了一番，然后才坚定地说："至少，我还没有遇见过比你们更优秀的男人。"

刘晋藏受了鼓舞："是这个世界配不上宝刀了，而不是我！"

这话也对，我想，这个世界上，即使真有可能成为英雄的男人，也沦入滚滚红尘而显得平庸琐屑了。

在这种景况下，韩月面对旧情人，又复活了过去的炽烈情怀。这种新生的情爱使她脸孔绯红，双眼闪闪发光。我已经有好久没有看到她如此神采飞扬，如此漂亮了。

我的心隐隐作痛，但要是她马上投入刘晋藏的怀抱，亲吻他手上的伤口，我也不会有什么激烈的表示。我有些事不关己地想，这是宝刀出世的结果。

韩月却转身进了卧室，嘤嘤地哭了。

刘晋藏用受伤的手握着腰间的刀，看着我，我也看着他。

最后，还是刘晋藏说："进去看看韩月。"

我进去，站在床前，却觉得什么也说不出来。还是韩月自己投进了我的怀里，抽泣着说："我这是怎么了？我怎么会这样？"

这个问题我无法回答。

她说："让我离开你吧。"

我说："你可以跟他走。"

"不。"

"至少这会儿，比起我来你更爱他。"

她说："再找，我就找个不爱的男人。"

我不知道这是不是说，她还是爱我的。

当韩月不再哭，刘晋藏却不辞而别，走了。他把借住房子的钥匙也留下了。当然，他不会把来历不凡的宝刀留下。

十

韩月又平静下来，恢复了平常的样子。如果有什么变化，就是对我更关怀备至了。

她还适时表示出对我们婚姻的满足与担心。她作此类表示，总能找到非常恰当的时机，让我感到拥有她是我一生的幸运，是命运特别赐福。结婚这么些年来，我们还没有孩子，这在周围人看来是非常不正常的。过去，她说我们要成就点什么才要孩子，而我们偏偏什么都没有成就，而且，我们都很明白，双方都没有为达到某种成就而真正做过点什么。一起参加工作的人中，有的当了官，有的发了财，想在学术上面有所成就的，至少都考上研究生，永远地离开了这个地方。而我们还没有探究到彼此爱情的深度。

一个火热的中午，大概是刘晋藏离开后的第三天吧，睡午觉时，韩月突然说："我们要一个孩子吧，我想给你生一个孩子。"

这句话，让我们两个都受了特别的刺激，阳光透过薄薄的窗帘洒在床上，两个人开始了繁衍后代的仪式，连平常不大流汗的她也出了一身汗水。之后，她还喋喋不休地说了许多这个孩子会如何如何的话。我也跟着陶醉了一阵，突然想起她子宫里面有节育环，便信口把这事实说了出来。

她伏在我胸前，沉默了一阵，然后翻过身去，哭了。哭声很有美感，像些受困的蜜蜂在飞舞。

这个女人并没有真正爱过我，她只是沉醉在一种抽象的爱情梦境中间，始终没有醒来。也许，永远也醒不过来了。我心里出奇的平静，刘晋藏出现以来便附着在心头的痛苦慢慢消失了。

我开始在城里寻找刘晋藏。

我去了城里许多过去未曾涉足的地方，因此更多地懂得了这个城市。图书馆二楼，新开的酒吧其实是一个地下赌场，是中国式的赌博：麻将。刘晋藏来过这里，赢了些钱，就再没有出现了。在他手里输了钱的对手，还在等他。文化宫的镭射室，在放香港武打片，中间会穿插一些美国三级片。他也在这里出现过。在体育场附近的卡拉OK厅，一个三陪小姐说起他便两眼放光，因为他在灯光晦暗的小间沙发上许诺了，要带漂亮小姐下深圳海南。我还去了车站旅馆，生意人云集的露天茶馆，但都晚到了一步两步。这个家伙，他在每个地方都留下了气息，就像一个嘲笑猎人的野兽。每个地方的人们都知道他有一把宝刀。在这个藏族人、汉族人、藏汉混血混杂的城市里，在这样一个大多数人无所事事的小城里，这样的消息传递得比风还快。

韩月问我这一阵神神秘秘的，在干什么。

我想了想，也不知道自己究竟要干什么，只好说是在替她找失去的东西。

她说自己并没有失去什么。

我坚持认为她失去了。

最后,她很诚恳地表示:要是对她嫁给我时已不是处女很介意的话,那就给自己找一个情人,而不要出入那些名声不好的场所。

我说自己也许更愿意堕落。我还告诉她,大家都在说,那个收刀的人,又在卖一把宝刀了。刘晋藏给宝刀标了一个天价,很多人想要,却不愿出那么高的价钱,因为那毕竟只是一把刀,再说,刀子出世的过程,听起来更像是这块土地上流传很多的故事,显得过于离奇了。那些故事都发生在过去时代,搬到现在,肯定不会让人产生真实的感觉。

我们还到她原来的房子去看了看,不出我所料,刀子果然少了几把。看来,刘晋藏预先配好了钥匙。

她却先发制人,说我要把她弄得无法抬头才会罢手,她认为,所有这些,都是我为了离开她而设下的圈套。对这个我无话可说。她把我推出门外,宣称再不回我们共同的家了。这套房子还保持着她嫁给我之前的样子,过过单身日子还是非常不错的。

又过了几天,我到了河边公园的酥油茶馆,胖胖的女掌柜告诉我,这一向,卖宝刀的人都在这里出现。我说:"好吧,那我天天在这里等他,天天在这里吃茶。"

那女人问我,是不是想买宝刀。

我含含糊糊支吾了几声。她在我面前坐下,给我上了一杯浑浊的青稞酒,说:"不要钱的,我叫卓玛。"

我喝了有些发酸的酒汁,说:"一百个做生意的女人,有九十九个说自己叫卓玛。"

卓玛笑了:"你这样的人不会买刀,你没有那么多钱。"

看我瞪圆了眼睛，她说："先生你不要生气，你这样的人，有钱也不会买刀的。"她哧哧地笑了，说："看看，屁股还没有坐热呢，老婆就来找你回家了。"

我抬头，看见韩月站在公园的铁栅栏外，定定地望着我。

她的脸色前所未有的苍白，两个人隔着栏杆互相望了好大一阵，我笑了，这情景有点像我进了监狱，她前来探望。

她也笑了。

我问她来干什么，她咬咬嘴唇，低下头，用蚊子般细弱的声音说："我到医院把环拿掉了。"她又说，"我不是来找你，只是看见你了，想告诉你一声，我把环取了。"

我的心很清晰地痛了一下，她见我站着一动不动，说："我不知道你为什么一定要找他。"

我说："他是我的朋友。"

她说："你们不会成为朋友，你不是他那样的人。"

我说："那就让我变成他那样的人吧。"说这句话时，平时深埋着的痛楚和委屈都涌上了心头，眼泪热辣辣地在眼里打转。

这句话说得很做作，很没有说服力，但我心里却前所未有的痛快。

可她偏偏说："我懂。"便慢慢走开了。

看着她的背影，我明白自己永远失去这个女人了。我知道她并不十分爱我，但也不能说没有爱过我。我不知道怎么才能说清我们感情的真实状况，确实说不清楚。这是没有什么办法的事情，真的一点办法没有。

整整一个下午，我都呆坐在茶馆里，屁股都没有抬一下，看不见堤外的河，但满耳都是哗哗的水声。我又禁不住想起那把刀子出世的种种情形，真像是经历了一个梦境。再想想从大学毕业回来，在这家乡小城里这么些年的生活，竟比那刀子出世的情景更像是一个不醒的梦境。太阳落山了。傍晚的山风吹起来。表示夜晚降临的灯亮起来。卓玛提醒我，该离开了。

我说："是该离开，是该离开了。"

卓玛说："要是先生不想回家，我可以给你找一个睡觉的地方，在一个姑娘床上。"

我脑子热了一下，但想到空空如也的口袋，又摇了摇头。

卓玛笑了。

她说："先生是个怪人，烦了自己的女人，又不愿意换换口味。想买宝刀，也许卖刀人来了，你又会装作没有看见。"她讥诮的目光使我抬不起头来，赶紧付了茶钱回家。有一搭没一搭看了一阵电视，正准备上床，韩月回来了。外面刮大风，她用纱巾包着头，提着一只大皮箱，正是刚刚分配到这里时，从车站疲惫地出来时的样子。当时，就是那疲惫而又坚定、兴奋但却茫然的神情深深打动了我。现在，她又以同样的装束出现在我面前，不禁使人联想起电视里常常上演的三流小品。

她和好多女人一样，揣摩起男人来，有绝顶的聪明，这不，还不等我做出反应，她开口说："你误会了，刚取了环，要防风，跟流产要注意的事项一样。"

还是不给我做出反应的足够时间，她又说："我来取点贴身的换洗衣服，这段时间要特别讲卫生。"

她打开皮箱，从里面拿出一把又一把刀子，说："再不送过来，今天一两把，明天一两把，都要叫他拿光了。"

这个苍白的女人不叫前情人的名字，而是说他，叫我心里又像刀刃上掠过亮光一样，掠过了一线锋利的痛楚。

她先在箱子里装外衣，最后，才是她精致的内裤、胸罩这些女人贴身的小东西。我抱住了她。她静静地在我怀里靠了一会儿，说："我们结束吧。"她还说："至少比当初跟他结束容易多了。"

我打了她一个耳光。

她带着挑衅的神情说："因为他是我的初恋。"

这个我知道，我又来了一下。

她说："我还为他怀过一个孩子，在我十九岁的时候。"

这个，她从来没有告诉过我。我再没有力气把手举起来了。

她在我脸颊上亲了一下说："这么多年，你都不像我丈夫，倒像是一个小弟弟，我对不起你。"

我说："我要离开这里。"

她说："离开这里也不能离开生活，也不能离开自己。"

我问她："你将来怎么办？"

她说："你没有能力为我操心。"

"那我怎么办？"

"我不知道，要是我连别人该怎么办都知道，就不会犯那么多错误了。"

她以前所未有的温柔脱去我的鞋子，把我扶上床，又替我脱去衣服、裤子，用被子把我紧紧地裹住，便提着箱子出门了。门打开时，外面呼呼的风声传了进来，因此我知道她在门口站了一些时候。她是在回顾过去的一段日子吗？然后，风声停了，那是她关上门，脸上带着茫然的神情，坚定地走了。

十一

宝刀还没有出世，就使我感觉到那种奇异痛楚时，时间还是春天。在这个朝南的大峡谷，春天就有夏天的感觉。当真正的夏天来到时，我们竟然一点也不觉得。因为周围的山水，早已是一派浑莽无际的绿色了。任何事物一旦达到某种限度，你就不能再给它增加什么了。

在我继续寻找刘晋藏和宝刀的时候，又一轮“严打”开始了。

警察们走在街上，比平常更威武，更像警察。那些暧昧场所，都大大收敛了。一天下午，我又到河边公园喝茶，有意把一把有一百多年历史的刀摆在桌子上。卓玛问我是不是要卖刀。我说，要一个小姐，用这把刀换小姐的一个晚上。卓玛说：“小姐都叫‘严打’风吹走了。”

付茶钱时，茶馆里人都走光了。堤外的河水声又漫过来，扫清茶客们留下的喧哗。卓玛说：“让我再看看你的刀。”

她看了，说：“是值点钱。要是有小姐，够两三个晚上。”

这时，喝进肚子里的茶好像都变成了酒，我固执地说：“就要今天晚上。”

她叫我等一下。

等待的时候不短也不长。等待的时候天慢慢黑了。这是城里一个光线昏暗的地方，一个灯光没有掩去天上星光的地方。在我仰望那些星星时，一股强烈的脂粉香气与女人体香包裹了我，一双柔软的手从背后抄过来把我抱住。我感到两只饱满的乳房。夜色从四周挤压过来。这只手推着我进了一个绘满壁画的很有宗教气氛的房间。我想不是要把我献祭吧。这时，女人才笑吟吟地转到了面前。原来，就是卓玛。穿着衬衫和长裤，她显得很胖，但这会儿，她换上了藏式的裙子，纷披了头发，戴上了首饰，人立即就变得漂亮了。窗外，就是奔腾的河水。我在大声喧哗的水声里要了她，这种畅快，是跟韩月一起时从来没有过的。她的身体在下面水一样荡漾，我根本就不想离开床铺，但她还是叫我起来，到厨房里吃了些东西。回到房间，她又换了一件印度莎丽。灯光穿过薄薄的衣料，勾勒出了她身体上所有的起伏与我心中所有的跌宕。我们又一次赤裸着纠缠到一起时，城里四处响起了警车声。又一次打击黄、赌、毒的大规模拉网行动开始了。她说："你不在别的地方，这是在我家里，不要担心。"

用一把刀换来的这个晚上真是太值了。

我想我都有点爱上她了。可她笑我自作多情，说我不是她的第一个男人，也不会是她最后的男人。起床时，她又穿上了红色的衬衫，白色长裤，人又变丑了。

她对我说，要是我有各式各样的刀子，就能得到各式各样的女人。绝对一流的女人，尤其是在床上。

就在我满脑子都是女人时，却遇见了刘晋藏。这个人总在你将要将其忘记的时候出现，这次也是一样。我正走在大街上，有人从背后拍拍我的肩膀，回头看见是一顶大大的帽子。帽子抬起来，下面便是刘晋藏那张带着狡黠神情的脸。他说："听说先生在四处找我。"

我说："先生，我不认识你。"

他笑了，说："对不起，是我认错了人，但我听说先生到处寻找卖宝刀的人，那个有宝刀的人就是我。"

我们又到了河边公园的茶馆里。

卓玛来上茶的时候，刘晋藏在她屁股上拧了一把，说："这个娘们儿在床上可是绝对够劲。”他又对卓玛说，“他刚分手的女人也曾是我的女人。”他就用这样的方式为两个已经上过床的男女作了介绍。看来，这段时间，我在明处，他在暗处，我的一举一动他都清清楚楚。

刘晋藏问我：“为什么？”

我说不出为什么，只能说：“宝刀是不能卖的！”

刘晋藏哈哈大笑，只听“呛啷”一声，那把宝刀已经在桌子上，插在两只描着金边的茶碗之间了。刀的两面同时映亮了我们两个人的脸。喇嘛舅舅说过，是好刀总要沾点血才能了却尘缘。是啊，刀也像人一样。人来到世上，要恨要爱，刀也有人一样的命运与归宿。奇怪的是，我并不害怕，只是我的胸口已经清楚地感到它的冰凉的锋刃了。他说：“好吧，朋友，你要这把刀，就把它拿回去吧。”

一到这种情形下，我又伸不出手了。

他笑了，说：“刀子可以是你的，也可以是我的。但女人就不行了，她可以不属于你，也不属于我。”

我想说，可是我们都伤害了她。但这话说出来没有什么意思，因为离开一个女人并不会使他难过，这是我跟他不一样的地方。这不，他说：“朋友，你为什么要爱上我要过的女人呢？”

“不这样，我们两个也不会走到一起了。”我说。

他把刀从桌子上拔起来，插入刀鞘，刀便又在他腰间了。他戴好帽子，站起身，说：“我再也不会出现在这个地方了，再也不会了。”这时，他的嗓子里有了真情实感的味道，“这以前，我一事无成，现在，这把刀子会决定我的一切。你舅舅说得对，它不是无缘无故到这世上来的。宝刀从来配英雄，可我不是。宝物不会给配不上它的人带来好运气，但还是让它跟着我吧。”

当然，我没有说，让我们把刀子还回去吧。因为这把刀子和别的刀子不一样，我们不是从哪一个人手中得到，而是从一个奇迹中得到的。我们在一个特别的情景中经历了奇迹，回到生活中，却发现什么都没有改变，还是平平常常的样子，连好人和坏人之间截然的界限都没有，就更不要说把人变成英雄了。

这把刀子又会在世上有怎样的作为呢？我只看到，它两次把刘晋藏的手划伤。在过去，宝刀不会伤害主人，只会成全主人，塑造主人。

分手时，我对他说："你还是把它出手吧，它自己会找到真正的主人。"

刘晋藏说："出手到什么地方，除非是倒到波黑去，卖给塞尔维亚人，才能造就英雄。"

我想，那里的人也早用现代武器武装起来，而不用这样的刀了，但我没有说。在那个茶馆里，我们俩紧紧拥抱一下，刘晋藏又在我耳边说："把我当成真正的朋友吧。"

"为什么？"

"因为我从来没有过真正的朋友。"

于是，我们俩在最后分手时，真正成了好朋友。他走出几步，又回来，告诉我，明天他就要离开了，到一个大地方去，把宝刀出手给一个真正的能出大价钱的收藏家。他说："才来时，我说搞项目是谎话，但这回，宝刀一出手，我们俩就搞一个项目，一个实体，再不要过过了今天不知明天什么样子的日子了。"

十二

我没有再拿刀去跟卓玛睡觉。

当我觉得身上没有了烟花女人味道后，便去庙里看喇嘛舅舅。他告诉我，不愿永远寄住在别人的庙子里，已经作好出门云游的准备，只等选一个好日子，就可以上路四出云游了。舅舅的头发都已经花白了，我问他什么时候回家。听了我的话，他的眼里出现了悠远缥缈的神情，说恶龙已经降服，现在，该他出去寻找灵魂的家了。

我想把和韩月分手的事告诉他，没想到他却先开口了，说："韩月来看过我，说她也想离开这里，回家乡去。"

舅舅叹口气说："你们这些人，没有懂得爱就去爱了，就只能是这个结果了，只能是这个结果。"

舅舅是三天后一个雨后初晴的午后走的。我送他走了好长一段。路边草丛和树木上，都有露水在重新露脸的太阳下闪闪发光。舅舅和他的毛驴转过山口时，天上出现了一道彩虹。这情景使这一向都有些沉重的我，立即就感到轻松了，从山口回城的路上一直都在唱歌。晚上，我一个人把许久不唱的家乡民歌都哼了一遍。

过了几天，韩月来了电话，约我中午在车站见面。

我顶着热辣辣的太阳去了。她正站在车站门口等我，身边放着的，还是那只大大的皮箱。她说想来想去，只有我能代表这么些年莫名其妙的日子送送她。还要半个小时车才开，我要了两杯咖啡。我说："其实，你也可以不走。"

"谢谢你。但我看你也该离开这里。"她说，"我这辈子犯了不少错误，但还来得及干点事情。你也该有一番自己的事业。”

对此，我不想多说什么，以我现在的心境，事业啊，爱情啊，听起来都有些渺茫，或者说非常渺茫。在我们这个地方，好多东西都是一成不变的，连每天顺着山谷吹来的风，方向与时间都不会有任何变化。这不，午后刚过一点，风就从西北边的山口吹来了。作为这股定时风前驱的，总是几股不大的旋风。旋风威武地在街上行进，把纸屑和尘土绞起来，四处挥洒。就在这尘土飞扬的时候，开车铃声响了。她掏出签了字的离婚申请书，要我把离婚证办了。我这才意识到她还是我合法的妻子，我还有权决定她的去留，但她已经上车了，面孔在脏污的车窗后面模模糊糊。午后定时而起的风卷起大片尘土，把远去的车子遮住了。这是一个青山绿水间的小城，河里的流水清澈见底，山坡上的树木波浪般起伏，但城里的街道上，却像沙漠一样飞扬着尘土。尘土遮住了视线，使我看不见远去的长途汽车，看不见正在消逝的过去的生命。尘土飞进眼里，我用眼泪把它们冲刷出来。

风又准时停了。

面前的咖啡扑满了尘土，我把两杯苦涩的被玷污的饮料留在那里，走出了车站。

就在这会儿，我体会到一个像韩月那样从大地方来的人，第一次走出这车站是个什么样的心情了。眼前，那么大的风也没有打扫干净的街道躺在强烈的阳光下，闪烁着一种晦暗金属的明亮光芒，同时也一览无余地显示出了这个小城的全部格局，让人产生无处可去的感觉。

是这个杂乱无章的小城，让人无法爱上我的家乡。

舅舅走了，韩月走了，刘晋藏也走了，虽然他们的目的、方向各不相同。好吧，好吧，有一天，我也要离开这里，到个更有活力、到个街上没有这么肮脏的地方。当然，我也不能说走就走。要等到韩月到了她要去的地方，等我办了离婚证，给她寄去，还给她自由才走。我还要回老家去看看，拍几张照片作为纪念。我就带着这些念头直接去单位。科长在我名下画了一个圈，表示我在正常上班。除此之外，一个科室里的人就再没有什么事可干。大家都走得很早，我意识到这是周末了，我却再也用不着急忙回家了。

回到家里，无事可干，我便把刀子们翻出来，看了一遍，并没有感到收藏家的快乐。我又到河边公园，从跟我睡过觉的卓玛手里把那把刀也赎回来了，我花了整整两千块钱。

晚上，我梦见了她，我曾经的韩月。她在梦里对我说，过去的旧情人叫她再次心动，并不是因为他好，而是日子太平常，他身上至少有周围男人都没有的狂热与活力。

为了这个，我也要再等上几天，才去办离婚手续，或许，她还会在梦里告诉我点什么。

刘晋藏还没有来电话，而分手的时候，我们彼此确认将是终生的朋友时，他说了，卖刀的事情有了眉目，就要给我来电话。打开电视，正在说“严打”的深入开展。我突然觉得这斗争和刘晋藏会有所联系，并开始为他担心了。

这时，一个陌生人找到我门上。

他说：“我终于找到父亲了。”

看我莫名其妙的样子，他说：“我父亲是铁匠，我在你们村子里找到了他！”

天哪！想想这些日子发生了多少事情吧！我喜欢这些日子，它至少打破了平淡无聊日子里的沉闷！

他十分急切地催我上路了。到了村子里，我才知道，铁匠病得很重了。更要命的是，铁匠终于等到了他的儿子，但却不能开口讲话了。我告诉铁匠，儿子跟他长得几乎一模一样。铁匠笑了。他的肉体承受着巨大的痛苦，心灵却感到前所未有的幸福。他把儿子的手紧紧握在自己手里，就这样慢慢睡着了。

我和他儿子来到屋外，风从深潭那边吹过来，带来了秋天最初的凉意。就在宽大的门廊上，我看到他儿子流下了热泪。他说："我来晚了。为什么找了这么久，才在这近在咫尺的地方找到他？"

望着不远处壁立的红色悬崖，我指给他看那条没有了脑袋的黑龙，给他讲了那把宝刀出世的故事。是的，就在我讲着不久前曾经亲历的事情时，自己的感觉都是在转述一个年代久远的传说。我听着自己越来越没有说服力的声音在风中散开，以为他绝对不会相信。但他却相信，说是在城里就已经听说这么件事情了，只是没有这么详细罢了。我还和他一起去看了铁匠铺。夏天的风雨，已经使这个小小的木头房子完全倒塌了。他的儿子也是国家干部，再不会学习铁匠手艺了。

他说："没想到，只赶上了给亲生父亲送终。"

我说："你不会怪我吧？"

"我为什么要怪你？"

"要不是那把刀，你父亲不会这样。我喇嘛舅舅说的，宝刀不该在这时出世，铁匠是遭到天谴了。"

他没有正面回答我的问题，而是说："我希望父亲多挨些时候，我要慢慢地才会真正地觉得他是我的亲生父亲。"也就是说，他现在还没有感觉到自己和铁匠血肉上的联系。也许正是为了这个，他整整一个晚上不吃不喝，握着老人干枯的手，坐在床前。

早上，他对我说，老人的手还很有力，他说："真是一双铁匠的手。"

听到这句话，铁匠睁开眼睛笑了。他的脸上又浮起了血色。看来，他是挣脱了死神的魔掌，活过来了。在早晨明亮的光线中，我看到父子俩紧紧地抱在了一起。

下午，铁匠就扶着拐杖起来走路了。

回到城里，我又到河边茶馆里把那把刀卖给了卓玛，这回，却只卖了一千五百块钱，我用这笔钱给铁匠请了一个好医生。

十三

我的朋友刘晋藏终于来电话了。

这个人做事都有他独特的风格。他先打个电话到单位上来，说是晚上再打电话到我家，有重要而又不方便说的事情告诉我。

我想，既然如此，何不晚上再打电话。

晚上，电话来了。结果是，他可能已经为宝刀找到真正的买主了。

我说："还有假买主吗？"

"真的比假的多。"电话是从海边一个城市打来的。我向来对大海心向往之，虽然没有见过一滴海水，却把电话里的电流干扰声听成海浪了。这个电话很打了些时候。刘晋藏去了那个城市后，把宝刀弄到了一个拍卖会上，当时就有人出了二十万的高价，而他的标价还要翻一倍，当然就没有成交。但这就等于把他有一把藏式宝刀的消息向全世界收藏者发布出去了。这些日子，他都在忙着甄别买主的真假。每遇到一个买主，他就提一次价，现在，已经提到一百万了。他在电话里说这笔钱到手，就再不愿意活得飘飘荡荡了，要办一个公司。我问他办什么公司，他说：

“还没有想好，但你让我想想。”好一个刘晋藏，沉默了不到三分钟，就说，“就搞一个公司，专门弄我们家乡山上的药材啦、野菜啦什么的，我们一起干，一百万的资产，有一半是你的。”

我说：“韩月已经离开我，离开这个地方了。”

他沉默了一下，又哗哗地笑起来，说：“放心，等我们的公司搞起来，她会回来的。”

我说：“那也是回来找你。”

他又哗哗地笑了，喊道：“我们一定要把公司先搞起来，然后，再来看谁能得到她吧！”他说，“当然，要是我没有叫那些假买主干掉的话。”说完，就放下了电话。

我又想起韩月在梦里对我说过刘晋藏为什么令女人心动的话了。

之后，我就再没有得到刘晋藏的任何消息。

满山的树叶变得一片金黄，在风中飞舞，韩月也没有来信告诉我她落脚在什么地方。

喇嘛舅舅作为一个云游僧人就更不会有消息了。

我回去看过铁匠两三次，他偏瘫的身子一天比一天硬朗了。

最后一次，我是跟他儿子一同去的。铁匠看着儿子的眼神流露出无比的幸福，他儿子也告诉我，他跟父亲真正有血肉相连的感觉了。这天晚上，我就住在铁匠家里。早上，铁匠突然说话了。我睡得很沉，他摇醒了我。

问：“刀子还在你手上吗？”

“天哪，”我说，“你说话了！找到了儿子，你又说话了。”

铁匠说：“我不能说话，是受造了宝刀的过，我一说话，它就要伤害拿刀的人了。”

我告诉他:“我的朋友已经带着这把刀远走高飞了。”

他说:“没有人能比命运跑得更远。”

离开铁匠,我马上就出发往那个城市去找刘晋藏了。我希望他已经把刀出手了,这样,他才不会为刀所伤。我想,他这半辈子,除了一些女人的青春肉体,也没有得到什么。我带上了所有储蓄,也带上了他留下来的所有的刀。我想自己也不会再回来了。走之前,我办好了离婚证,我把韩月的一份压在还放着她化妆品的梳妆台上,把钥匙交到她单位领导的手里,特别说明屋里的东西都是她的,我只取出了银行里的存款,这是我们俩最后一笔共同的积蓄了,说好是为孩子准备的教育基金,但我们没有孩子,现在又已分手了。

离开的那天早上下起了秋天里冰凉的细雨。这跟送别舅舅时不一样,这样的阴雨天,没有人会在我身影消失的地方看到彩虹。

两天汽车,到了省城,又是两天火车,我到了刘晋藏打电话的那个城市。我在每一个宾馆住一个晚上,为的是在旅客登记本上查找朋友的名字。在其中的三个宾馆,我查到过他的名字,但他都在我到达之前就离开了。其中,有两个宾馆他都没有结账。店方好不容易逮到一个说得出他名字的人就喜出望外,以为是替他付账的人来了。我只好亮亮随身的刀子,声称自己也是来追债务的,才得以脱身。

现金马上就要用完了,还没有刘晋藏的一点消息。

我在宾馆的文物商店前想出手一把刀子,都跟一个香港人谈好了价钱,却被便衣警察抓住了。在派出所里,他们叫我看管制刀具的文件。有那份文件,他们便有权没收我的刀子。

我说:“这是藏刀,我是藏族。”

他们看了我的身份证,又拿出一个文件,上面说,少数民族只有在本地才能佩戴本民族的刀具。关于刘晋藏和宝刀，他们说，这样的事情真真假假，在这个城市里数都数不过来。他们叫我看了几张无名尸首的照片，每一张都模模糊糊，至少，我没有明白无误地认出朋友的脸。

当一个少数民族真好，不然他们不会当即就把我放了出来，只把刀子全部留下。警察打开一个带铁门的房间，扑面而来是一股铁锈味道，里面堆满了各式各样的刀子。可这些刀子，都非常像电视里登上审判台那些为了金钱、为了女人而杀人的罪犯一样，被某种病态的欲望匆匆造就，是铁皮或者猪皮的简陋刀鞘，嚣张而又粗糙的刀身，而我那些精致的刀子也沦落在了它们中间，我听见自己的心为之哭泣。

坐在宾馆柔软洁白的床上，我拿起电话，拨了一个号码，不通，又拨了一个，还是不通，很久，我才想起，这是已经远离的小城的五位数的号码。我找这个电话是在寻找自己，我没有找到。

于是，我改拨了一个八位数的号码，这才是眼下这个大城市的号码，第一个，通了没人接，第二个，忙音，第三个，是一个女人的声音，说："你好，这里是某某咨询中心，请问先生有什么商务上的事情，我可以帮忙。"

"请帮忙找我的朋友和一把宝刀。"

对方用很职业的口吻平淡地说："对不起，先生该打心理咨询热线。"

我打开比砖头还厚的电话号码簿，恍然看见密密麻麻的电话线路布满地下，像一张布满触角的大网，但网上任何一只触角上都没有了我的朋友。

瘸　子

一个村庄无论大小，无论人口多少，造物主都要用某种方式显示其暗定的法则。

法则之一，人口不能一律都健全，总要造出一些有残疾的人，但也不能太多，比如瘸子。机村只有两百多号的人，为了配备齐全，就有一个瘸子。

而且，始终就是一个瘸子。

早先那个瘸子叫嘎多。这是一个脾气火暴的人，经常挥舞双拐愤怒地叫骂，主要是骂自己的老婆与女儿是不要脸的婊子。他的腿也是因为自己的脾气火暴才瘸的，那还是解放以前的事情，他家的庄稼地靠近树林边，常常被野猪糟践。每年，庄稼一出来，他就要在地头搭一个窝棚看护庄稼，他家也就常常有野猪肉吃，但他还是深以为苦。不是怕风，也不是怕雨。他老婆是个腼腆的女人，不肯跟他到窝棚里睡觉，更不肯在那里跟他做使身体与心绪都松软的好事情。

他为此怒火中烧，骂女人是婊子。他骂老婆时，两个女儿就会哀哀地哭泣，所以，他骂两个女儿也是婊子。女人年轻时会跟喜欢的男人睡觉，婚后，有时也会为了别的男人松开腰带，但她们不是婊子，机村的商业没有发达到这样的程度。但这个词可能在两百年前，就在机村人心目中生了根，很自然地就会从那些脾气不好、喜欢咒骂人的口中蹦了出来，自然得就像是雷声从乌云中隆隆地滚将出来。

后来，瘸子临去世的那两三年，他已经不用这个词来骂特指的对象了。他总是一挥拐杖，说："呸，婊子！"

"呸，这些婊子！"

每年秋天一到，机村人就要跟飞禽与走兽争夺地里的收成，他被生产队安排在护秋组里。按说，这时野兽吃不吃掉庄稼，跟他已经没有直接关系了，因为土地早已归属于集体了。此时的嘎多也没有壮年时那种老要跟女人睡觉的冲动了，但他还总是怒气冲冲的。白天，护秋组的人每人手里拿着一面铜锣，在麦地周围轰赶不请自来的飞鸟。他扶拐的双手空不出来，不能敲锣，被安排去麦地里扶起那些常常被风吹倒的草人。他扶起一个草人，就骂一句："呸，婊子！"

草人在风中挥舞着手臂。

他这回是真的愤怒了。一脚踢去，草人就摇摇晃晃地倒下了。这回，他骂了自己："呸，婊子！"

他再把草人扶起来，但这回，草人像个瘸子一样歪着身子在风中摇摇晃晃。

瘸子把脸埋在双臂中间笑了起来。随即，瘸子坐在地上，屁股压倒了好多丛穗子饱满的麦子，仰着的脸朝向天空，笑声变成了哭声。再从地上站起来时，他的腰也佝偻下去了。从此，这个人不再咒骂，而是常常顾自长叹："可怜啊，可怜。"

天下雨了，他说："可怜啊，可怜。"

秋风吹拂着金色的麦浪，哐哐的锣声把觅食的鸟群从麦地里惊飞起来，他说："可怜啊，可怜。"

晚上，护秋组的人一个个分散到地头的窝棚里，他们人手一支火枪，隔一会儿，这里那里就会嗵一声响亮，那是护秋组的人在对着夜里影影绰绰下到地里的野兽的影子开枪。枪声一响，瘸子就会叹息一声。如果很久没有枪响，他就坐在窝棚里，把枪伸到棚外，冲着天空放上一枪。火药闪亮的那一瞬间，他的脸被照亮一下，随即又沉入黑暗。但这个家伙自己连眼皮都没有抬一下，所以，枪口闪出的那道耀眼光芒他没有看见。还有人说，他的枪里根本就没有装过子弹。自从腿瘸了之后，他的火枪里就没有装过子弹了。那时，他在晚上护的是自己家地里的秋。机村人的耳朵里，还没有灌进过合作社、生产队、大集体这些现在听起来就像是天生就有的字眼。那次，在一片淡薄的月光下，一头野猪被打倒在麦地中间。本来，一个有经验的猎手会等到天亮再下到麦稞中去寻找猎物。机村的男人都会打猎，但他从来不是一个提得上名字的猎手，因为从来没有一头大动物倒在他枪口之下。看到那头身量巨大的野猪被自己一枪轰倒，他真是太激动了。结果，不等他走到跟前，受伤的野猪就喘着粗气从麦稞中间冲了出来，因受伤而愤怒的野猪用长着一对长长獠牙的长嘴一下掀翻了他。那天晚上，一半以上的机村人都听到了他那一声绝望的惨叫。人们把他抬回家里。野猪獠牙把他大腿上的肉撕开来，使白生生的骨头露在外面。还有一种隐约的传说，他那个地方也被野猪搞坏了。那畜生的獠牙锋利如刀，轻轻一下，就把他两颗睾丸都挑掉了。第二天，人们找到了死在林边的野猪，但没有人找到他丢失的东西。人们把野猪分割了分到各家，他老婆也去拿了一份回来。一见那血淋淋的东西，他就骂了出来："呸！婊子！"

瘸腿之前，他可是一个好脾气的人哪。

脾气为什么好？就因为知道自己本事小。

瘸腿之后，脾气就像盖着的锅里的蒸气，腾腾地蹿上来了。

那都是很久很久的事情了。

一来，这件事发生确实有好些年头了。二来，一件事情哪怕只是昨天刚刚发生，但是经过一个又一个人添油加醋的传说，这件事情的发生马上就好像相距遥远了。这种传言，就像望远镜的镜头一样，反着转动一下，眼前的景物立即就被推到了很远的地方。

这个事件，人们在记忆中把它推远后，接下来就是慢慢忘记了。所以等到他伤愈下楼重新出现在人群里的时候，人们看他，就像他生来就是个瘸子一样了。

我说过，一个村子不论人口多少，没有几个瘸子瞎子聋子之类，是不正常的，那样就像没有天神存在一样。所以，当瘸子架着拐杖出现在大家面前时，有人下意识地就抬头去看天上，瘸子就对看天的人骂："呸！"

他还是对虚空上那个存在有顾忌的，所以，不敢把后面那两个字骂出口来。

后来，村里出了第二个瘸子。这个新瘸子以前有名字，但他瘸了以后，人们就都叫他小嘎多了。那年二十六岁的小嘎多，肩着一条褡裢去邻村走亲戚。褡裢里装的是这一带乡村寻常的礼物：一条腌猪腿、一小袋茶叶、两瓶白酒和给亲戚家姑娘的一块花布。对了，他喜欢那个姑娘，他想去看看那个姑娘。路上，他碰见了一辆爆了轮胎的卡车。卡车装了超量的木头，把轮胎压爆了。小嘎多人老实，手巧，爱鼓捣个机器什么的，而且有的是一把子用不完的力气。所以，他主动上去帮忙。装好轮胎，司机主动提出要搭他一段。其实，顺着公路，还有五公里，要是不走公路，翻一个小小的山口，三里路就到那个庄稼地全部斜挂在一片缓坡上的村庄了。

他还是爬到了车厢上面。

这辆卡车装的木头真是太多了。走在坑坑洼洼的路上，像个醉汉一样摇摇晃晃。小嘎多把腿伸在两根粗大的木头之间的缝隙里，才算是坐得稳当了。他坐在车顶上，风呼呼地吹来，风中饱含着秋天整个森林地带特别干爽的芬芳的味道。满山红色与黄色斑驳的秋叶，在阳光下显得那么饱满而明亮。

有一阵子，他要去的那个村子被大片的树林遮住了。很快，那个村子在卡车转过一个山弯时重新显现出来。在一段倾斜的路面，卡车一只轮胎砰然一声爆炸了。卡车猛然侧向一边，差一点就翻倒在地。但是，这个大家伙，它摇晃着挣扎着向前驶出一点，在平坦的路面上稳住了身子。小嘎多没有感觉到痛。卡车摇晃的时候，车上的木头错动，使得他在木头之间的双腿发出了骨头的碎裂声。他的脸马上就白了，赞叹一样惊呼了一声，就昏过去了。

小嘎多再也没能走到邻村的亲戚家。

医院用现代医术保住了他的命，医院像锯木头一样锯掉了他半条腿。他还不花一分钱，得到了一条假腿，更不用说他那副光闪闪的灵巧的金属拐杖了。那辆卡车的单位负责了所有开销，这一切，都让老嘎多自愧不如。小嘎多也进了护秋组，拿着面铜锣在地头上哐哐敲打。两个瘸子在某一处地头上相遇了，就放下拐杖晒着太阳歇一口气。两个人静默了一阵，小嘎多对老嘎多说，你那也就是比较大的皮外伤。你的骨头好好的，不就是断了一条筋嘛，要是到医院，轻轻松松就给你接上了。去过医院的人，都会从那里学到一些医学知识。小嘎多叹口气，卷起裤腿，解下一些带子与扣子，把假腿取出来放在一边，眼里露出了伤心之色。老嘎多就更加伤心了。自己没有上过医院，躺在家里的火塘边，每天嚼些草药敷在创口之上。那伤口臭烘烘的，差不多用了两年时间才完全愈合。他叹息，小嘎多想，他马上就要自叹可怜了。老嘎多开口了，他没有自怨自怜，语气却有些愤愤不平："有条假腿就得意了，告诉你，我们这么小的村子里，只容得下一个瘸子，你，我，哪一个让老天爷先收走还不一定呢！"

老嘎多说完话，起身架好拐，在哐哐的锣声中走开了。雀鸟们在他面前腾空而起，那么响的锣声并不能使它们害怕，它们就在那锣声上面盘旋。锣声一远，它们又一收翅膀，一头扎在穗子饱满的麦地里去了。

小嘎多好像有些伤心，又好像不是伤心，他也不会去分析自己。他把假腿接在断腿处，系上带子，扣上扣子，立起身来时，听到真假肢相接处，有咔咔的脆响。假腿磨到真腿的断面，有种可以忍受却又锐利的痛楚。他没有去看天，他没有想自己瘸腿是因为上天有个老家伙暗中作了安排。但现在，看着老嘎多慢慢走远的背影，他想："老天要是真把老嘎多收走，那他也算是解脱出来了。"

他的心里因此生出了些深深的怜悯，第二天下地时，他怀里揣着小瓶子，瓶子里有两三口白酒。

到地头坐下时，他就从怀里掏出这酒来递给比他老的、比他可怜的瘸子。

整个秋天，差不多每天如此。每天，两个瘸子也不说话，老嘎多接过酒瓶，一仰脸，把酒倒进嘴里，然后，各自走开。

这样到了第二年的秋天，老嘎多忍不住了，说："妈的，看你这样子，敢情从来没有想过老天爷要把你收走。”

小嘎多脸上的笑容很开朗，的确，他一直就都是这么想的：“老天爷的道理就是老的比小的先走。”

老嘎多也笑了：“呸！婊子！你也不想想，老天爷兴许也有个出错的时候。”

“老天爷又不会喝醉酒。”

说到这里，小嘎多真的才意识到自己还很年轻，不能这么年轻就在护秋组里跟麻雀逗着玩。

从山坡上望下去，村里健全的劳动力都集中在修水电站的工地上，以致成熟的麦地迟迟没有开镰。

他说：“妈的，老子不想干这么没意思的活，老子要学发电。”

老嘎多就笑了，这是他第一次看见老嘎多脸上的肌肉因为笑而挤出了好多深刻的皱纹。于是，这一天他又讲了好些能让人发笑的话，老嘎多真的就又笑了两次。两次过后，他就把笑容收拾起来，说这世界上并没有什么值得人高兴的事情。小嘎多心上对这个人生出了怜悯，第一次想，对一个小村子来说，两个瘸子好像是太多了。如果老天爷真要收去一个的话……那还是让他把老嘎多收走吧，因为对他来说，活在这个世上好像太难太难了。而自己还这么年轻，不该天天在这地头上敲着铜锣驱赶麻雀了。

有了这个想法，他立即就去找领导：“我是一个瘸子，我应该去学一门技术。”

“那个嘎多比你还先瘸呢。”

“那个笨蛋，你们真要送他去学发电，我也没有什么意见。”领导当然不能让那个笨蛋去学习发电这么先进的事情。小嘎多却是一个脑瓜灵活的家伙，他提出这个要求就忙自己的去了。几天后，他得到通知，让他收拾东西，在大队部开了证明去县里的小水电培训班报到。

“真的啊?!”他拿着刚刚印上了大红印章的证明还不敢相信这竟是真的。他坐在地头起了这么一个念头，没想到过不了几天，这个听起来都荒唐的愿望竟成为现实。“为什么?”

领导说：“不是说村里就没有比你更聪明的人，只不过他们都是手脚齐全的壮劳力，好事情就落在你头上了。”

小嘎多不怒不恼，临出发前一天还拿着铜锣在地边上驱赶雀鸟，不多时他就碰上了老嘎多。这家伙拄着一副拐，站在那些歪斜着身子的草人身边，自己也摇摇晃晃一身破烂像一个草人。

小嘎多就说：“伙计，站稳了，不要摇晃，摇晃也吓不跑雀鸟。”

“呸！婊子!”

“不要骂我，村里就我们两个瘸子，等我一走，你想我的时候都见不着我了。”

“呸!”

“你不是说一个村里不能同时有两个瘸子吗？至少我离开这半年里，你就可以安心了。”说着，他伸出手来，说，“来，我们也学电影里的朋友握个手。”

老嘎多拐着腿艰难地从麦地里走出来，伸出手来跟他握了一下。小嘎多心情很好，他从怀里掏出一个酒瓶，脸上夸张地显出陶醉的模样，老嘎多的鼻头子一下子就红了起来，他连酒味都还没有闻到，就显出醉了的模样。他伸出去接酒瓶的手一直都在抖索。老嘎多就这么从小嘎多手里抓过酒瓶，用嘴咬开塞子，咕咚一声，倒进肚里的好像不是一口沁凉的水，而是一块滚烫的冰。

他就这么接连往肚子里投下好几块滚烫的冰，然后，才深深地一声长叹，跌坐在地上。他想说什么，但又什么都没说。他眼里有点依依不舍的神情，但很快，又被愤怒的神色遮掩住了。

两个瘸子就这么在地头上呆坐了一阵，小嘎多站起身来，假肢的关节发出叽叽的脆响："那么，就这样吧。反正有好些日子，机村又只有你一个瘸子了。"

老嘎多还是不说话。

小嘎多又说："等我回来，等到机村天空下又有了两个瘸子，老天爷看不惯，让他决定随便除掉我们中间的哪一个吧。"说完，他就往山坡下扬长而去了。他手里舞动着的金属拐杖在太阳底下闪闪发光。

等到小嘎多培训回来，水电站就要使机村大放光明的时候，老嘎多已经死去很多时候了。电站正式发电那天，村里的男人围坐在发电房的水轮机四周。当水流冲转了机器，机器发出了电力，当小嘎多合上了电闸，飞快的电流把机村点亮，他仿佛看见老嘎多就坐在这些人中间，脸上堆着很多很多的皱纹，他知道，这是那个人做出了笑脸。

马车夫

通常的乡村图景中，马车与马车夫都是古老的意象，但在机村，情形并不是如此。

车的关键是轮子，但在机村不可考的漫长历史上，轮子是有的，但可能是没有宽阔大道的缘故吧，很有历史的轮子只与宗教相关。手摇的、水冲的，甚至被风吹动的轮子里面，填满了整卷整卷写满简短、不断重复的祝诵的经文。还有一种轮子固定不动，装置在寺院最高的顶上，金光闪闪。

一直到了五十年代，外面是柔韧的黑色橡胶，里面由坚固的钢圈形成支撑，用于使物体移动的轮子才来到了机村。最不可思议的是，在轮子里外之间的那个空间，只是充满了经过压缩的空气——橡胶与钢结合时，产生了一种特别的魔法，使虚无缥缈的空气也变得无比坚硬了。

从古到今，轮子就是奇妙的东西。就说那些经轮吧，不管是用什么方式推动，一旦转动起来，大的经轮隆隆作响仿佛雷霆滚过，小的经轮嗡嗡出声仿佛蜜蜂飞翔。就这样，里面那些经文，不是一字一字、一句一句读诵出来，轮子转动一周，里面全部的经文就被整体地呈现一次，同时，也被上天的什么神灵笼统地领受了。

就是说，轮子转动的时候，上天的神就已经听见了。那么多的字符紧巴巴地挤在一起，嗡一声就飞上天去，神都能逐字听见，仅此一点，也可知其神通绝非一般。

但是，人没有听见。踟蹰于尘世中的人感觉早已被区隔，只能领受一字一字、一词一词的祝诵了，谁也听不见那么多轮子嗡然一声转动起来一瞬之间释放出来的字符与声音。依照佛在佛经中所说，正是这种浩大无边的无声之声才能称之为“大声音”，只有大声音才能上达天庭。而辗转于尘世中的人们早已失去了天听，他们只能听到轮子转动的声音。

所以，当轮子以车辆部件的形式出现时，人们感到了一种很新鲜的刺激，轮子提供的价值不再过于缥缈虚无了。当第一辆马车由崭新的车轮支撑着出现在人们眼中，还不等它运动起来，人们就意会到一种能够更快、更多地运送物品的运载工具已经出现了。

这个工具叫作“车”。

古歌里出现过这个词。古歌里车的驭手是战神。

现在，车出现在凡世，凡夫们谁又能成为它的驾驭者？因为这车与马相关，所有人立即就想到了最好的骑手。

骑手的形象与通常的想象大相径庭。这个人身材瘦小，脸上还布满了天花留下的斑斑印迹，但他就是机村最好的骑手。机村人认为，这样的人用马眼看去，会有非常特别的地方。怎么样的特别法呢？人生不出马眼，所以无从知道，这跟各种轮子的诵经声凡人的耳朵不得听闻大概是相同的道理。

试驾马车那一天，麻子一副事不关己的模样。人们扎成一圈，看村里的男子汉们费尽力气想把青鬃马塞进两根车辕之间，用那些复杂的绊索使它就范。这时，麻子骑着一匹马徘徊在热闹的圈子外边。这个人骑在马上，就跟长在马背上一样自在稳当。折腾了很长时间，他们也没有能给青鬃马套上那些复杂的绊索。青鬃马又踢又咬，让好几个想当车夫的冒失鬼都受了点小伤。

人们这才把眼光转向了勒马站在圈子之外的麻子。

在众人的注视下，他脸上那些麻坑一个个红了。他抬腿下了马背，慢慢走到青鬃马跟前。他说："吁——"青鬃马竖起的尾巴就慢慢垂下了。他伸出手，轻拍一下青鬃马的脖子，挠了挠马正呼出滚烫气息的鼻翼，牲口就安静下来了。这个家伙，脸上带着沉溺进了某种奇异梦境的浅浅笑容，开始嘀嘀咕咕地对马说话，马就定了身站在两根结实的车辕中间，任随麻子给它套上肩轭和复杂的绊索。中辕驾好了，两匹边辕也驾好了。

人群安静下来。

麻子牵着青鬃马迈开了最初的两步。这两步，只是把套在马身上那些复杂的绊索绷紧了。麻子又领着三匹马迈出了小小的一步。这回，马车的车轮缓缓地转动了一点。但是，当麻子停下了步子，轮子又转回到了原来的地方。

"走啊，麻子！"人们着急了。

麻子笑了，细眼里放出锐利的亮光，他连着走了几步，轮子就转了大半圈。轮箍和轮轴互相摩擦，发出了旋转着的轮子必然会发出的声音：

叽——

像一只鸟有点胆怯又有点兴奋地要初试啼声，刚叫出半声就停住了。

马也竖起了耳朵，谛听身后那陌生的声音。

他又引领着马迈开了步子。

三匹马，青鬃马居中，两匹黑马分行两边，牵引着马车继续向前。转动的车轮终于发出了完整的声音：

叽——吭！

前半声小心翼翼，后半声理直气壮。

那声音如此令人振奋，三匹马不再要驭手引领，就伸长脖颈，耸起肩胛，奋力前行了。轮子连贯地转动，那声音也就响成了一串：

叽——吭！

叽——吭！叽——吭！叽——吭！

麻子从车头前闪开，在车侧紧跑几步，腾身而起，安坐在了驭手座上，取过竖在车辕上的鞭子，凌空一抽，马车就蹿出了广场，向着村外的大道飞驰起来。

从此，一直蜗行于机村的时间也像给装上了飞快旋转的车轮，转眼之间就快得像是射出的箭矢一样了。

这不，马车开动那一天的情景好像还在眼前，那些年里，麻子一脸坑洼里得意的红光还在闪烁，马车又要成为淘汰的事物了，因为拖拉机出现了。拖拉机不但比马车多出了四只轮子，更重要的是，一台机器代替了马匹。拖拉机手得意地拍拍机器，对围观的人说："四十匹马力。什么意思，就是相当于四十匹马。"

人群里发出一声赞叹。

拖拉机手还说："你们去问问麻子，他能不能把四十匹马一起套在马车前面？"

其实，拖拉机手早就看见麻子勒在手里的缰绳，骑在他心爱的青鬃马上，待在人圈外面，那情形，颇像是第一次给马车套马时的情形，但他故意要把这话让麻子听见。麻子也不得不承认，拖拉机手确实够格在自己面前威风。不要说那机器里憋着四十匹马的劲头，光看那红光闪闪的夺日油漆，看那比马车轮大上两三倍的轮子，他心里就有些可怜自己那矮小的马车了。

拖拉机油门一开，机器的确就像憋着很大劲头一样怒吼起来。它高竖在车身前的烟筒里突突地喷射一股股浓烟，那得意劲就像这些年里麻子坐在行驶的马车上，手摇着鞭子，嘴里叼着烟头喷着一口口青烟时的样子。看着力大无穷的拖拉机发动起来，麻子知道马车这个新事物在机村还没有运行十年，就已经是被淘汰的旧物了。

麻子转过身细心地套好了他的马车。他要驾着马车让所有想坐他马车的孩子们都坐上来，在路上去跑上一趟。过去，可不是随便哪个人都能坐上他的马车。他是一个不太喜欢孩子与女人的家伙。加上那时能坐马车也是一种身份的象征，所以很多人特别是很多孩子都没有坐过他的马车。但他驾着马车在村里转了两三圈，马车上还是空空荡荡的。那些平常只能爬到停着的马车上蹭蹭屁股的孩子们，这会儿都一溜烟地跟着拖拉机跑了。拖拉机正在人们面前尽情地展示它巨大的能耐。村外的田野里，拖拉机手指挥着人们摘掉了挂在车头后面的车厢，从车厢里卸下一挂有六只铁铧的犁头。熄了一会儿火的拖拉机又突突地喷出了烟圈，拖着那副犁头在地里开了几个来回，就干完了两头牛拉一套犁要一天才能干完的活路了。村里人跟在拖拉机后面，发出了阵阵惊叹。只有麻子坐在村中空荡荡的广场上，点燃了他的烟斗。

过去，他是太看重、太爱惜他的马车了。要早知道这马车并不会使用百年千年，就要“退出历史舞台”，那他真的就用不着这么珍重了。明白了一点时世进步道理的他，铁了心要让孩子们坐坐他的马车。第一天拖拉机从外面开回来时，天已经黑了。第二天一早，他就把马套上了。人们还是围在拖拉机旁热热闹闹。他勒着上了套的马，一动不动地端坐在马车之上。人们一直围着拖拉机转了两三个钟头，才有人意识到他和马车就在旁边。

“看，麻子还套着马车呢！”

“嗨，麻子，你不晓得马车再也没有用处了吗？”

“麻子，你没看见拖拉机吗？”

麻子也不搭腔，他坐在车辕上，点燃了烟斗。

这时，拖拉机发动起来了，昨天就已经预告过了，拖拉机要装上自己拉来的那个巨大的铁铲，一铲子下去，够十几个人干上整整一天。

拖拉机的吸引力真是太大了，麻子想补偿一下村里孩子们，让他们坐一趟马车的心愿都不能实现了。他卸了马，把马轭和那些复杂的绊索收好，骑着青鬃马上山去了。这一上山，就再也没有下山。还是生产队的干部上山去看他，领导说：“麻子还是下山吧，马已经没有什么用处了。”

他反问：“马怎么就没有用处了？”

“有拖拉机了，有汽车了。”

“那这些马怎么办？”算上拉过车的马，生产队一共有十多匹马，“不是还要人放着吗？那就是我了。”

第一个马车夫成了机村最后的牧马人了。机村人对于那些马、对于麻子都是有感情的。他们专门划出一片牧场，还相帮着在一处泉眼旁边的大树下盖起了一座小屋，那就是牧马人的居所了。时间加快了节奏飞快向前，新人新事不断涌现。同时，牧马人这样的人物就带一点悲情，隐没于这样的山间了。隔一段时间，麻子从山上下来，领一点粮，买一点盐，看到一个人，他那些僵死的麻子之间那些活泛的肌肉上浮起一点笑意，细眼里闪烁着锐利的光，就算是打过招呼了。当马车被风吹雨淋显出一副破败之相的时候，他赶着他的马群下山了。每匹马背上都驮上了一些木料，他给马车搭了一个遮风挡雨的窝棚。

机村终于在短短时间里，把马车和马车夫变成了一个过去、属于过去的形象。这个形象，不在记忆深处，马车还停在广场边一个角落里，连拉过马车的马都在，由马车夫自己精心地看护着。马和马车夫住在山上划定的那一小块牧场上，游走在现实开始消失、记忆开始生动的那个边缘。

拖拉机的漆水还很鲜亮，那些马就开始老去了。一匹马到了二十岁左右，就相当于人的六七十岁，所以马是不如人经老的。第一匹马快要咽气的时候，睁着一双水汪汪的大眼。麻子坐在马头旁边，看见马眼中映出晚霞烧红西天，当通红的霞光消失，星星一颗颗跳上天幕时，他听见马的喉咙里像马车上的绊索断掉一样的声响，然后，马的眼睛闭上了，把满天的星星和整个世界关在了它脑子的外边。麻子没有抬头看天，就地挖了一个深坑，半夜里，坑挖好了，他坐下来，抽起了烟斗。尽管身边闪烁着这明明灭灭的光芒，马的眼睛再没有睁开。他熄灭了烟斗，听见在这清冷的夜里，树上草上所起的浓重露水，正一颗颗顺着那些叶脉勾画的路线滴落在地上，融入了深厚而温暖的土里。深厚的土融入了黑夜，比黑夜更幽暗，那些湿漉漉的叶片却颤动着微微的光亮。

他又抽了一斗烟，然后，起身把马尸掀进了深坑，天亮的时候，他已经把地面平整好了。薄雾散尽，红日破空而出，那些伫立在寒夜中的马又开始走动，掀动着鼻翼发出轻轻的嘶鸣。

麻子下山去向生产队报告这匹马的死讯。

“你用什么证明马真的死了?”

他遇到了这样一个从来没有想到的问题。

“埋了?马是集体财产,你凭什么随便处置?皮子、肉都可以变成钱!”

他当然不能说是凭一个骑手、一个车夫对马的疼爱,他却因此受了这么深重的委屈。但他什么都不说,就转身上山去了。其实,领导的意思是要先报告了再埋掉,但领导不会直接把这意思说出来,领导也是机村人,不会真拿一匹死马的皮子去卖几个小钱。但领导不说几句狠话,人家都不会以为他像个领导。但麻子这个死心眼却深受委屈,一小半是为了自己,一多半还是为了死去的马和将死的马。从此,再有马死去,他也不下山来报告。除了有好心人悄悄上山给他送些日常用度,他自己再也不肯下山来了。

这也是一种宿命,在机器成为新生与强大的象征物时,马、马车成了注定退出历史舞台的那些力量的符号,而麻子自己,不知不觉间,就成功扮演了最后骑手与马车夫,最后一个牧马人的形象。他还活着待在牧场上,就已经成为一个传说。

从村子里望上去,总能看到马匹们四散在牧场上的隐约影子。那些影子一年年减少,十年不到,就只剩下三匹马了。最后的那一年冬天,雪下得特别大。一入冬就大雪不断。马找不到吃的,又有两匹马倒下了。那一天,麻子为马车搭建的窝棚被雪压塌了。当年最年轻力壮的青鬃马跑下山来,在广场上咴咴嘶鸣。

全村人都知道,麻子死了,青鬃马是报告消息来了。人们上山去,发现他果然已经死去了。他安坐在棚屋里,细细的眼睛仍然隙着一道小缝，但里面已经没有了锥子一样锐利的光。

草草处理完麻子的后事，人们再去理会青鬃马时，它却不见了踪迹。直到冬去春来，在夏天，村里有人声称在某处山野里碰见了它。它死了还是活着？活着？它在饮水还是吃草？答案就有些离奇了：它快得像一道光一样，没有看清楚就过去了。那你怎么知道就是青鬃马？我也不知道，但我就是知道。就这样，神秘的青鬃马在人们口中又活了好多个年头，到了“文化大革命”运动一来，反封建迷信的声势那么浩大，那匹变成传说的马，也就慢慢被人们忘记了。

少年诗篇

被处置过的田野是蓝色的，我疾速行走。

——杜·布舍《白色的马达》

外　公

外公并不真是丹泊的外公。那时丹泊年少，他上头的哥哥和表姐这么叫，他也就跟着这么叫。

外公是被强制还俗的喇嘛。他和自己以前的弟子——丹泊的舅舅住在一起。弟子把四体不勤的老人供养起来，并把称谓从师傅改为舅舅。这样，丹泊就有了个外公。

舅舅做喇嘛太久，不会农活，就给生产队放羊。

丹泊记事时，外公就已经是很老的样子了。在居里日岗，这个翠绿山林包围着的村子里，说一个人老了就意味着皮肤渐渐有了檀木或是黄铜的质感。那些三十岁上下就开始堆积在脸上的皱纹也渐渐舒展。当一个人是僧侣时，老去的过程就更该是这样。在这个过程中，身躯也会慢慢缩小，性情变得天真而和善。丹泊知道外公时，老人就已处于这个过程当中，好像就是要把一个人从小到大的肉体的历史倒过来演示一遍。这样，死亡到来时，也不像死亡，只当世界上未曾有过这人一样。

有时，看着盘腿坐在阳光中的老人，连呼吸的声音都听不到。丹泊就赶紧叫唤："外公，外公。"老人的眼睛又会放出一团豆粒大小的光芒。

在村里，有着这种看似复杂，实际上却简单自然关系的并不只此一家。这时正是夏天，蓬勃的绿色使寂静丰盈而且无边。舅舅在花园的木栅亭边，倚着三棵苹果树用柏木板搭了个平台。天气晴朗时，外公就终日坐在上面，树影和日光在身上交替。花园外边是大片麦地。中间一条大路，过了河上的木桥，路盘旋着上山。顺着外公的目光，可以看得很远，看到路给阔叶的树林吞没。这一带的山间，阔叶林和针叶林之间往往有大片陡峭的草地。

那些草地正是舅舅放羊的地方。

这个时期正是书上说的新西藏成长的时期。居里日岗村行政上属于四川，给人的感觉却还是西藏。丹泊在这个时期长大，比起前辈多点和天地万物息息相关的感觉也再正常不过。村子里已经有了一所国家办的初级小学，一座小水电站。冲动水轮泵和冲动磨坊巨大木轮的是同一条溪流，建电站时，小学生们每人背一条口袋排着队，唱着歌去参加劳动。

路上，经过一所孤独矮小的房子，学生们的声音就变小了。孩子们好奇又害怕。这里住着一个从麻风林痊愈归来的女人，村里给她单独修了一所房子，单独弄一块地不和村里那几百亩大的地相连，还给她一头奶牛。听到歌声，女人就带着一脸笑容到路边来瞧。孩子们口袋里装着拌水泥的河沙，害怕却又跑不动。就把队伍排得更加整齐，大声地唱：

“单干好比独木桥，走一步来摇三摇！”

沙子送到工地，就放学回家。丹泊回家，都要先经过外公的房子面前。等他走近时，外公的眼睛就已经笑到没有了，一个沉沉的白银耳环吊得耳垂和耳朵要分家了似的。

“外公！”丹泊大叫。

外公就从怀里掏出一块冰糖。外公的羊皮袄里总有一块冰糖。上面沾满了羊毛。丹泊不在乎这个。他吃到的东西总是沾有羊毛：麦面烧的馍馍、手抓肉、奶酪，村里有一句新产生的俗谚：“藏人肚子里有成团的羊毛，汉人胃子里有成块的铁。”小学的汉语老师炒菜铲饭，经常把锅刮出刺耳声响，因此就有了这种说法。

丹泊把冰糖塞到口中，先尝到的是羊皮的味道和老人皮肤的味道，然后才尝到甜味。丹泊就又甜甜地叫一声：“外公！”

外公并不说话，偶尔伸手摸摸他的脑袋。更多的时候，他把屁股下的羊皮垫子让出一点，叫外孙坐下，和他同看羊群下山。有时，丹泊就趴在那平台上做作业，外公就会拿过铅笔来，舔舔黑黑的笔芯，神情就好像他不曾是学问深厚的喇嘛，不曾用过笔一样。

丹泊一直以为外公是什么都不做的。

第一次看到外公做事，是藏历鬼节。

这天，母亲避开父亲交给丹泊一个口袋，叫他送到外公那里。平常母亲总要给外公送些吃的东西，也都是背着父亲的。父亲是积极分子，不喜欢舅舅和外公一类的人。父亲会愤愤地说：“寄生虫还在寄生！”鬼节的早上露水很重，丹泊把一串湿脚印留在了干燥的门廊上。

丹泊大叫一声，回答他的是一串铃声叮当。外公家平常上锁的耳房打开了，里面灯光闪烁。外公坐在一排灯盏前，一手摇铃，一手摇动经轮，在大声诵经。丹泊长大的年代，这一切都在禁止之列。眼前的情景，给他鬼祟恐怖的感觉。他退出那房子，只希望留在地板上的湿脚印快些消失。到了外面，丹泊打开口袋，里面是面粉和着酥油捏成的猪头牛头一类狰狞的东西。跑到家门口，他就放声哭了。

母亲说："这些都是送给你真正外公外婆的东西。我们送不到，只有外公能够帮忙。"

说着，母亲也嘤嘤哭泣起来。那声音，像是一群金色蜜蜂的歌唱。

这几天上山割草，丹泊就把这件事告诉了表姐。

表姐说："小声。"

她说："小声。鬼听到了，要去抢外婆的东西，那些饿鬼。"

丹泊往四周看看，只见树下一团团阴凉，一只只蝴蝶在其间来回飞翔。往后，一有人提到鬼，丹泊就想起很美的林间空地：幽寂、封闭，时间失去了流淌的方向。在他的周围，父亲正确但高高在上；母亲亲切、唠叨，见识却一塌糊涂，所以，一个漂亮清新的表姐对他就十分重要。

表姐还告诉他说舅舅要走了，去一个很远的地方。

"干什么？"

表姐说："你不懂，他是去看一个人。"

"那我就懂了，他是去看一个女人。"

表姐只大丹泊一岁，平常总是做出大他十岁的样子。丹泊对着表姐挥动镰刀的背影，大声问："那谁去放羊？"

表姐头也不回，说："外公！"

丹泊就大笑。笑得在草丛中不停地翻滚。他不相信整天坐着、小眉小眼的老头能上山放羊。可舅舅牵了一匹马，真的就走了。送走出远门的人，丹泊就等在羊栏边上。一顶毡帽在雾气中慢慢飘来。终于，帽子下的脸也清晰了。是外公！那张光滑的脸上又有了深刻的皱纹。他带了抛石器，还把一把长刀横插在腰间。他说："嗬，看我这个喇嘛还从来没有这样威风过呢！"丹泊知道外公身上有不对劲的地方，却又说不出不对劲在什么地方。以前，在寺院，他只管供佛参禅，尊比贵族。还了俗，也由以前的徒弟供养，并没有真正劳作过一天。现在，徒弟因为一个神秘女人去了远处，外公这才算是真正开始了还俗的生活。

羊群拥出圈门时，外公肯定眼花缭乱。真正的牧羊人能把这开了闸的水一样外泄的羊数得一清二楚。早上一次，晚上归圈时再数一次。外公的目光要么被一只羊拖出老远，要么一只羊也没有抓住。还是丹泊告诉他："一百三十二只。"

外公擦一把汗，笑笑，说："我还以为是一百零八，一串念珠的数目呢。"

他还伸手到以前揣冰糖的地方摸索一阵，说："我没有冰糖了。"羊群走出老远，还听得见他不必要地大声吆喝，把抛石器摔得噼啪作响。

丹泊对母亲说："我以为外公要死了，结果却能上山放羊。"

"他大半辈子都享福，六十多岁上头，却不敢老了。"母亲又吩咐放了学跟表姐上山去接外公。

下了课丹泊不等表姐，立即飞奔上山。很快，羊群就出现在眼前。看见外公端坐在草地上，又变成了那个一尊小菩萨像般的模样。

丹泊走到外公面前，看见他的嘴飞快地蠕动，就问他吃的什么。外公一笑，说："啊，刚当喇嘛时背熟的经文。"

丹泊问外公："你看到过鬼？"

外公却摸摸他的头："你十岁，你的眼睛没有看到过鬼。"

“那你鬼节时念经，给死人送吃的东西。”

老人脸上就现出很忧伤的那种动人神情，说：“你叫我怎么样给你说呢？”

一声响亮的撞击打断了老人和孩子的交谈。这在羊群中是一种常见的事情。

一只年轻的公羊向头羊的地位发起挑战。

头羊兀立不动，双角粗大虬曲，胡须在轻风中飘拂。年轻的公羊一步步后退，退到很远了，然后向前猛冲。两个羊头撞在一起时，震得人心在胸膛中摇晃。

几下撞击过后，两个羊头都已鲜血淋漓。又一声响亮的撞击过后，外公张开嘴，孩子一样哭泣起来，露出一口整齐的白牙。外公的哭声有点像母亲的叫声。他哭一声，然后住了声听那一记要命的撞击，然后再哭一声。这一切加起来，就有了一种游戏的味道。

有一下撞击使得年轻公羊半只角折断，旋转着升上天空。

外公不哭了。他挥舞着带着木鞘的长刀冲到两头公羊中间。他用刀鞘敲击羊头：“退开！我要杀死你了。再打我喇嘛要开杀戒了！”

只在鲜血淋漓的羊头上敲击几下，杜鹃花木做成的刀鞘就裂开了。两只羊不要外公继续威胁，就停止打斗了。断了角的挑战者退到远远的地方。

头羊依然兀立不动。

外公喘着气说：“我打赢了。”他看看刀上的血，厌恶地说，“天哪，拿到我看不见它的地方。”

头羊依然兀立不动，直到背后的天空开始出现绚丽的晚霞，羊群里响起呼儿唤母的咩咩声，它才往山下走，整个羊群跟在它后边，秩序井然。

下山的路上，丹泊看见麻风女人在树丛中窥探，就对外公说："我看见鬼了。"

外公说："六十岁的眼睛都不敢说看见，十岁的眼睛晓得什么！"

回到家里，他对母亲说："我看见鬼了。"

"娃娃家，不要乱说。"

父亲对母亲说："看看你们一家子，尽教我儿子些什么。"

舅舅没有在预定的时间回来，他是去了以前当和尚时寺庙附近的一个地方。所以，父亲说起舅舅时总是说："哼，那个骚和尚，可能给一条母狗咬了吧。"

倒是外公越来越像个牧羊人了。羊群漫过木桥时，他把桥板踩得哐哐作响。表姐和丹泊都发现外公的身材比舅舅还高大。短短几天，还俗的老喇嘛又是村里那种终日辛苦劳作的壮年男子了。星期天，丹泊要去放羊，表姐说："放心好了，他行。我还是带你去割草。"

割了草，背到房子后边大杉树上搭着的架子上晾好，两个人就在宽敞的木架上躺下。鼻子里立即就充满了松脂和干草的味道，丹泊就说表姐你变成一把干草了。

"放屁，我是人，不是干草。"

"那你的手、耳朵，怎么都是干草的味道。"

表姐就咯咯地笑起来："不要脸，我要告你。"

丹泊问舅舅为什么要去那么远的地方找一个女人。

表姐说："以前他们就好了，可外公不准。现在外公准了，当然就去接她了。"

丹泊就说："哦，舅舅硬是个骚和尚。"

表姐就说："呸，不要脸，我要告你！"

丹泊不晓得她要告自己什么，他不晓得的事情还多。不久，他就在干草香味中睡着了。表姐掏出镜子，把桦树皮卷成的圆筒在新穿的耳洞里塞好。在村里一批同样大的孩子中，她有最勤快能干的称誉。丹泊读书最行那更是全村公认。现在，她忍不住就用镜子接了阳光去晃表弟的脸，他却熟睡不醒。再后来，镜子里就没有太阳了，天边乌云汹涌而来。她赶紧把表弟摇醒，喊他一起去接外公。话音刚落，一个炸雷就嚓啦啦打了下来。

雷电惊动了羊群，这些胆怯的生灵就往草地边缘的林中奔跑。在这里，所谓放羊，就是将其拦住，不要进入危险四伏的森林。外公展开双臂，站在林边，风把他的吆喝声堵在了嘴里，风还使他的衣衫飞扬。这个以前绝不会为生计操心的人，不像是在拦羊，而像一只拼命挣扎却飞不上天空的大鸟。还是表姐和丹泊在空中把绳子抽得一声声炸响，才把羊群聚拢，驱赶到一个背风的低洼地方。夏天的暴雨在这时猛然倾泻下来，天色暗得像是夜晚，一道闪电把羊群照成蓝色。他们站着，守护着羊群，雨水从头到脚，鞭子一样抽打。

一场暴雨转瞬即逝。

乌云挟带着雷声滚动到别的地方，一道彩虹悠然出现在天地之间，羊们抖抖身上的雨水，更加纯净地散开到草地里去了。

表姐和丹泊也学着羊的样子甩一甩头，脸上的雨水就没有了。外公的光头上没有什么能够停留，他说："我怎么这么没用啊。"脸上就有一串稀疏的水滴往下，往下，闪动着银子那样的光泽。丹泊就知道，外公又哭了。

丹泊就对表姐说："还像个娃娃一样。"

表姐一变脸，对他现出很多的眼白，说："走。"

他们就走开了。在林子边的灌木上把湿衣服铺开。不一会儿，外公自己过来了，身上的湿衣服上雾气蒸腾。老人把手伸进怀里，问："两个娃娃吃不吃冰糖。"

表姐说："让我想想。"

丹泊说："吃喇嘛的糖阿妈要骂我。"

外公的手从皮袍里抽出来，空空如也，只有手指上沾了几根羊毛。外公哈哈大笑，说："天哪，冰糖全部化了！"

表姐就说："外公会放羊了。"

外公皱皱鼻子，丹泊以为他又要哭了，却听见他说："你们舅舅就自由了。"

这句话，有点像民间故事中某种魔法解除时人们的言辞。或者是解除魔法的人说：你自由了；或者是被解脱的人说：我自由了。而丹泊少年时经历的这个故事却仅仅只是一个喇嘛还俗的故事，一个平心静气等待死亡的人重新投入生活的故事。

太阳慢慢晒干了他们的衣裳。外公问："丹泊，你能教我做一个刀鞘吗？"

"我问了我阿爸再告诉你。"

外公说："那我还是去向他讨教吧。"

表　姐

表姐是亲的。她后来嫁给了一个打猎好手。

这个人因为猎取国家二级保护动物被判了两年徒刑，出狱后就变成个游手好闲的无赖。丹泊也已经是个武警上尉，正和驻地县政协主席的女儿恋爱。他领导的中队有些拳脚好的战士不愿意回农村，退了伍就被安排到县城的治安联防队收拾酒鬼和小偷一类人物。丹泊在县城街上遇到再没有干草香味的表姐，她说男人又跑了。丹泊上尉给表姐背上那个娃娃二十元钱，就到联防队叫一个以前的部下出来，问认不认识某某人。回答说昨晚上还喝醉了在馆子里发疯呢。丹泊就吩咐，给老子把屎给他打出来，叫他不敢进城瞎逛，但不准打死打残。

昔日的部下一个立正，说："保证完成任务。"

"我日你妈！"上尉骂一句，自己也笑了起来。上尉去会女友。穿过大街上一团团槐树阴凉，心里颇不平静。

表姐让他想起了少年时凄楚又美丽的日子。

那阵的表姐也不是如今这个样子。

舅舅是冬天回来的。那时，外公的羊已经放得很好了。那天下了大雪。他伏在屋顶上，端着父亲的猎枪瞄准雪地里觅食的野鸽群。瞄准了，抬头一勾，枪机就咔嗒一声脆响。

丹泊的枪里没装子弹。

一只狐狸不知从什么地方钻出来，窜进了鸽群，却一只也没有扑到。鸽群惊飞起来，在天空中盘旋。一会儿窜进阳光变成明亮的快乐音符，一会儿又没入浓重山影。丹泊对着狐狸大笑一声："哈哈！"

狐狸坐在雪地里往天上张望。一张口，发出一声狗一样尖细的吠叫。

这时，有人从另外的地方向大胆的狐狸开了一枪。狐狸舒展开身子，弹射到空中，又慢慢落到雪地上了。

丹泊欢呼一声，扔了手中的空枪往楼下冲去。他要趁狐狸身体还温热的时候，摸一摸它的耳朵和尾巴，这样就可以说是触摸过活着的狐狸了。他向狐狸跑去的时候，还看见外公和表姐在远处，背着干草走向羊栏。他把眼睛转向狐狸时，干草上残留的夏天青翠的颜色还在眼底存留了一会儿。

孩子把手伸向漂亮的，委垂在白雪中的狐狸尾巴。

狐狸却猛蹬一双后腿，在他眼前扬起一片雪雾。等到丹泊把眼睛重新张开，就没有了狐狸火苗样抖动的身影，只有一片空旷明亮的雪原了。

"狐狸总是这样的。"

舅舅就站在了他面前！他在远行了半年，把外公变成了一个合格的牧羊人后又回来了，而且形象大变。他那和尚的秃头上蓄起了长发，脸上有了一道使他显得威武的狭长刀疤。手里居然提着一支枪，枪口还往外冒着硝烟的味道。

"是你开的枪?!"

"我的枪法还不好。"

丹泊就问："表姐说你的马会驮回来一个女人?"

舅舅脸上那道伤疤动了动："我的马背是空的。她骑了另外一个人的马。"

丹泊就不知道该说什么了。

还是舅舅又说："鸽群又飞回来了，想开一枪吗?"

丹泊就对着天上盘旋的野鸽群开了一枪。这是他平生开的第一枪，并且叫后坐力蹴翻在地上。

舅舅就经常带丹泊上山打猎，可他外甥不喜欢这种活动，还俗和尚就又在孩子群中物色了一个小伙伴，就是这个人后来成了表姐的丈夫。

丹泊问表姐："舅舅怎么比最好的猎手克珠还喜欢打猎?"

表姐说："外公不肯把羊群还给他放。"

那时，外公的头上也长起了硬硬的花白头发，舅舅就下地学做农活，空下来就上山打猎。表姐还告诉丹泊："那个女人变心了，跟别的男人跑了。你晓得女人变心是什么意思吗？"

丹泊想想，说："就像你本来跟我割草，后来又跑去跟别的男人割草一样？"

"呸！"表姐啐他一口，"你一小娃娃算是男人吗？"

这年夏天，表姐就已经十二岁多了。

丹泊就说："那我娶你！"

表姐揪住他头猛摇几下，然后腰里缠了绳子，手里提了镰刀上山割草。又一个夏天在绿草在风中翻滚，银色的波浪一下下波动到很远的地方。草很汹涌，拍击着小孩子的小小心事和一点甜蜜的惆怅。

那个麻风女人在他们平常割草的地方割草！

如果世上真有鬼魂，那么，这个女人就是丹泊心目中的鬼魂。她在整个村子的生活之外，但又若隐若现，确实存在。就像死人一样，以前也是村子的一员，从被送进人民政府的麻风医院时就算死了。这个女人却又十分美丽。

丹泊问："她还要割草？"

表姐说："咦？她没有奶牛？"

丹泊还想说什么。

表姐就竖起指头说："嘘！"两个孩子就看女人割草。

那女人挥舞镰刀的姿势是多么柔软而优美啊。大片大片的青草倒伏在她的脚前。女人割草的地方在一条小路边上。这条路是舅舅上山打猎的必经之路。舅舅上山时，做出谁也没有看见的样子。麻风女人注视着猎人的背影。这身影消失后，她也就收了镰下山去了。

丹泊说："她连一根青草都不带走，又割草干什么？"

表姐说："她想偷走一个男人的心。"

丹泊把这话告诉母亲。母亲就说："你表姐能干懂事，我喜欢她。"母亲还说，"不知我有没有那个福气。"

这话，丹泊已在磨坊守夜时，讲给舅舅和表姐听。舅舅端着茶碗大笑。这时，舅舅已经跟那个麻风女人来往了。人们告诫他那样的人不可接近时，他脸上的伤疤抖动了一下，说："共产党把我们这些人也都换了一遍，还有一个病人会医不好？"这句话一段时间就成了工作组收集到的新格言。在各种说明反封建成果的文件、汇报、总结中一再引用。舅舅并不知道自己还了俗之后在语言上有如此造就，但他知道自己需要粮食和女人。他把两袋麦子放在毛驴背上，又在挎包里装上铁錾、木槌、肉干和一点点淡酒。他又把两床牛毛毯子绑在丹泊身上，说："伙计，我们走吧。"

丹泊说："我去叫表姐。"

表姐来了，对舅舅吐吐舌头。舅舅就在毛驴屁股上猛拍一掌："走吧，伙计。"

一路上，表姐喋喋不休："舅舅，外公怎么不要你放羊了？"

"你打猎的时候看见路边有个割草的吗？"

舅舅就说："女孩子家，耍弄舌头。"

表姐就又把舌头吐了出来。

而磨坊所在的地方是多么的美丽！好像清澈的水流把夏天的绿意与阳光全部带到了这里。水闸那里，晶亮的水高高飞溅。表姐用箭竹扎成扫磨坊，舅舅用绳子一头拴在腰上，一头拴着石磨，从台子上卸下，挪到阳光里。山谷里，响起木槌敲击铁錾的声音。舅舅要用大半天时间才能给石磨开出新齿。丹泊把毛驴拴在有大片树荫的地方。表姐拉着他钻进树林捡柴火。夏天，树林里干柴不多，加上沿着溪流的草地上到处是成熟的草莓，他们在林子里耽搁了不少时间。

麻风女人也到了磨坊边上。她坐在地上纺毛线，手中的纺锤不断旋转。舅舅在给石磨开齿。两人中间隔着很大的一片草地。草地上点缀着细细的草莓花。麻风女人看见两个孩子时，笑了一笑。丹泊和表姐也仔细端详这个女人。这女人很美，而且不像人们传说的那样没有眉毛和手指。表姐就对那女人勉强笑了一笑。她又踢丹泊一脚，表弟也迫使自己挤出一个笑容。放上柴火时，表姐就问："我是不是笑得太难看了。"

"你本来是笑得好看的。"

表姐却很夸张地惊叫起来："天哪！我怎么会对她笑呢？她是那个女人啊！"

"你笑都笑了。"

"你也笑了！糟了，我们不该给她笑脸！"两个孩子绷着脸来到舅舅身边坐下，弄得舅舅也不自然了。起初，他们都尽力不去看那女人，最后，还是表姐忍不住率先看了。女人又给他们一脸美丽的笑容。丹泊和表姐也都笑了，而且笑得相当自然。到太阳下山的时候，女人就起身离开了。身影浸入林中时，歌声又飘了过来。

丹泊看见表姐对自己眏眏眼，问舅舅说："歌声好听吗？"

舅舅也对丹泊眏眏眼，回答道："我只听见死女子说话，没有听见死女子唱歌。"他吭哧吭哧把石盘挪进磨房，再用劲挪到下扇上扣好，把一袋麦子倒进小牛皮缝成的料斗。大叫一声："开闸！"

丹泊在外边一按杠杆，闸板就升了起来。水顺着陡峭的枧槽冲转了木轮。丹泊从进水口冲进磨坊，这里石盘刚刚开始转动，一截系在料斗上的木棒斜靠在石磨上，借此把振动传到料斗。麦子就一粒粒从倒悬的小牛皮袋口中落到磨芯里。等到两扇石磨间开始吐出面粉时，天就黑下来了。

表姐坚持要把火烧在外面的草地上，吃饭也要在外面的草地上。她说："不然，到磨坊上来还有什么意思。"

舅舅就把火烧在外边。

吃完饭，表姐要在露天里睡觉，舅舅从磨坊里搬出干草铺在地上，两个孩子和衣在干草上躺下。给他们盖上牛毛毯子后，舅舅就进磨坊睡觉去了。

表姐恶狠狠地说："把靴子脱掉！"

两双小赤脚碰在一起，表姐就咯咯地笑了起来。

现在，整个夜晚就在他们的四周了。天空那些明亮的星星后面原来还有那么多更小更密的星星啊。在哗哗的水声中，星星们似乎旋转着缓缓流动了……

丹泊睡着不久，又被表姐弄醒了。表姐说："看。"

朦胧中只见一个高大的身影出了磨房，小心绕过他们干草的地铺，顺着月光下发白的小路走了。他去的方向是下午女人离开的方向。表姐踢丹泊一脚："他不盖，去把那条毯子也拿来。"

加上一条毯子，立即就很热。表姐咯咯一笑："脱衣服睡！"

又说："不准脱光啊。"说完，又咯咯地笑了起来。

丹泊就说："我晓得他去做什么，舅舅是去找那个女人。"

表姐就骂："不要脸！我要告你！"接着又用很老成的口吻说，"我看他要结婚了。"

丹泊就想：人为什么要结婚？舅舅为了结婚弄得脸上落下了刀疤，弄到晚上不能好好睡觉。于是就咕哝道："我不要结婚。"

表姐说："你敢！"

表姐十分突然地在他脸上亲了一口，自己小小惊叫一声，说："你说你要我。"

"我阿妈才想叫我要你。"

两个孩子的话把夜都惊醒了。

第二年夏天，舅舅和那女人生下了一个孩子。同时，公社鉴于那女人的病已经彻底痊愈，批准她成为人民公社社员。公社为此专门来了书记和卫生所长，在村里召开了一个群众大会。

丹泊看见表姐抱着那婴儿，不断亲吻他粉红色的小脸。看到丹泊，表姐把脸转到别的地方。表姐已经长高了许多，胸脯也膨胀起来。丹泊觉得有表姐在的地方已不是他在的地方，就出了会场上山去帮外公放羊。

这年，表姐是十三岁多将近十四。丹泊小表姐一岁，也有一十二岁了。

后来，表姐休了学，就完全是个女人了。

群蜂飞舞

今天是一九九二年六月的一天，我在这个故事发生的地方写这篇东西，就在寺院的客房中间。四周静寂无声，抬眼就可以看见大殿的屋脊上站着永不疲倦的铜鹿，它们站在那里守护法轮。在我和这些闪闪发光的东西之间，是一片开满黄色小花的草地。这里还是中国一条有名的大江发源的地方，清澈的空气中有净水的芬芳。我不由得面带微笑，写下了这几个字：群蜂飞舞。刚写完，我立即就感到了光芒和颤动，听到了曼妙的音乐，虽然我不知它来自何方。

于是，我往下写：

彩虹或佛光

我住的是桑木旦先生的房间。桑木旦先生去了美国后，寺院管理委员会与活佛共同决定把这里辟为接待来访学者的客房。

都说桑木旦先生是个奇妙的人物。

还在上中学的时候，他就以聪颖和懒散而闻名。故事是从他和一帮男女同学去野餐开始的，因为广阔草原终于迎来了短暂的夏天。桑木旦先生那时对数学充满兴趣，他把草原的广大与夏天的短促相比，说："妈的根本不合比例！"他们无意中选中了一个重要的日子去野餐。就是这一天，一个圆寂了十七年的活佛化身被预言将在这天出现。学生们上路的同时，我现在居住的这个寺院的僧人们早早就上路了。他们一路快马加鞭，正午时分就来到了圣湖边上。近处，洁白的鸥鸟在水上蹁跹，远处，一柱青烟笔直地升上蓝天，这一切当然都被看作吉祥的征兆。其实，那天梯般的烟柱下面是一群野餐的男女少年。一群马就在这群少年人附近游荡。两个十六岁的中学生逮住了白色的两匹，在同伴们钦敬的目光中奔向天边，其中一个在圣湖边上被认做了转世活佛。

桑木旦单马回去，用悲伤的表情说人家选了他最好的朋友，而不选他，他对放马的牧人说："新活佛把你的白马骑走了，我以后叫他赔给你。"牧人惊惶地捂住桑木旦先生的嘴。接下来，这个英俊的汉子五体投地向着圣湖方向磕起头来。桑木旦没做活佛仍然是一个自自在在的快乐青年。

桑木旦大学毕业后在一所中学做了数学教师。他留起了一抹漂亮而轻佻的胡子，却不是个四处追欢逐乐的人了。他的工作很受欢迎，自己却心不在焉的样子。

终于，他对校长说："我要辞职不干了。"他对认为他又在开什么玩笑的校长说，"我不会去做生意，想找个地方去学点经学的什么东西。"

于是，他来到了我现在所住的地方，竖立起我背后这些书橱，摆下了我正伏身其上的这张桌子。活佛是他当年的同学和好友，为他剃度时却做出不认识的样子。桑木旦用最真诚最带感情的声音叫了当年好友的名字，说："我真心地谢谢你。"

活佛对我说："我不知怎么不高兴他来。"

我说："其实，他是知道的。"

活佛说："我说桑木旦先生你不能直呼我的名字。他那胡子看起来有讥笑的意思，我就叫人剃去了他的胡子。"

胡子一经剃去，他的脸就显得真诚了。于是，活佛带着点歉意说："就是你，也要起一个法名。"

"我不要什么法名，我不是想来争你这里的什么功名，我只是来学点经学的东西。"

这句话非常冒失无礼，却引起了学问最好的拉然巴格西的兴趣。格西做活佛的经师十年有余，渐渐对他的悟性与根器失望起来。格西就对桑木旦先生说："跟我学佛学中的根本之学内明学吧，只有它宏大精深，奥义无穷啊。"

那天，格西讲授龙树的《中论》说世间万物万象皆"空"，而这个"空"又不是没有。活佛听了半天也不得要领，没有形而上能力。桑木旦先生就说："嘁，还不如数学难学。"他还对活佛说，"当年，你数学就不好，所以着急不得。"打这以后，活佛就拒绝跟桑木旦先生一起听讲了。

而桑木旦先生就坐在我现在坐着的地方，把拉然巴格西也未曾全部穷究过的经卷打开。阳光照进窗户，金粉写成的字母闪闪发光。桑木旦先生微笑着戴上变色眼镜，金光立即就消失了，纸上就只剩下了智慧本身，在那里悄然絮语。他带着遗憾的心情想：这个世界上，任谁也读不完这些充满智慧也浪费智慧的书了。格西却忧心忡忡，活佛已经拒绝上哲学课了。他把兴趣转向了医学，禅房内挂起了学习诊脉和人体经络的挂图。

这天，桑木旦先生正想着没有人能穷究所有经卷时，格西来了。格西叹口气说："你的天资证明我们当初选错了活佛。"

"我不会想当活佛的。"

"是啊，那时就是你不肯当。"当时，是两位翩翩少年骑着白马出现在湖边，而叫相信预言的僧人们不知选定哪个才好。桑木旦那时就骑马走开了。

桑木旦先生把经卷用黄绸包好，放回架上，说："那我们看看他去吧。"出门时，他提上来寺时带的包，并且把门上了锁，还把初来时就收起的金表也戴上了，指针停在两年前的某个时间。格西问："你这是干什么？"

桑木旦先生也不答话，大步往大殿方向走去。到了大殿门口，格西想叫他站住。格西下定决心，既然一个寺院只有一个高级别的活佛而且无法更改，就要维护他的威仪。见活佛之前就要叫人预先通报，可桑木旦先生却径直走了进去。

格西站在大殿门外，看着阳光在花间闪烁，一些色彩艳丽的野蜜蜂停在花上扇动透明的翅膀。这时，活佛和桑木旦先生并肩从空洞的大殿中走了出来。他听见活佛边走边吩咐随从，叫他取个收音机来。他说："桑木旦先生的金表不知道尘世上是北京时间几点。"

随侍的小和尚小跑着去了。活佛、桑木旦先生和拉然巴格西就顶着阳光，望着天上变幻不定的云朵。小和尚又小跑着来了，学着播音员庄重的声音说："刚才最后一响，是北京时间十六点整。"弄得三个人都笑了起来。

桑木旦先生对表时，活佛伸手在快要触及他肩膀的地方做了个拍肩的姿势，就转身踅进了大殿。不远处的柏树林下，几个和尚在呜呜哇哇练习唢呐。格西这才明白，桑木旦先生要离开了。因为桑木旦先生提上了包，说："真是个美丽的地方。"桑木旦先生还对格西说："我去过你的家乡，那里也是一个很美的地方，夏天里也是到处都有蜜蜂在歌唱。"

说话时，他们已经相随着到了寺院的围墙外边，清澈的溪水潺潺流淌。

桑木旦先生叫了一声："啊！哈！"转眼之间，他就把自己脱得一丝不挂，扑进了溪流中间。这个学问精深的人在清浅的水中扑腾，他噗噜噜喷水，像快乐的马驹打着响鼻。他把头整个钻进水中，结实的脊梁拱出水面，像一条大鱼。最后，他猛地站了起来，嗬嗬欢叫着摆动头颅，满头水珠迸散成一片银色水雾。这一瞬间，世间的一切都停顿下来。虽然鸟依然在叫着，轻风依然从此岸到彼岸，但整个世界确实在这里骤然停顿一下。拉然巴格西看到罩在桑木旦先生头上的水雾，被下午西斜的阳光透耀，幻化出一轮小小的彩虹。

天哪！佛光！

格西两膝一软，差点就要对在水中嬉游的人跪下了，彩虹也就在这个时刻消失了。时光又往前流动，桑木旦先生坦然踏上了岸边草地。他站在那里蹦跳着，等太阳把身体晒干。高处，四面八方都是中止了功课出来围观的喇嘛和尚，风吹动他们宽大庄重的紫红衣衫，噼噼啪啪的声音像是有无数面旗帜在招展。

写到这里，一团阴影遮住了明亮的光线，是格西来我这里做客了，我们一起用了乳酪和茶。之后，我把写好的故事念给他听，他说："嗬嗬，是这么个味道。看来，你要写马了。"

人们都不注意时，两匹马越过了低矮的山口。一匹骑着人，一匹马的空背缎子样闪闪发光。没人看见两匹红马渐渐过来，都看着桑木旦先生一件件穿好另一个世界里的时髦装束，戴上金表，贴在耳朵上听听，转身，两匹马已经来到了狭窄的溪流的对岸。

桑木旦先生对马背上的人扬扬手，说："很准时啊，你！"

来人在马上弓一弓身子说："请上马，我们要十点才能到接你的汽车那里。"

"好啊，我们要在月光下经过湖岸了。"

桑木旦先生骑着红马头也不回，走了。

风使绕着院墙的一排排镀铜的经轮隆隆旋转起来，一时间，四处金光灿烂。拉然巴格西从这一片金光中往回走，经过大殿门口时，看见穿着杏黄衬衫的活佛站在石阶上瞩望。格西不禁想到赋予他威仪的是名号而不是学问，格西伸出双手："这是他奉还的念珠与袈裟。"

"桑木旦他真的走了？"

格西不回答。格西的目光越过活佛的头顶，目光落在妙音仙女的琵琶上。这个仙女是佛教世界中的诗歌女神。格西仰望着女神，突然想写一首关于彩虹或者佛光的诗歌。一念及此，便只听得铮铮然一声响亮，是妙音仙女在空中拨动了手中的琵琶。只是一声，却余音绵长、轻盈、透亮，犹如醍醐灌顶，犹如是从采蜜花间的蜜蜂翅膀上产生的一样。

之后好久，这一声响亮还在拉然巴格西耳边回荡。

群蜂飞舞

秋天未到，就传来桑木旦先生在首都获得博士学位的消息。

传来的消息肯定有些走样，说是桑木旦先生答辩时一个问题也不回答那些哲学教授。桑木旦先生在传说中显得很有机锋，他说："问题也好回答也不好回答。不信,就让我站着的问坐着的一点。”

但是,桑木旦先生已经写成了一本有关宗教哲学中诡辩论方法的书,填补了一个学术空白领域而获得博士学位。现今有一种比附,把寺院中显教密教学院比做大学,把格西比做博士。格西想,自己也是个博士,但却是皓首穷经才取得的啊,于是赞叹:“是根器很好的人哪!”

活佛说:“扎西班典。”

扎西班典是一个人的名字,同时也是这个寺院护法神祇的名字。藏传佛教的一些书中说:凡是以雪山为栅栏有青稞和牦牛的地域都是自己流布的地域。佛教在这个地域流传过程中不断增添着神祇,比如在传布过程中把许多妖魔鬼怪收服为护法。扎西班典三百年前是一个格西,也就是一个博士。他因为学问太多疑问太多,走上旁门左道,死后不能即身成佛,而成为邪魔,被当时功力深厚的活佛收摄而专门保护经典。

活佛问:“那天,桑木旦先生说了些什么?”

“哪天?”

“他走的那天。”

“他问我家乡是不是比这里更美,在这个季节。”

“你看是这样的吗?”

“我想花开得早,蜜蜂也更多一些。”

“嗬嗬!”

这个本寺有史以来的十七世活佛,说:嗬嗬!就是不太满意的意思了。格西决定不对活佛说彩虹或佛光的事情了。现在,他决定永远不说了。

之后,日子就平静下来,活佛也开始潜心向学。没有桑木旦先生在,活佛也就显出了相当的领悟能力,人也一天天重新变得亲切起来了。草原上的美好季节飞快消逝，落花变成飞雪，白雪在一片金黄的原野上降落，一点也没有萧索的味道。

寺院和桑木旦先生居住的城市并没有书信往返，但人们总能得到他的消息，知道他正在学习一种可以给世界上所有文字注音的奇妙语言。还说他正在写一本内明方面的书，兼及喇嘛们的修持术，而这正是拉然巴格西所专擅的啊。那本正在远方案头写作的书成了格西冥想的障碍。他想：自己也该写一本这样的书了。但是，众多的弟子环绕身旁，连活佛眼中也闪烁着因为有所领悟而更加如饥似渴的光芒，格西就只好指导他们诵读经典。

花正落着飞雪就降临，所以，下雪天里四处还暗浮着浅淡的花香。在弟子们的诵经声中，有了一种更加轻盈的声音在飞旋，在比弟子们声音更高的地方。

弟子们也都抬起头来，从空中捕捉这美妙声音的来源。大家都把目光转向了壁画上的妙音天女，只有格西看到了是一只野蜜蜂在低垂的布幔间飞翔。本来，大家都是熟悉这种声音的。这种色彩的蜂就只在草原上生长，蜂巢筑在草棵下的土洞里。眼下这只蜂未能在落雪前及时归巢，却飞到这里歌唱来了。

格西不禁由衷赞道："好啊！"

弟子们也心口如一，齐声赞道："好啊！"

不说妙哉妙哉而说好啊是多么出乎本心！

射进窗口的阳光从高处投射下来，照亮了一张张脸。光芒背后，是雪花自天而降。格西更深稳地坐在黄缎铺成的法座上，闭上了双眼。他并不奇怪自己看到那个头顶彩虹的人，但那个人迅速隐身。格西于是又看到一个人——可能就是自己在花间行走，双手沾满了蜂蜜的味道，赤脚上沾满花香。

群蜂飞舞！

拉然巴格西只听訇然一声，天眼就已打开！

他感到庄严大殿厚重的墙壁消失，身上的衣裳也水一样流走。现在，他是置身于洁净的飞雪中了！沁凉芬芳的雪花落在身前身后、身里身外。而群蜂飞舞，吟唱的声音幻化成莲座，托着他轻轻上升起来。

桑木旦先生的梦魇

整个冬天，拉然巴格西闭关静修。春天，他重新出现在大家面前时，已是一副奇崛之相了：额头变得高而且亮堂，中间仿佛要生出角来似的凸起，放射着超然的光芒。格西不仅样子大变，性情也变得随和起来。他不再希望人人都师从他学习经院哲学，对弟子也不似原来严厉了。

活佛说："格西以前话又多又长。"

格西说："我梦见了桑木旦先生。"

"那是他要回来了吗？"

活佛发觉自己怀念着桑木旦先生，不知是他自动还俗还是他成了博士的缘故。活佛又看到多年前的情景，看到一帮男女同学出去野餐。他想：那两匹白马是自天而降的吧？它们那样洁白，那样轻盈优雅，应当不是俗世的产物。当时，他们却都没有想到这些，只是凭了少年人的敏捷身手和美好心情翻身上了马背，往宝石般湛蓝的湖边飞奔而去。湖泊幽蓝宁静像是落在地上的一片天空，两个少年人惊喜地欢叫起来。

活佛对我说："我现在还听得见自己是怎么叫唤的，还有桑木旦先生。"

每天，他都来看我，一脸亲切庄重的神情，背后跟着他眉清目秀的侍从，小心翼翼地捧一罐牛奶。活佛把牛奶递给我，看我一口气把牛奶喝干。完了，我对着罐口大喘，里面就像大千世界一样发出回响。然后，他问："写到什么地方了？"

"你们因为美景而叫喊。"

"我们，我和桑木旦先生是喊了，喇嘛们就冲了出来。"

喇嘛们像埋伏的士兵一样从盛开的小叶杜鹃林中冲了出来。也许因为花香过于浓烈，他们像醉了一般摇摇晃晃。后来，他们说是因为终于找到了领袖的极度幸福。喇嘛们得到兆示：圆寂已久的十六世活佛早已转生，十七世将是一个翩翩少年骑白马出现在初夏的湖边。他们扑倒在马前，用头叩击柔软的草地。等抬头时，他们却一下子呆住了。面前是两个少年骑来了两匹白马！其余都像预兆中一样，鲜花悄然散发奇香，鸥鸟从湖面上飞起。看来，他们必须选择一个了。拉然巴格西的手伸向了看去更聪明俊美的少年。可桑木旦却一提缰绳，叫道："不！"然后，一串马蹄声嗒嗒掠过湖岸。于是，巨大的黄色伞盖在如今这个活佛头上张开，在那团阴凉的庇佑下，少年人走上了他威仪万分的僧侣生涯。

活佛如今平静地向我追忆这些往事，当然也掩过了一些尴尬的段落。他总是以一个宗教领袖的口吻说："桑木旦先生当了博士，我为此而感到安慰。我还要为他多多地祈祷。"我不好表示反对或赞同，就暧昧地笑笑。他又说："我确实想念他。"

他也对格西说同样的话。

格西说："等着吧，他十二天之内就会回来。"

桑木旦先生是十三天头上回来的。这次回来，桑木旦先生带着帐篷、睡袋、照相机、罐头食品，也就不再住如今我住的房子，而把营地扎在了寺院外边生长蘑菇的草地上了。桑木旦先生人也有些变了，不再是那种十分聪明而对什么都可以满不在乎的样子了，想是因为已经是国家的博士了。他在自己的帐篷里招待活佛与格西吃了一顿水果罐头：梨、荔枝、菠萝、杨梅。他戴着舌头很长的帽子，持着相机肆意拍摄：塑像、壁画、法器、日常生活用具，其余时间就趴在罐头箱子上写一本书。活佛趁他不在时看到了书名：《在尘世和天堂之间——我短暂的喇嘛生活》。那么，他永远地回到尘世了，往天堂方向走了一段又回去了。一股温情涌上了活佛的心头。晚上，活佛又去看他。昔日的朋友已经入睡了。帐篷四周荡漾着水果的甘甜味道，那是桑木旦先生打开的罐头所散发的。月光照亮了他的脸。这个快乐的人的梦看来并不轻松，他的眉头紧皱。活佛为他祈祷一阵，桑木旦先生叹息一声，眉头就舒展开了。

回去的时候，露水打湿了活佛的双脚。

第二天，活佛又去了帐篷。桑木旦先生不在，活佛又想起昔日两个少年人之间的小小把戏。他找来几块拳头大的石头，塞到了桑木旦先生的被褥下边，这些都被格西看在眼里。他说活佛已经有很好的心境接近真知了，格西是在活佛留他一起用饭时这样讲的。这时，桑木旦先生进来了，说是昨天晚上做了噩梦，梦到活佛打他，一拳又一拳。

格西笑了。

活佛就往桑木旦先生身上真打了一拳："是这样吗？"

"没有什么疼，但确实在打。"

格西就说："我看你要离开我们了。"

"是。"桑木旦先生低下头，说，"我要走了。"

沉默好一阵子，活佛说："以前我也做过同样的梦嘛。"那时，总是桑木旦把什么东西塞到朋友的褥子下边，硌痛身子时就梦见有人打自己。

活佛一提这事，桑木旦先生立即就明白过来了，脸随即也就涨红了。

活佛说："我让你照个你没照过的东西。你知道我们的护法神是不能让外人看见的。"活佛把一只挂着绣画的橱门推开，里面一组四只面具就被光芒照亮。这四只面具表示同一个人，就是那个很久以前因学问和疑问不能成佛的格西扎西班典。四只面具中三只狰狞恐怖是他成为护法神时的化身像，一只则是写他的真容。桑木旦先生虽然不如活佛曾把自己比做这个扎西班典，却也熟知他如何成为护法神祇的故事。从相机的取景框里，那人带着疑问的固执眼光刺痛了他的心房。

桑木旦先生就要到遥远的外国去了。带着从这里得到的全部东西，去外国教授东方神秘哲学，但他自己也有一种背叛了什么的感觉。

告辞时，活佛说："我要送送你。"

长相奇崛而且正变得更加奇崛的拉然巴格西端坐着，含笑不语。隔着一道纱幕似的阳光望去，像是已化成一座雕像。桑木旦先生跪下来，向恩师磕头，感到了青草的柔软和芳香。

在帐篷里，活佛从褥子下取出石头，说："我不会再打你了。"

两个昔日的朋友相对着哈哈大笑。

到了晚上，桑木旦先生迟迟不能入睡，睡着后也不得安生，老是感到有水浇在身上，醒来却是一片月光。再入睡时，桑木旦先生就梦魇了。他梦见满月磨盘一般从空中压迫下来，闪烁一下，就变成了护法神扎西班典的脸。三百年前的叛逆对三百年后的叛逆断喝一声："打！"

许多小拳头立即从背后袭来。一下，一下，又是一下。在梦中，他不断从窄小的睡袋中抬起身子，却又更重地落在拳头上面。桑木旦先生这个平常快乐而骄傲的人在梦中呻吟、央求。

活佛踏着月光来了，把昔日的朋友从梦魇中解脱出来。前面说过，这是一片生长蘑菇的草地。今夜，露气浓重，草地上蘑菇开始破土而出了，正好有一小群顶在桑木旦先生的睡袋下面，造成了梦魇。

活佛和桑木旦先生在草地上生起火，不一会儿，宁静的月光中就满是牛奶烧蘑菇的香甜气息。

槐　花

突然袭来一股浓烈的花香。

五月的这个平常夜晚，谢拉班竟不知自己身在何处。他在梦醒时突然感到这过分的宁静，还闻到了稠重浓烈的花香，是槐花的香气。

谢拉班揭开盖在腿上的毛毯，站起身来。床架和身上的关节都在嘎嘎作响。他弓着腰站在这个岗亭里，咳嗽声震动了窗上的玻璃。他的四周都是玻璃，十六块正嗒嗒震响的玻璃把他包围起来。玻璃上面是铁皮做成的尖顶。当他关了灯，仰躺在床上，岗亭的顶尖就成了一只幽深的倒悬的杯子，里面斟满往事气味的杯子。他总是平静而又小心地啜饮。他对自己说：这样很好。用的是儿子对他说话的那种口吻。儿子叫自己住进了这种鸟笼一样又像酒瓶一样的房子时说：这样好，这样很好。啜饮往事时，他小心翼翼地不叫嘴唇碰到那杯子的边沿，以免尝到油漆过的、生了锈的、被油污腐蚀了的钢铁的味道。在他看守的这个停车场里多的是这种东西：栅门，废弃了的汽车上的部件，钢丝绳，挂在胸前像个护身符一样用来报警的口哨。

花香又一次袭来。

他却做出猎人嗅到什么气味时习惯地侧耳倾听的姿态，同时掀动着两扇比常人宽大很多的鼻翼。而玻璃仍然轻轻震响，扰乱了他的注意力。儿子别出心裁，把他看守车场的小屋建成一座岗亭的样子，而且是有楼房的岗亭。谢拉班掀开楼顶口的盖板，下了用钢管焊成的七级楼梯。底层就没有玻璃了。水泥墙上有个小孔。地下是他新挖的火塘和几件炊具：一把木勺，几只木碗，一个铜茶炊。儿子送来的东西中他只要了一只砂罐用来焖米饭。他宽大的笨拙的身子从窄窄的门中挤出时，他想到了一只正在出洞的熊，想到了自己正举枪瞄准。这时，他被稀薄的光芒所笼罩，他以为是稀薄的月光，但天空很阴沉，没有月亮。照耀他的是这个城市向夜空扩散的午夜的灯光。灯光罩在城市上空，像晴朗日子里被风卷起的一团灰蒙蒙的尘土。灯光散漫，没有方向。在这种灯光下，停在车场上那几十辆卡车都统统变成了一种灰蒙蒙的没有影子的东西。他有点不相信这些能够高声轰鸣欢畅奔驰的东西怎么会如此安静而没有影子。目光越过停车场灰色的围墙，那些鳞次栉比的楼房也一样闪烁着软体动物沾水后那种灰白晦暗的光芒。

而他赖以栖身的岗亭像一朵硕大而孤独的蘑菇。这朵蘑菇没有香气。他想起那些出去打猎的夜晚。夜半从露宿的杉树下醒来，有香气冉冉而起，一朵朵蘑菇就在身前身后破土而出。这是猎手将交好运的征兆。

转过身子时，他发现墙外河边的树子。花香来自那几株槐树。在这个五月的平常的夜晚，槐花突然开放了。河风把甘甜的花香一股股吹送过来。

“开了，槐花开了。”

他尽量靠近散发花香的树，一直走到车场出口的铁栅门边。树和他就只隔着一条马路一扇铁栅门。栅门晚上上锁，白天打开，钥匙不在他的手里。无望的时候他就要听到这巨大的寂静。目力所及，凡是被灰蒙蒙的灯光映射的地方都有这种寂静存在。而那些灯光照射不到的树林里、田野里、村庄里的夜晚却充满了声音，生命的声音。野兽走动，禽鸟梦呓，草木生长，风吹动，青年男女们幽会抚爱……谢拉班望着那几株散发香气的槐树怀念自己死去的长子，那几个私生的漂亮女儿。他和别的女人私生的都是女儿。和妻子只生了两个儿子。妻子死了，大儿子打猎时枪走火死了。小儿子成了派出所所长。当所长的儿子看他孤独，为他办了农转非手续。这个以前远近闻名的猎手成了车场的守夜人，每天有三块钱工资，五角钱夜餐补助。

警车尖利的叫声划破了寂静。

儿子他们又抓住小偷或者什么别的坏人了吗？谢拉班为那个小家伙担心了。虽然他知道小家伙不在城里。

他躺在床上，身上盖着毛毯。四周尽是玻璃，这样便于看守。他却渴望真正的夜，真正的黑暗，而灯光却从四面漫射而来。他渴望的那种黑暗叫人心里踏实，带着树木、泥土、水的味道，而绝不是停车场上这种橡胶、油漆、汽油和锈蚀的钢铁的浓烈得强制人呼吸的蛮横味道。

闭上眼睛，那小家伙向他走来。那眉眼，那暴突的门牙都给人一种稚气的感觉。第一次见面，他就想叮嘱他小心。小心什么呢？小心汽车还是小心交通警察？而小家伙稚气未脱却故作老成，用一种突然有了钱，见了一点世面的大大咧咧的口气跟他说话。

他说："喂，老头，守车钱。不要发票，你打酒喝吧！"

"嗨，老头，想不想听点新鲜事情。"

“嗨，老头子，想不想要个姑娘……”

“嗨，老头……”

谢拉班却偏偏对这么一个不懂礼貌的小家伙怀着父亲般的慈爱。所以，当他大大咧咧和自己说话时，真想赏他几记耳光，但他却用哄孩子一样的声音说：“把车停好，停好。”停好车了，小家伙大大咧咧地从车上下来，他又叮嘱他收好东西，关上车窗，上锁。因为小家伙和他说话时用的是很少人懂得的家乡方言，而这个城市通行汉语和标准藏语。

每次都是等小家伙走远了，谢拉班才突然意识到：天哪，家乡话！

老头已经很久不说家乡话了。再说除了家乡话，他只能讲几句和守车有关的不连贯的汉语。所以几乎失去了说话的机会。他白天睡觉，晚上——这个灯光永远亮不到白昼的程度的、黄昏般的夜晚醒着，守护这些谁也搬不动的卡车。

但他刚进城时不住在这里。他儿子和媳妇跟他住在一起。是他要儿子给他找的活干，他没有什么要抱怨的。儿媳妇是汉人，戴着眼镜，说话轻声细语。谢拉班尤其喜欢她那口整齐洁白的牙齿。他爱过的女人都有这样的牙齿。媳妇给了他一间专门的房间。床低矮柔软。墙上挂着他舍不得卖掉的火枪，一对干枯的分岔很多的鹿角，几颗玉石一样光滑的野猪獠牙，几根特别漂亮的野鸡翎子。窗下有一张躺椅，上面铺着熊皮。孤独时，他在这个屋子里回忆往事，怀念林子和死去的亲人与猎犬。媳妇还经常让同事和上司来参观一个老猎手的房间，引起他们的赞叹。谢拉班终于渐渐明白，那赞叹不是冲他来的，而是冲着媳妇。赞叹她对一个形貌古怪的老实木讷的异族公公的孝敬而发的。最终的结果是她成了妇联的领导。那天家里摆了酒，白酒、啤酒、红葡萄酒，还有好多的菜。吃完，媳妇用牙签拨弄牙缝，拨断了几根签子也没弄出点什么。

她大张开嘴唇，这时，她的全部上牙就掉了下来。谢拉班沉默着，知道自己受骗了。媳妇可爱的牙齿是假的。她哼着歌把假牙放进了杯子，掺上盐水。谢拉班对儿子说："我受不了了。"

"为什么？"

"你老婆是假的，牙齿。是你打掉的吗？"

儿子摇头。

媳妇问丈夫："你们说什么，你们用汉话谈吧。"

"父亲不会。"

"慢慢学嘛。"说完，她就端起那个装假牙的杯子进了另一间房间。

谢拉班突然高声说："我要回家！"

儿子的口吻变得严厉了："这不可能。你户口在这里。户口是什么你知道吗？"

于是他就成为车场的守夜人了。

刚守夜的时候还没有这个专门的停车场。原先的车都停在一个僻静的十字街口。守夜人住在一幢六层楼房平时不用的安全门洞里，门洞很小，刚好能放下一张床，一只火炉和他宽大的身子。他在这里喝一点酒，太阳出来前入睡，太阳落下后醒来。这时，街灯已经亮了，楼上的窗口里传出电视里演奏国歌的声音，一辆辆牌号不一、新旧不等的卡车慢慢驶来，寻找合适的停靠位置。谢拉班看到这些平时在公路上风驰电掣的钢铁家伙在自己面前如此小心感到开心。他手里挥动着一个大肚细颈的扁平的酒瓶指挥这些汽车停在这里，停在那里。只是那酒瓶是个司机喝光了里面的白兰地后扔下的。后来，他把儿子为他架的床拆了，在地上铺上那张曾铺在躺椅上的头尾爪俱全的熊皮，听着火炉里劈柴的噼啪声和那好闻的松脂香气，在熊皮上安然入眠。司机们给他捎来不同地区出产的酒和食物，那时他常常喝醉，一个住在楼上整天被一对双胞胎孙子弄得精疲力竭的老头和一个拉垃圾的老头不时来他守夜的小屋里坐坐，一起缅怀年轻时候的日子。两个老头都羡慕他有这样一份美差。谢拉班喝多了，他听见自己得意地说："我儿子是派出所所长。"他知道自己不想对比自己还可怜的老头说这些，可是却管不住自己的舌头，"我媳妇也是官了。"第二天，他向两个朋友道了歉。过不久，带孩子的老头来告诉他拉垃圾的老头死了，他也要回乡下老家去了。

那天，两个老头喝了酒。

谢拉班羡慕他能回到乡下。

他却羡慕谢拉班能留在城里。

谢拉班因此多喝了几口，分手后，他信步走到最短的那条横街。春天里暴涨的河水出现在他面前。岸边浮荡脏污的泡沫。因为太多的泥浆，河中翻涌不起意想中那样汹涌的浪头。夕阳把河水映照得一派金黄。河水带着浓重的泥腥味穿城而过，最后消失在群山之中。远山中岚气迷蒙，凄凉、孤独的感觉涌上心头。许多东西在咬他的心房和骨头。直到背后城里灯光明亮起来，远山从视线中完全消失，才离开河岸。

走回守夜的地方时，感到很累，他知道自己日渐衰老了。天要变了，一身关节都在隐隐作痛。

就是这个晚上，那个小家伙来了。小家伙稚气未脱却大模大样的。

"喂，老头！"

"我叫谢拉班。"

"老头。嘿嘿，老头。"

"我是一个有名的猎手，你听到过我的名字吗？回去问你阿妈吧！"

"老头，你醉了吧？"

谢拉班猛然咆哮起来:“我叫你把车子停在右边,不是左边!”

小家伙却砰地关上车门,吹起了口哨。谢拉班深感委屈,喝多的酒好像就要从眼里流溢出来了。他劈手揪住小家伙的领口。小家伙却扼住他的手腕。他们相持不下,但谢拉班知道自己老了,力气渐渐变小,而小家伙的力气却是越来越大了呀!这时,他越过对手的肩头看见儿子阴沉着脸一声不响走了过来。

谢拉班说:“快放手,派出所所长来了!”小家伙没有松手。他儿子的拳头在小家伙的面前晃动。小家伙大声争辩,又和派出所所长扭结在一起了。谢拉班硬把儿子拉开。在他搂住小家伙的同时,儿子拿出手铐,威吓说要把小家伙铐走。谢拉班承认是自己喝多了酒,挑起的事端。儿子给他留下一束干肉,悻悻地走了。

那个晚上,谢拉班为小家伙准备了吃食。让他躺在熊皮上休息,向他讲述那张熊皮的来历。向他讲那些牙齿洁白漂亮的女人。最后,他对小家伙说:“你要找女人就找一个牙齿真的洁白整齐的女人。”

小家伙歪着嘴笑了。

回想起来,那仿佛是他进城后最短的一个夜晚。

小家伙每次都给他捎来东西:一捆引火的干树枝,点燃后熏除蚊虫和秽气的新鲜柏枝,糖果,甘蔗,鼻烟,死野鸡,甚至还带来过一摞连环画和一把玩具手枪。然后就和他告别,上街吃饭,打下点小注的台球。

只有一次,他的车夜半才抵达。

小家伙从车上抱出来大把洁白芬芳的槐花,他把槐花扔在熊皮上,小屋里立即充满了槐花的香气。他又从车上取下一小袋麦面,说:“做个馍馍吧,家乡的槐花馍馍吧。”

这也是一个过于短暂的夜晚。

谢拉班生火，烧水，和面，在面粉中掺进细碎的槐花瓣子。小家伙睡着了。小屋里缭绕着甘甜的槐花香气。馍馍刚熟，他就醒了。他的嘴开始笑时眼睛还没有全张开。

“好了吗？”

“好了。”

“老头啊，我们先来看看馍馍上的纹路预兆些什么吧！”

老头轻轻吹拂自己的十个指尖，说：“让你拿起的东西告诉我们一个好明天。”馍馍上纹路开阔，眉开眼笑，香气四溢。

吃这个馍馍时又烧上另一个馍馍。这后一个馍馍也一样眉开眼笑。

小家伙说：“好哇，明天可以取回我的执照了。”

“执照？”

“他们把我执照没收了。有你儿子。”

早上，谢拉班往儿子办公室送去家乡风味的馍馍，取回了执照。

儿子说：“叫小家伙不要再遇见我，他干的事够他蹲两年监狱。”

看来事情是真的，小家伙再没有来过了。好在充作停车场的街口在这年冬天里颇不寂寞。半夜还有醉汉唱歌，掀翻垃圾桶。有面白如雪眼圈幽蓝的女人来往招摇。还有一只野狗在垃圾中寻找食物。这只狗种很纯正，耳朵、眼睛、鼻子都是那种能成为出色猎狗的灵敏样子，却不知它为何流落城市，肮脏而又瘦弱。最后几个醉汉用一段电线结束了它的生命。后来，谢拉班被告知，凡发现醉汉、暗娼、小偷、流氓都要向派出所报告，并且可以得到奖金。后来又有了治安巡逻队。那些夜游者就断了踪迹。谢拉班感到寂寞了。坐在小屋里怀念那个干了坏事的说家乡话的喜欢槐花馍馍的小家伙。他小屋的门永远开着。有时听到有尖利的呜呜声响起，以为是吹风，却看见警车执行任务。更多的时候却是风挟着雪花在灯光中飞扬。

新年过后不久,新的停车场建好了。

是儿子的主意把守夜人的小屋建成他不喜欢的样子。儿子显然一片好心,那样他躺在床上就可以看守这些车子。

现在,在这个槐花初放、香气浓郁的夜半,谢拉班躺在床上,在漫射的灰蒙蒙的灯光中,在玻璃的包围里想起出猎时住过的岩洞、栅寮,它们的味道和月光下浓重的阴影,和它们相比,现在栖身的地方简直是不合情理。尽管他知道,在城里,使用玻璃和油漆最多的房子是最好的房子。

他听见自己说:"我不喜欢。"他想:人老了,开始莫名其妙的自言自语了。他把厚实的毯子拉起来,盖住脸。想象自己已经死了,并有意识地抑制自己的呼吸。心脏跳动的声音早就渐渐慢了。他睡着了。梦见了大片大片碧绿的青草。醒来那些青草还在坡上摇曳起伏。梦见青草预兆见到失违的亲人。谁呢?小儿子不梦见青草也能见到。大儿子和妻子梦见青草也见不到了。

"那就是他了。"他又听见自己自言自语了。

他看到说家乡话的小家伙从他车上下来。看见小家伙下车时摹仿那些最老成的司机的姿态。听见他喊:"老头,嗨!"

谢拉班又听见自己说:"槐花开了。"

这时,组成这个城市的建筑正从模糊的、似梦非梦的灯光下解脱出来。谢拉班从床上起来。那天他花了很长时间把一些废钢条绑成了一架梯子,把梯子扛到槐树下,采摘了许多芬芳洁白的槐花。

银环蛇

事先，我们谁也没有想到会在那里遇到蛇，美丽而又令人恐怖的蛇。

在这个世界上，除了我们恐怕还没有谁有足够的心理准备，准备到山地冰川旅游同时又遇到蛇。到冰川去，到原始森林中去旅游，带一点探险性质。这对敏感的人和愿意显得敏感的人来说，是有点险峻峭拔而又神秘的诗意的。譬如我们看见高耸入碧空的贡嘎山发生雪崩，隆隆声像雷声一样传向远处下方的世界，白色的雪雾冉冉升腾，并在强烈日光照耀下幻化成里七层外七层的美丽彩虹而去设想一种壮烈而高洁的死亡方式。再譬如大家都设想在大森林中突然失去路径，这样，男人拯救女人，女人鼓舞男人，艳情像海拔四千米以上这些美丽的大叶杜鹃花一样浓烈而短暂地开放。

我们中的唯一的做妻子的人问她丈夫："森林里有狮子吗?"丈夫看看手中印刷精美的旅游指南，说："没有。"她不太信任丈夫。这对年轻夫妇来自大城市。一旦我们离开了汽车，骑上马背在蔽天的阴湿的藤蔓交织的森林中穿行时，她就开始不信任丈夫了，所以，她转身问我："有吗?"

我说:“只有喜欢穿着漂亮的女人的猴子。”后来,我们一行五人中有人说她当时用极夸张的动作掩住了脸,叫道:“啊呀！不要脸的猴子!”我却是记不清楚这件事情了。

我们一行五人。因为一个偶然的机会凑在一起。算是认识了也算是互不认识。五人在短暂的机缘里,彼此不知姓名,只知道三个人来自大城市,同一座城市,两女一男,其中一对是夫妻。三个人或许彼此认识,或许彼此不认识。剩下两个男人,一个来自江边,另一个来自另一座雪山脚下。

在小说中,我们没有名字,只好叫作丈夫,妻子,单身女人,江边人和山里人。

现在,我们从旅行接近尾声的部分开始。其实,我们已经离开了冰川。

除了冰川,我们什么也没有碰到,不论是死亡,还是在死亡边缘爆发的美丽爱情以及狮子和猴子,除了几只很平常的隐身林间的小鸟,没碰上什么。银环蛇我们从冰川下来,在三号营地的红房子里吃了一顿米饭和一盆红色的菌子,就往二号营地的那处温泉出发了。送我们上山的马队在那里等候我们。见到冰川前的激动与见到冰川后的狂喜已经烟消云散。只剩下从山下那个叫作磨西的村庄出发四天来骑马和徒步攀登冰川积攒下来的疲倦。激动消失时疲惫就悄然来临。兴奋从身体的哪个部位消失,疲惫就迅速占据哪个部位。被高大的冷杉和红桦夹峙的道路上被覆着黑色的腐殖土。就是这条柔软的潮润的道路把我们从高处向低处导引。起初有人唱歌。妻子和单身女人不时停下来剥几张桦树皮或是采几片树叶。不久,寂静来到我们五个人中间。只感觉到柔软的道路带着我们酸痛的身体和肿胀的双脚,向下,向下,在幽暗的森林中间，向下，向下，像被水流带往深渊的懵懵懂懂的鱼。

不久，起风了。

风掠过树梢的声音仿佛有更多的沉默的不再想象什么的人在另一番天地里行走。我们驻足倾听，四周泛起带水腥味的苔藓气息，看不见的天空里雷声响起。

江边人突然说："不要害怕，要下雨了。"不知为什么他又补充一句，"我在云南当过几年兵，不要害怕。"山里人说："谁害怕了？"并用询问的目光注视另外三个人。

单身女人说："我没有害怕。我上大学时是篮球队员。"妻子避开山里人的目光，攀住丈夫的肩头："前前后后那么多人都到哪里去了？"丈夫看看身后变得愈益幽暗的树林，说："不要害怕。"说话间，雨水就下来了。森林里的光线黯淡得如同黄昏一般。当然，我们知道这不是黄昏。有一只手表停了。另外四只不同牌号的手表都指在下午四点。我们在一株高大的云杉下避雨。丈夫说书上写了不能在大树下避雨，会遭雷击，可不在大树下就无处避雨。大家侧耳倾听，只有满耳雨声，雨声后面是原始森林更为阔大的寂静。香烟点燃了，在三个男人嘴上散发出人间烟火的气息。

烟火明明灭灭，不时照亮三个男子或者显得坚定或者显得懦弱的下巴。

我们已经开始忘记冰川了。

这时谁也没有想到蛇。想到那种阴冷的、鳞片雨打树叶一样沙沙作响的蛇。

单身女人打开旅游指南，指着一幅彩色照片说："怎么没有看见这种杉树。"从照片上看，那是和紫杉没有多大差别的一种杉树，学名麦吊杉。

是地球纪年的某一古老的地质年代残存下来的孑遗植物。这是该旅游区除冰川、温泉外的又一自然景观。我们已经处于海拔三千多米的高度。壮观的冰川叫我们忘记了这种杉树。我们是不再愿意为一睹其风采而回到海拔四千米以上的高度。

这是个小小的遗憾。

我们在云杉下躲避阵雨。

没有谁能断定这是短暂的阵雨,同时却又都相信这是一场转瞬即逝、给我们明亮灿烂的冰川之行留下一点幽深而潮湿记忆的阵雨,于是话题也转到一些和这种阴湿有关的东西:某种心境,某些流派作品中的中央部分……话题跳跃,展开,中止,又一次跳跃。我们还谈到某类苔藓,一些蘑菇,甚至是远在异国的种类繁多的蜥蜴。只是依然连想也没有想到蛇。

雨停了。

重新上路时,我们的兴致又高涨起来。雨水的浸润使小路更加柔软。我们喜欢这样的道路。道路引着我们缓缓以一种高度下降到另一种高度。森林似乎变得稀疏了一些,前途又变得明朗一些了。

我们心情愉快,就要遇到蛇了,却没有一点预感。

路旁一株鹅掌楸出现了。这是植物带变化的标志。这第一株鹅掌楸被斫去了一大片树皮,露出象牙色的木质,上书红漆大字:

距二号温泉营地 1 km

就在这里,道路离开平缓的泥土肥厚的山脊,绕着之字形向深邃的雾气蒸腾的峡谷急转直下。路上布满石头,植被也因为桦树与杉树渐渐稀少而显得杂乱无章,灌木丛中杂草丰茂。好在太阳出现了,带着一片淡淡的金色。然后,我们嗅到了温泉上浓烈的硫磺味道,接着,从绿树的缝隙中望见宿营地木屋那些富于异国情调的尖顶。我们叹口气，然后不约而同坐下来在这一天最后的阳光下休憩，并把旅行袋打开，把最后一点干粮、饮料拿出来分享。从二号营地到一号营地的行程就是在温顺而矮小的山地马背上了，坐在这里，身上感到阳光淡淡的暖意，听到在营地里等候我们的马匹咴咴的嘶鸣声。

于是谈动物。

关于马。话题跳跃一下，就说到了蛇。是江边人先说的。他在云南当过兵，种过橡胶，因此见过许多名目繁多的蛇。当然还有他家乡水边水性很好的一种蛇。他既熟知水边的情形，在山里表现也不差。山里人有点自己被比下去了的感觉。江边人说：这种雨后初霁的时分，蛇就要出洞了。他把蛇攻击人和人被蛇紧紧缠绕的情景描绘得相当细致。妻子一脸娇柔胆怯的样子，一双手蛇一样缠绕住丈夫的腰肢。而坚强的，或许把坚强表现得有点过分的单身女人还是忍不住频频回头，在风摇动草丛发出类似于某种冷血动物伏地蜿蜒的声音的时候。这时，她又发现了一种新的叶子，一种酸枣类灌木的叶子。单身女人已经在她的日记本中夹进无数的叶子了。她站起身来，在路边徜徉，终于还是缺乏踏进草丛的勇气。因为谈到了蛇，草丛里就暗伏危险了。山里人站起来，他不相信这里有蛇，却做出不怕蛇也不怕别的任何东西的样子，踏进草丛，采下那片形状和枫叶有点类似带点毛刺的叶子献给了坚强的女士。

这时，蛇出现了。

蛇就从山里人跨出草丛的地方尾随而出。它的三角形的翠绿的头抬起来，搭到一枝横斜的牛蒡上。这时，仿佛有一台空调机开动了，我们都感到了飕飕作响的冷气。大家惊呼蛇的时候，山里人明知是蛇，但脸上依然保持着给女士献上叶子时的勇敢庄重的样子，淡淡地说："那是蜂鸟。”丈夫把妻子挡在身后：“屁！热带才有蜂鸟。”蛇就在那里，它把头从草棵上挪下，慢慢爬到路的中央，就停了下来。它的身子也是翠绿色的，上面有一道道银环，像一条丢弃的绕着银丝的绿色绸带，年轻女人们用来束发的那种绸带。

三个男人捡起了石头，向蛇砸去。开初那些石头都砸偏了。石头堆积在蛇的四周，足够给它砌一座很像样的坟墓了。蛇从石头中间昂起头来，口中嗞嗞有声，还吐出两条长长的信子。两个互相不太欣赏的女人紧靠在一起了，夕阳把她俩亲密依偎的身影拉得很长，很长。

三个男人手握石头，一点点缩短着和蛇的距离。石头落在了蛇身上，这下，它打算逃跑了，它害怕人了，可惜被打中的那一段和石头一起陷进了地里。又一块石头落在它头上，它扭动一下还可以扭动的那段身子，死了。

江边人说这种蛇剧毒，被它咬了，人迈不出十步。

大家都擦了一把头上的汗水。

丈夫说：“吓一吓后面的人。”山里人说：“特别是女人。”于是，那条尺多长的死蛇给挂在路边的树枝上，挂在人不至于碰到但和眼睛平行的那种位置上。让后面的女人也失声尖叫，让后面的男子汉们背上出点冷汗吧，这样可以使人兴奋，驱除疲劳。做这件缺德事时，三个男人惬意地享受着两位女士亲昵的咒骂。

重新上路时，单身女人讲了一个关于蛇的故事。故事是从《奥秘》画报上看来的：一个阿拉伯贝都因牧人在沙漠里打死了一条蛇，当夜，皓月当空的时候，大群蛇前来报复，前赴后继攻击牧人的羊群和帐篷，到月落时分，羊群死绝，临死的牧人看到蛇组成一条黑色的溪流，波动起伏。

“这种习性是它们从人类身上学来的。”有人用客观的腔调说。

“我们也会受到同样报复吗?”“那就有许多游客,那些没打蛇的人也陪着我们牺牲了。”“不准说了!”妻子捂紧耳朵尖声叫道。我们也立即止住了渲染恐怖的话题,转而用打死一条其实并未向人主动攻击的蛇是否符合人道主义,是否有违绅士风度,是否违反动物保护法来自我调侃,来掩饰刚才的失态。

第二条蛇出现了。

山里人先发现了这条蛇,一股冷气飕飕地爬上脊梁:“蛇!……蛇……”大家立即止住脚步。走在最后的单身女人没有看到蛇,她以戏谑的口气问:“复仇的蛇吗?”那条蛇从路坎上下来,身子带下来一些疏松的石头和泥沙。这是一条颜色与银环以及头部的形状都和刚刚打死那条一模一样的家伙,只是更粗更长,它从从容容地从路坎上下来,来到大路中央,然后举起了脑袋,两腮不断地鼓动。我们还看到了它细小而凶气逼人的眼睛,看来,它是准备向我们攻击了。

“糟了,那条蛇的妈妈!”大家嘴里都发出了惊恐而又凶恶的喊声。三个男人扑了上去,用石头、木棍疯狂地击打,等我们住下手来,蛇已经不复蛇的形状而变成一团肉酱了。我们周身像是和老虎狮子搏斗了一番似的大汗淋漓。

妻子哭了。

单身女人在尽力克制不要颤抖。

这里离营地已经很近了。温泉上的硫磺味更加浓重,并且还听到人们扑进温泉游泳池时欢快的叫喊。山里人仍在努力回想棍子是怎么来到手上的。棍子光滑而结实,十分凑手,完全不像慌乱中随手折下的一段枯枝。他用询问的眼光扫视每个同伴,他们都认真地摇头。棍子上粘着一点淡淡的血迹和几片鳞甲。

江边人身上渐渐显出军人的姿态:“解除警报,出发。”他挥挥手,走在了前头。那对夫妻和单身女人走在中间,山里人殿后,手里的木棍上蛇鳞闪烁银光。

江边人走在前头,小心而警惕。我们的人都在模仿他的动作。他环顾四周的姿势,举手投足的姿势。这有点像喜剧片里显得夸张的镜头里一支身份不明的鬼鬼祟祟的队伍。

他的手举起来了,示意停步。

我们就知道又有蛇,第三条蛇出现了。这时,夕阳坠落,山风起来,峡谷里充满低沉而浑然的风声,像深沉的大河在天外滚动。

第三条蛇身上的翠绿已经显得有点苍老了,环上的银光也有点黯淡,粗厚的鳞甲历历可数,它横躺在路的中央,阻断了整条小路。我们僵立在那里,敛气静息。那个无意中讲起的蛇向人类复仇的故事加重了恐怖气氛。现在,人人都不约而同地想到了那个故事。这条蛇像段腐朽的树枝横在那里,腐朽成绿色的树枝到暗夜降临的时候就会闪烁幽然的磷火了。蛇像没有生命的东西横在路上,好像特别有耐心,让我们的精神备受折磨,同时在等待更多的蛇的到来。要么就是顺从天命,因为丧亲之痛,而甘心让我们结束它的生命。一个很快失去儿子与妻子的人也完全会有这种表现。我们已经打死两条蛇了,现在又出现了更大的一条,我们是不敢也不愿再向它攻击了。三条蛇颜色一模一样,银环一模一样,只是一条大过一条,这一切都似乎满含暗示。

山谷也变得变幻莫测。

黄昏开始降临了。蛇依然如故,横斜在那里。用那种姿态表现着我们能想到的一切:威胁、抗议、险恶的杀机,或者是悲哀、绝望、等待死亡。这其中任何一点都足以使我们在这陌生的、和蛇身一样翠绿的山谷中感到恐惧。

暮色四合，蛇终于抬起拳头大小的脑袋，用陌生人张望陌生人那样的姿态向我们张望一阵，就慢慢吞吞地从路上爬开了。它爬进草丛时，粗壮的身子使草丛慢慢分开，甚至灌木也轻轻摇晃起来。

草丛又慢慢合拢，蛇消失不见了。峡谷里的风声也止息下来，树丛后斜挂起一轮没有光彩的月亮。这一切都给刚经历过的事情罩上一层不太真实的梦幻般的色彩。

我们终于安全抵达二号营地。

起初，至少有一半人是相信我们遇见了蛇的，但当我们说怎样一连遇到三条蛇时，就谁也不肯相信我们的话了。我们希望后来下山的人遇到死蛇，来证实我们没有撒谎。但那十多号人下来时天已经黑了。他们用一种知道我们在欺骗他们的目光看着我们。他们用不信任的眼光看着我们。就餐时，我们五个人围着一张餐桌，其他人，其他桌子都显得热热闹闹的，而我们自己那种杯弓蛇影的样子，也把自己变得像个被人抓住的小偷或是露了馅的魔术师。

我们最后走出餐厅。

人们都换成游泳衣裤奔向那些温泉。

江边人说："哼，老头们也去洗澡。"丈夫说："人人身上都有污垢嘛。"妻子说："那我们也去吧。"山里人说："水中也会有蛇的。""我不是怕蛇，"单身女人说，"可我不去了，人家在说闲话了。""那我们玩牌吧。"我们于是玩了几乎一个通宵的扑克。因为两位女士不敢回她们单住的小屋，害怕蛇前来报复。而屋外每一点响动都像蛇游动的声音。下半夜，寒气起来，我们仍然继续玩牌，继续支着耳朵，像一只只猫或是警惕的猎狗。

第二天，继续下山。

我们五个人都自动分开了，和那些没有遇到蛇的人结成新的伙伴，骑马下山，甚至那对夫妻也分开了。

好像谁也没有对新伙伴们提蛇之类的事情。野人当眼光顺着地图上表示河流的蓝色曲线蜿蜒向北，向大渡河的中上游地区，就已感到大山的阴影中轻风习习。就这样，已经有了上路的感觉，在路上行走的感觉。

就这样，就已经看到自己穿行于群山的巨大阴影与明丽的阳光中间，经过许多地方，路不断伸展。我看到人们的服饰、肤色、口音以及精神状态在不知不觉间产生的种种变化，于是，一种投身于人生，投身于广阔大地，投身于艺术的豪迈感情油然而生，这无疑是一种庄重的东西。

这次旅行，以及这个故事以一次笔会的结束处开始。在泸定车站，文友们返回成都，我将在这里乘上另外一辆长途汽车开始我十分习惯的孤独旅行。这是六月，车站上飞扬着尘土与嘈杂的人声，充满了烂熟的杏子的味道，汽车轮胎上橡胶的味道。

现在，我看到了自己和文友们分手时，那一脸漠然的神情，听到播音员以虚假的温柔声音预报车辆班次。这时，一个戴副粗劣墨镜的小伙子靠近了我。他颤抖的手牵了牵我的袖口，低声说："你要金子吗?"我说不要镜子。我以为他是四处贩卖各种低档眼镜的浙江人。

他加重语气说："金子!""多少?""有十几斤沙金。"而据我所知，走私者往往是到这些地方来收购金子，绝对不在这样的地方进行贩卖，我耸耸肩头走开了。这时，去成都的班车也启动了，在引擎的轰鸣声和废气中他又跟上我，要我找个僻静地方看看货色。

他十分执拗地说："走嘛，去看一看嘛。"他的眼神贪婪而又疯狂。

但他还是失望地离开了我。他像某些精神病患者一样，神情木然，而口中念叨着可能和他根本无缘的东西，那种使我们中国人已变得丧失理智与自尊的东西的名字：金子。

现在，我上路了。天空非常美丽，而旅客们却遭受着尘土与酷烈阳光的折磨。我还能清晰地看见丹巴县城的模样和自己到达丹巴县城时的模样：建筑物和我的面孔都沾满了灰尘，都受到酷烈阳光的炙烤而显得了无生气。我看见自己穿过下午四点钟的狭窄的街道，打着哈欠的冷落店铺，散发着热气的房子的阴凉、孤零零的树子的阴凉。一条幽深阴暗的巷道吸引了我，我听见了自己的脚步声在寂静的巷道中回响。从第一个门口探出一个中年汉子的脑袋，脑袋上的神情痴呆麻木，眼神更是空空洞洞，一无所有。我从这扇没有任何文字说明的门前走了过去，我在巷道里来回两趟也没有见到几个字指点我在哪里可以登记住宿。从巷道那一头穿出，我看见空地里只剩下我站在阳光底下，注视那一排排油漆已经褪尽了颜色的窗户。

三只虫草

一

海拔 3300 米。

寄宿小学校的钟声响了。

桑吉从浅丘的顶部回望钟声响起的地方。那是乡政府所在地。二三十幢房子散落在洼地中央。三层楼房的是乡政府。两层的曲尺形的楼房是他刚刚离开的学校。

这是 2014 年 5 月初始的日子,空气湿润起来。在刚刚过去的那个冬天,鼻子里只有冰冻的味道,风中尘土的味道。现在充满了他鼻腔的则是融雪散布到空气中的水汽的味道。还有冻土苏醒的味道。还有,刚刚露出新芽的青草的味道。

这是高海拔地区迟来的春天的味道。

第一遍钟声中,太阳露出了云层。天空、起伏的大地和蜿蜒曲折的流水都明亮起来。第一遍钟声叫预备铃。预备铃响起时，桑吉仿佛看见女生们早就安安静静地坐在教室了。男生们则从宿舍，从操场，从厕所，从校门外开始向着楼上的教室奔跑。衣衫振动，合脚的不合脚的鞋子扑扑作响。男生们喜欢这样子奔跑，喜欢在楼梯间和走廊上推搡、碰撞，拥挤成一团跑进教室，这些正在启蒙中的孩子喜欢大喘着气，落座在教室里，小野兽一样，在寒气清冽的早晨，从嘴里喷吐出阵阵白烟。

等到第二遍铃声响起时，教室安静下来，只有男孩们剧烈奔跑后的喘息声。

第三遍钟声响起来了，这是正式上课的铃声。

多布杰老师或是娜姆老师开始点名。

从第一排中间那桌开始。

然后是左边，然后右边。

然后第二排，然后第三排。

桑吉的座位在第三排正中间，和羞怯的女生金花在一起。

现在，点名该点到他了。今天是星期三，第一节是数学课。那么点名的就该是娜姆老师。娜姆老师用她甜美的、听上去总是有些羞怯的声音念出了他的名字："桑吉。"

没有回答。

娜姆老师提高了声音："桑吉！"

桑吉似乎听到同学们笑起来。明明一抬眼就可以看见第三排中间的位置空着，她偏把头埋向那本点名册，又念了一遍："桑吉！"

桑吉此时正站在望得见小学校，望得见小学校操场和红旗的山丘上，对着水气氛芬的空气，学着老师的口吻："桑吉！"

然后，他笑起来："对不起，老师，桑吉逃学了！"

此时，桑吉越过了丘冈，往南边的山坡下去几步，山坡下朝阳处的小学校和乡镇上那些房屋就从他眼前消失了。他开始顺着山坡向下奔跑，他奔跑，像草原上的很多孩子一样，并不是有什么急事需要奔跑，而是为了让柔软的风扑面而来，为了让自己像一只活力四射的小野兽一样跑得呼哧呼哧地喘着粗气。春天里，草坡在脚底下已经变得松软了，有弹性了。很像是地震后，他们转移到省城去借读时，那所学校里的塑胶跑道。

脚下出现了一道半米多高的土坎，桑吉轻松地跳下去了。那道坎是牦牛们磨角时挑出来的。

他跳过一丛丛只有光秃秃的坚硬枝干的雪层杜鹃，再过几天，它们就会绽放新芽，再有一个月，它们就会开出细密的紫色花朵。

挨着杜鹃花丛是一小片残雪，他听见那片残雪的硬壳在脚下破碎了。然后，天空在眼前旋转，那是他在雪上滑倒了。他仰身倒下，耳朵听到身体内部的东西震荡的声音。他笑了起来，他学着同学们的声音，说："老师，桑吉逃学了。"

老师不相信。桑吉是最爱学习的学生。桑吉还是成绩最好的学生。

老师说："他是不是病了？"

"老师，桑吉听说学校今年不放虫草假，就偷跑回家了。"

本来，草原上的学校，每年五月，都是要放虫草假的。挖虫草的季节，是草原上的人们每年收获最丰厚的季节。按惯例，学校都要放两周的虫草假，让学生们回家去帮忙。如今，退牧还草了，保护生态了，搬到定居点的牧民们没那么多地方放牧了。一家人的柴火油盐钱，向寺院作供养的钱，添置新衣裳和新家具的钱，供长大的孩子到远方上学的钱，看病的钱，都指望着这短暂的虫草季了。桑吉的姐姐在省城上中学。父亲和母亲都怨姐姐把太多的钱花在打扮上了。而桑吉在城里的学校借读过，他知道，姐姐那些花费都是必需的。她要穿裙子，还要穿裤子。穿裙子和穿裤子还要搭配不同样的鞋。皮的鞋，布的鞋，塑料的鞋。

寒假时，姐姐回家，父亲就埋怨她把几百块钱都花在穿着打扮上了。

父亲还说了奶奶的病，弄得姐姐愧疚得哭了。

那时，桑吉就对姐姐说了："女生就应该打扮得花枝招展。"

姐姐笑了，同时伸手打他："花枝招展，这是贬义词！"

桑吉翻开词典："上面没说是贬义词。"

"从人嘴里说出来就是贬义词。"

桑吉合上词典："这是好听又好看的词！"

父母听不懂两姐弟用学校里学来的汉语对话。

用纺锤纺着羊毛线的母亲笑了："你们说话像乡里来的干部一样！"

为桑吉换靴底的父亲说："当干部招人恨，将来还是当老师好。"

桑吉说："今年虫草假的时候，我要挣两千元。一千元寄给姐姐，一千元给奶奶看医生！"

奶奶不说话。

病痛时不说话，没有病痛时也不说话。

听了桑吉的话，她高兴起来，还是不说话，只是咧着没牙的嘴，笑了起来。

但是，快要放虫草假的时候，上面来了一个管学校的人，说："虫草假，什么虫草假！不能让拜金主义把下一代的心灵玷污了！"

于是，桑吉的计划眼看着就要化为泡影了。不能兑现对姐姐和奶奶的承诺，他就成了说空话的人了。

所以，他就打定主意逃学了。

所以，他就在这个早上，在上学的钟声响起之前，跑出了学校。

钟声，他想，没有我，还没有这个钟声呢。

原来，学校上课下课是摇一个铜铃铛。当乡镇上来过了一辆收破烂的小卡车后，那只铃铛就从学校里消失了。那个铜铃铛被校长和值日老师的手磨得锃亮的把手上还系着一段红穗子，平常就放在校长办公室的窗台上。夏天的早上上面会结着露珠，深秋和初春的早上会结着薄霜。冬天，上面什么也没有，只是光泽都被严寒冻得暗哑了。

那辆收破烂的小卡车来过又消失，那只铜铃铛就消失了。

大家叽叽喳喳地传说，是一个手脚不干净的同学干的。

传说他用铜铃铛换来的钱在网吧玩了一个通宵的游戏。他在电脑屏幕上打死了很多怪兽，打下了很多样子古怪的飞机。

听说老师们还专门开了一个会，讨论要不要把这个家伙找出来。后来，还是校长说："孩子，一个孩子，这种事还是不了了之吧。"

校长去了一趟县城，看自己的哮喘病，顺便从县教育局带回了一只电铃。电铃接上电线，安装在校长室的门楣上。从屋里一摁开关，叮铃铃的声音就响起来。急促，快速，谁去开它都一样。不像原来的铃声，在不同的老师手上，会摇出不同的节奏：叮——当！叮——当！或：叮叮——当当！叮叮——当当！

不承想，电铃怕冷，零下二十多度的冬天里，响了几天，就再也发不出声音了。

桑吉和泽仁想起了公路边雪中埋着的一个废弃的汽车轮胎，他们燃了一堆火，把上面的橡胶烧掉，把剩下半轮断裂的钢圈，弄回来挂在篮球架上，这就是现在小学的钟了。一棍子敲上去，一声响亮后，还有嗡嗡的余音回荡，像是群蜂快乐飞翔。

放寒假了，钢圈还是挂在篮球架上。

那个县城里叫作破烂王的人又开着他的小卡车来过两三趟，这钢圈还是挂在篮球架上。

桑吉把这事讲给父亲听。

父亲说："善因结善果，你们有个好校长。"这个整天待着无所事事的前牧牛人还因此大发议论，说，如今坏人太多，是因为警察太多了。父亲说："坏人可不像虫草，越挖越少。坏人总是越抓越多。坏的东西和好的东西不一样，总是越找越多。"

桑吉把父亲的话学给多布杰老师听。老师笑笑："奇怪的哲学。"

桑吉问："奇怪的意思我知道，什么是哲学？"

老师说："这个我也不知道。"

桑吉很聪明："我知道，这个不知道是说不出来的知道，不是我这种不知道。"

老师被这句话感动了，摸摸他的头："很快的，很快的，我就要教不了你了。"

多布杰老师平常穿着军绿色的夹克，牛仔裤上套着高腰军靴，配上络腮胡子，很硬朗的形象，说这话时眼里却有了泪花。

他那样子让娜姆老师大笑不止，饱满的胸脯晃动跳荡。

现在，桑吉却在逃离这钟声的召唤。

奔跑中，他重重地摔倒在一摊残雪上，仰身倒地时，胸腔中的器官都振荡了，脑子就像篮球架上的钢圈被敲击过后一样，嗡嗡作响。

桑吉庆幸的是，他没有咬着自己的舌头。

然后，他侧过身，让脸贴着冰凉的雪，这样能让痛楚和脑子里嗡嗡的蜂鸣声平复下来。

这时，他看见了这一年的第一只虫草！

二

其实，桑吉还没有在野地里见过活的虫草。

但他知道，当自己侧过身子的同时也侧过脑袋时，竖立在眼前的那一棵小草，更准确地说是竖立在眼前那一只嫩芽就是虫草。

那是怎样的一棵草芽呀！

它不是绿色的，而是褐色。因为从内部分泌出一点点黏稠的物质而显现出亮晶晶的褐色。

半个小拇指头那么高，三分之一，不，是四分之一的小拇指头那么粗。桑吉是聪明的男孩，刚学过的分数，在这里就用上了。

对，那不是一棵草，而是一棵褐色的草芽。

胶冻凝成一样的褐色草芽。冬天里煮一锅牛骨头，放了一夜的汤，第二天早上就凝成这种样子：有点透明的，娇嫩的，似乎是一碰就会碎掉的。

桑吉低低地叫了一声："虫草！"

他看看天，天上除了丝丝缕缕的几丝仿佛马上就要化掉的云彩，蓝汪汪地什么都没有出现。神没有出现，菩萨没有出现。按大人们的说法，一个人碰到好运气时，总是什么神灵护佑的结果。现在，对桑吉来说是这么重要的时刻，神却没有现身出来。多布杰老师总爱很张扬地说："低调，低调。"这是他作文中又出现一个好句子时，多布杰老师一边喜形于色，一边却要拍打着他的脑袋时所说的话。

他要回去对老师说："人家神才是低调的，保佑我碰上好运气也不出来张扬一下。”

多布杰老师却不是这样，一边拍打着他的脑袋说低调低调，一边对办公室里的别的老师喊：“我教的这个娃娃，有点天才！”

桑吉已经忘记了被摔疼的身体，他调整呼吸，向着虫草伸出手去。

他的手都没有碰到凝胶一样的嫩芽，就又缩了回来。

他吹了吹指尖，就像母亲的手被烧滚的牛奶烫着时那样。

他又仔细看去，视野更放宽一些。看见虫草芽就竖立在残雪的边缘。一边是白雪，一边是黑土，竖立在那里，像一只小小的笔尖。

他翻身起来，跪在地上，直接用手开始挖掘，芽尖下面的虫草根一点点显露出来。那真是一条横卧着的虫子。肥胖的白色身子，上面有虫子移动时，需要拱起身子一点点挪动时用以助力的一圈圈的节环。他用嘴使劲吹开虫草身上的浮土，虫子细细的尾巴露了出来。

现在，整株虫草都起到他手上了。

他把它捧在手心里，细细地看，看那卧着的虫体头端生出一棵褐色的草芽。

这是一个美丽的奇妙的小生命。

这是一株可以换钱的虫草。一株虫草可以换到三十块钱。三十块钱，可以买两包给奶奶贴病痛关节的骨痛贴膏，或者可以给姐姐买一件打折的李宁牌 T 恤，粉红色的，或者纯白色的。姐姐穿着这件 T 恤上体育课时，会让那些帅气的长卷头发的男生对她吹口哨。

父亲说，他挖出一根虫草时，会对山神说对不起，我把你藏下的宝贝拿走了。

桑吉心里也有些小小的小小的，对了，纠结。这是娜姆老师爱用的词，也是他去借读过的城里学校的学生爱用的词。纠结。

桑吉确实有点天才。有一回，他看见母亲把纺出的羊毛线绕成线团，家里的猫伸出爪子把这个线团玩得乱七八糟时，他突然就明白了这个词。他抱起猫，看着母亲绝望地对着那乱了的线团，不知从何下手时，他突然就明白了那个词，脱口叫了声："纠结！"

母亲吓了一跳，啐他道："一惊一乍的，独脚鬼附体了！"

现在的桑吉的确有点纠结，是该把这株虫草看成一个美丽的生命，还是看成三十元人民币。这对大多数中国人来说根本不是一个问题，但对这片草原上的人们来说，常常是一个问题。

杀死一个生命和三十元钱，这会使他们在心头生出——纠结。

不过，正像一些喇嘛说的那样，如今世风日下，人们也就是小小纠结一下，然后依然会把一个小生命换成钱。

桑吉把这根虫草放在一边，撅着屁股在刚化冻不久的潮湿的枯草地上爬行，仔细地搜寻下一根虫草。

不久，他就有了新发现。

又是一株虫草。

又是一株虫草。

就在这片草坡上，他一共找到了十五根虫草。

想想这就挣到四百五十块钱了，桑吉都要哼出歌来了。一直匍匐在草地上，他的一双膝盖很快就被苏醒的冻土打湿了。他的眼睛为了寻找这短促而细小的虫草芽都流出了泪水。一些把巢筑在枯草窠下的云雀被他惊飞起来，不高兴地在他头顶上忽上忽下，喳喳叫唤。

和其他飞鸟比起来，云雀飞翔的姿态有些可笑。直上直下，像是一块石子，一团泥巴，被抛起又落下，落下又抛起。桑吉站起身，把双臂向后，像翅膀一样张开。他用这种姿势冲下了山坡。他作盘旋的姿态，他作俯冲的姿态。他这样子的意思是对着向他发出抗议声音的云雀说，为什么不用这样漂亮的姿态飞翔？

云雀不理会他，又落回到草窠中，蓬松着羽毛，吸收太阳的暖意。

在这些云雀看来，这个小野兽一样的孩子同样也是可笑的，他做着飞翔的姿态，却永远只能在地上吃力地奔跑，呼哧呼哧地喘着粗气，像一只笨拙的旱獭。

这天桑吉再没有遇见新的虫草。

他已经很满足了，也没有打算还要遇到新的虫草。

十五根，四百五十元啊！

他都没有再走上山坡，而是在那些连绵丘岗间蜿蜒的大路上大步穿行。阳光强烈，照耀着路边的溪流与沼泽中的融冰闪闪发光。加速融冻的草原黑土散发着越来越强烈的土腥味。一些牦牛头抵在裸露的岩石上舔食泛出的硝盐。

走了二十多里地，他到家了。

一个新的村庄。实行牧民定居计划后建立起来的新村庄。一模一样的房子。正面是一个门，门两边是两个窗户。表示这是三间房，然后，在左边或在右边，房子拐一个角，又出来一间房。一共有二十六七幢这样的房子，组成了一个新的村庄。为保护长江黄河上游的水源地，退牧还草了，牧人们不放牧，或者只放很少一点牧，父亲说："就像住在城里一样。"

桑吉不反驳父亲，心里却不同意他的说法，就二三十户人家聚在一起，怎么可能像城里一样？他上学的乡政府所在地，有卫生所，有学校，有修车铺，网吧，三家拉面馆，一家藏餐馆，一家四川饭馆，一家理发店，两家超市，还有一座寺院，也只是一个镇，而不是城。就算住在那里，也算不得“就像住在城里一样”。因为没有带塑胶跑道、有图书馆的中学，没有电影院，没有广场，没有大饭店，没有立交桥，没有电影里的街头黑帮，没有红绿灯和交通警察，这算什么城市呢？这些定居点里的人，不过是无所事事地傻待着，不时地口诵六字真言罢了。直到北风退去，东南风把温暖送来，吹醒了大地，吹融了冰雪，虫草季到来。陷入梦魇一般的人们才随之苏醒过来。

桑吉不想用这些话破坏父亲的幻觉。

他只是在心里说，只是待着不动，拿一点政府微薄的生活补贴算不得像城里一样的生活。

即便是每户人家的房顶上，都安装了一个卫星电视天线，每天晚上打开电视机都可以看到当地电视台播出翻译成藏语的电视剧，父亲和母亲坐下来，就着茶看讲汉语的城市里人们的故事。他们就是看不明白。

电视完了，两个人躺在被窝里发表观后感。

母亲的问题是：“那些人吃得好，穿得好，也不干活，又是很操心很累很不高兴的样子，那是因为什么？”

桑吉听见这样的话，会在心里说：“因为你不是城里人，不懂得城里人的生活。”

每年春暖花开的时候，大城市来的游客就会在草原上出现，组团的，自驾的，当驴友的，这些城里人说：“啊，到这样的地方，身心是多么放松！”

这是说，他们在城里玩的时候不算玩，不放松，只有到了草原上，才是玩。但他不想把自己所知道的这些都告诉给父亲。他知道，父亲母亲让自己和姐姐上学，是为了他们过上更好的生活，而不是为了让他们回到家来显摆自己那些超过他们的见识。

父亲想不通的还有那种打仗的电视剧:“那些人杀人比我们过去打猎还容易啊！杀人应该不是这么容易的呀!”

“那是杀日本鬼子呀!”母亲说。

父亲反驳:“杀日本鬼子就比杀野兔还容易吗?”

这时,他也不想告诉父亲说,这是编电视的人在表现爱国主义。他在电视里看到过电视剧的导演和明星谈为什么这样做就是因为爱国主义。

父亲是个较真的人,爱刨根问底的人,如果你告诉他这是爱国主义,说不定哪天他想啊想啊,冷不丁就会问桑吉:“那么,你说的这个主义和共产主义,还有个人主义是不一样的吗？还是原本是一样的?”

他不想让父亲把自己搅进这样的纠结的话题里。

现在,这个逃学的孩子正在回家。他走过溪流上的便桥,走上了村中那条硬化了的水泥路面。

奶奶坐在门口晒太阳,很远就看见他了。

她把手搭在额头上,遮住阳光,看孙子过了溪上的小桥,一步步走近自己,她没牙的嘴咧开,古铜色的脸上那些皱纹都舒展开来了。

桑吉把额头抵在奶奶的额头上,说:“闻闻我的味道!”

奶奶摸摸鼻子,意思是这个老鼻子闻不出什么味道了。

桑吉觉得自己怀里揣着十五根虫草。那些虫草,一半是虫,一半是草,同时散发着虫子和草芽的味道,奶奶应该闻得出来,但奶奶摸摸鼻子,表示并没有闻到什么味道。

屋里没有人。

父亲和母亲都去村委会开会了。

他自己弄了些吃的,一块风干肉,一把细碎的干酪。边吃边向村委会去。这时村委会的会已经散了,男人们坐在村委会院子里继续闲聊,女人们四散回家。

桑吉迎面碰上了母亲。

母亲没给他好脸色看,伸手就把他的耳朵揪住:“你逃学了!”

他把皮袍的大襟拉开:“闻闻味道!”

母亲不理:“校长把电话打到村长那里,你逃学了!”

桑吉把皮袍的大襟再拉开一点,小声提醒母亲:“虫草。虫草!”

母亲听而不闻,直到远离了那些过来围观的妇人们,直到把他拉进自己家里:“虫草,虫草,生怕别人听不见!”

桑吉揉揉有些发烫的耳朵,把怀里的虫草放进条案上的一只青花龙碗里。他又从盛着十五只虫草的碗中分出来七只,放进另一个碗里:“这是奶奶的,这是姐姐的。”

一边碗中还多出来一只,他拣出来放在自己手心里,说:“这样就公平了。”他看看手心里那一只,确实有点孤单,便又从两边碗里各取出一只。现在,两边碗里各有六只,他手心里有了三只,他说:“这是我的。”

母亲抹开了眼泪:“懂事的桑吉,可怜的桑吉。”

母亲和村里这群妇人一样用词简单,说可怜的时候,有可爱的意思。所以,母亲感动的泪水,怜惜的泪水让桑吉很是受用。

母亲换了口吻,用对大人说话一样的口吻告诉桑吉:“村里刚开了会,明天就可以上山挖虫草了。今年要组织纠察队,守在进山路上,不准外地人来挖我们山上的虫草。你父亲要参加纠察队,你不回来,我们家今年就挣不到什么钱了。”母亲指指火炉的左下方,家里那顶出门用的白布帐篷已经捆扎好了。

桑吉更感到自己逃学回来是再正确不过的举措了,不由得挺了挺他小孩子的小胸脯。

桑吉问:“阿爸又跟那些人喝酒了。”

母亲说:“他上山找花脸和白蹄去了。”

花脸和白蹄是家里两头驮东西的牦牛。

“我要和你们一起上山去挖虫草!”

母亲说:“你阿爸留下话来,让你的鼻子好好等着。”

桑吉知道,因为逃学父亲要惩罚他,揪他的鼻子,所以他说:“那我要把鼻子藏起来。”

母亲说:“那你赶紧找个土拨鼠洞,藏得越深越好!”

桑吉不怕。要是父亲留的话是让屁股等着,那才是真正的惩罚。揪揪鼻子,那就是小意思了,又痛又爱的小意思。

阿爸从坡上把花脸和白蹄牵回来,并没有揪他的鼻子。他只说:“明天给我回学校去。”

桑吉顶嘴:“我就是逃五十天学,他们也超不过我!”

“校长那么好,亲自打的电话,不能不听他的话。”

桑吉想了想:“我给校长写封信。”

他就真的从书包里掏出本子,坐下来给校长写信。其实,他是写给多布杰老师的:“多布杰老师,我一定能考一百分。帮我向校长请个虫草假。我的奶奶病了。姐姐上学没有好看的衣服。今天我看见虫草了。活的虫草。就像活的生命一样。我知道我是犯错了。我回来后你罚我站着上课吧。逃课了多少天,我就站多少天。我知道这样做太不低调了。为了保护草原,我们家没有牛群了。我们家只剩下五头牛了。两头驮牛和三头奶牛。只有挖虫草才能挣到钱。”

他把信折成一只纸鹤的样子,在翅膀上写上多布杰老师收的字样。

父亲看着他老练沉稳地做着这一切，眼睛里流露出崇拜的光亮。

父亲赔着小心说："那么，我去把这个交给村长吧。"

他说："行，就交给村长，让他托人带到学校去。"

这是桑吉逃学的第一天。

那天晚上，他睡不着。听着父亲和母亲一直在悄声谈论自己。说神灵看顾，让他们有福气，得到漂亮的女儿，和这么聪明懂事的儿子。政府说，定居了，牧民过上新生活。一家人要分睡在一间一间的房里。可是，他们还是喜欢一家人睡在暖和的火炉边上。白天，被褥铺在各个房间的床上。晚上，他们就把这些被褥搬出来，铺在火炉边的地板上。大人睡在左边，孩子睡在右边。父亲和母亲说够了，母亲过来，钻进桑吉的被子下面。母亲抱着他，让他的头顶着她的下巴。她身上还带着父亲的味道。她的乳房温暖又柔软。

三

去往虫草山的这个早晨，天上下着雪霰。

雪霰本是笔直落到地上，可是有风。说不上大，但很有劲道的风，把雪霰横吹过来，打在人脸上，像一只只口器冰凉的飞虫在撞击，在叮咬。

风搅着雪，把整个世界吹得天昏地暗。

这样的情景中，很难想象这个世界上还会在蓝天下面耸立着一座虫草山。一座黑土中，浅草下埋满了宝物的山。

桑吉把袍子宽大的袖口举起来，权且遮挡一下风雪，心想："虫草山肯定不见了吧。"

话到嘴边，变成了："我们找不到虫草山了吧？"

母亲叫他放心："虫草山在着呢。"

将近中午，大家来到了虫草山下。

雪停了，风也停了，天却阴着。云雾低垂，把虫草山的顶峰藏在灰暗的深处。只有那些长着虫草的土坡，立在眼前，像是一个巨人，只看见他腆着的肚子，却不见隐在灰云中的脑袋和颈项。

桑吉想，那些鼓着的肚腹一样的山坡，一定藏着好多虫草。

在风中搭帐篷很费了些力气。风总想把还来不及系牢的帐篷布吹上天空，桑吉就把整个身子都压在帐篷布上，让父亲腾出手来，把绳锚砸进地里。

帐篷架好了，母亲在帐篷中生火。

桑吉在河沟边的灌木丛中搜寻干枯的树枝。他不用眼睛看，他用脚蹬。

掉光了叶子的灌木看上去都一样，难以分辨哪些已经干枯，哪些还活着。可是用脚一蹬，干枯的噼噼啪啪折断，活着的弯下腰又强劲反弹。很快，他们家帐篷旁边的枯枝就堆成了一座小山。

邻居都来夸赞："聪明的孩子才能成事呀！"

父亲却骂："你这么干，知道有多费靴子吗？"

母亲看着他把干枯的杜鹃树枝添进炉膛，脸上映着红彤彤的火光，说："他心里美着呢。"

桑吉知道，母亲看见自己能干顾家，心里也正美着呢。

这时有人通知去抽签，村里用这种方法产生每天三组六个人在各个路口封堵外来人的纠察队员。

父亲起身，桑吉也跟在他身后。

山顶还是被风和雪还有阴云笼罩着，鼓着肚子的黄色草坡下面的洼地里，聚居点的人家都在这里搭起了自己的帐篷。

男人们都聚在村长家的帐篷前，村长就在帐篷边折了些绣线菊的细枝，撅成长短不一的短棍，握在他缺一根指头的手中，宣布规则："抽到长的人明天值班。明天晚上大家再来抽，看后天该谁值班。"

天上吹着冷风，男人们都把手插在皮袍的大襟里，村长握着那把短棍，把手举到众人面前。第三个人就是桑吉的父亲了。父亲没有把手从皮袍襟里拿出来，他看看儿子。

村长问："让桑吉抽？"

桑吉伸出的手又缩了回来。

因为前面三个人都抽了短的。他想起多布杰老师在数学课上说过的一个词：概率。那时，他没有听懂。现在，他有些明白了。前面三个都抽了短的，那么，也许长的就该出现了。

所以，他对村长说："先让别人抽，我要算一算。"

男人们笑起来："算一算，你是一个会占卜的喇嘛吗？"

桑吉摇了摇头："我要用数学算一算。"

他们家在定居点的邻居伸出了手："哦，这个娃娃装得学问比喇嘛都大了！"

村长手里有二十八根棍子，其中有六根长棍，已经抽出三根短棍，接下来，他们家的邻居抽出了一根长棍，接下来，是一根短棍，接下来，又一根长棍。抽到长棍的人连叫倒霉。虽然大家都愿意当纠察，保卫村里的虫草山，但谁都不想在第一天。谁都明白，第一天上山的收获，可能胜过后来的三四天。

这时，桑吉说："我算好了。"他出手，抽到了一根短棍。

晚上，父亲在帐篷里几次对母亲说："你儿子，他说他要算算，他要算算!”

桑吉躺在被窝里,听着风呼呼地掠过帐篷顶,又从枕头底下翻出来铁皮文具盒,摸到三根胖胖的虫草,把柔软的触觉传到他指尖。

他听见父亲低声问母亲:“儿子睡着了吗?”

母亲说:“你再不老实,山神不高兴,会让我们的眼睛看不见虫草!”

父亲说:“山神老人家忙得很呢,哪有时间整天盯着你一个人。”

“山神有一千只一万只眼睛,什么都能看见。”

母亲起身离开父亲,钻到了桑吉的被窝里,她带来一团热乎乎的气息,她的手穿过桑吉的腋下,轻轻地环抱着他。她的胸又软和又温暖,父亲还在炉子那边的被窝里自言自语:“算算。”

桑吉的身子微笑着弯曲,姿态像是枕边文具盒里的虫草,松弛又温暖。他很快就睡着了。

他是被一阵鼓声惊醒的。

帐篷里没有人,外面鼓声阵阵。

他知道,那是喇嘛在作法。

天朗气清,阳光明亮。

草地被照耀得一片金黄。虫草山上方的雪山在蓝天下显露出赭红色的山崖和山崖上方晶莹的积雪。

人们聚集在溪边,那里已经用石头砌起了一个祭台。喇嘛坐在上首,击鼓诵经。男人们在祭台上点燃了柏枝,芬芳的青烟直上蓝天。喇嘛们手中的钹与镲发出响亮的声音时,仪式到了尾声。男人们齐声呼喊,献给山神的风马雪片般布满了天空。

虫草季正式开启。

选为纠察的人们分头前去把守路口,全村男女都出发上山。每人一把小小的鹤嘴锄，一只搪瓷缸子。人们在山坡上四散开来，趴在草坡上，细细搜寻长不过一两厘米的褐色的娇嫩草芽。

桑吉手里也有了一把轻巧的鹤嘴锄。当一只虫草芽出现在眼前，他也学着大人们的样子，把周围的浮土和枯草拂开，从草芽的旁边进锄，再用劲撬动，他听到草根断裂的声音，看到地面开裂，再缓缓用劲，那道裂缝的中央，胖胖的虫草出现了。他鼓起腮帮，把虫草上的浮土吹开，小心拈起它，放进搪瓷缸里。做这所有的动作，他都小心翼翼，不让虫草有最微小的损伤。过些日子，虫草贩子就要来了，他们嘴里永远挂着一个词：品相，品相。第一是品相，第三还是品相。就像校长说：第一是做人，第三还是做人。就像多布杰老师说：第一是学习，第三还是学习，就像娜姆老师说：第一是爱，第二是爱，第三还是爱。

在山上，比起自己和母亲，高个子的父亲就笨拙多了。

首先，他不容易看见细小的虫草芽。

第二，好不容易发现了，他的大手对付这个小东西，也是很无所适从的样子。

太阳当顶的时候，一家人停下来吃午餐。冷牛肉，烧饼，一暖瓶热茶。桑吉狼吞虎咽，父亲说他吃相不好。父亲端端正正坐着，一小刀一小刀削下牛肉，喂进嘴里，细嚼慢咽。饮下热茶时，更要发出舒服的感叹。桑吉不管，三下五除二，很快就吃得有些撑了。他趴在地上，数三只搪瓷缸里的虫草。他的成绩是十九只。母亲二十三只。父亲最少，十一只。

父亲笑着说："小东西是让小孩和女人看见的。男人的眼睛用来看大处和远处。"

母亲对桑吉说："你父亲年轻时，打猎和寻找走失的牛，很远很远，他就能看见。”母亲又对父亲说，“可现在不打猎也不放牧了，挖虫草，就得看着近处细处了。”

父亲吃饱了，把刀插回鞘中，抹抹嘴，翻身仰躺在草地上，用帽子盖住了脸。

桑吉看着父亲，桑吉总是不由自主地把眼光落在父亲和母亲身上。父亲用帽子盖着脸，耳朵却在一上一下地动着。这是他在逗桑吉玩。这相当于电视里那些人说我爱你。父亲不说，他一上一下动着耳朵，逗桑吉开心。

桑吉眼尖，在父亲耳朵边发现了一粒破土而出的虫草芽。

他把鹤嘴锄楔进土中，对父亲说不动不动，取出一只胖胖的虫草。

然后，他揭开父亲脸上的帽子，把那只虫草举在他眼前。

父亲很舒心，对母亲说：“这个孩子不会白养呢。不像你姐姐的儿子呢。”

他们说的是桑吉十六岁的表哥。小学上到三年级就不上了。长到十四五岁，就开始偷东西，只为换一点钱，到乡政府所在的镇上，或者到县城打台球。他偷过一头牛，还和另一个混混偷偷卸掉停在旅馆的卡车的备用轮胎，卖到修车铺，也不远走，就在修车铺门口的露天台球桌上打台球，台球桌边放一打啤酒，边打边喝。打到第三天，就被抓到派出所去关了一个星期。

四处浪荡的表哥常常不回家，饿得不行了，还跑到小学校来，来吃他的饭。

星期天下午，学校背后的草地上，他曾经对表哥说：“你来吃我的饭，我很高兴。”

表哥一边狼吞虎咽，一边说：“那你是个傻瓜。”

桑吉很老成很正经地说:“你来吃我的饭,说明你没有偷东西。所以我很高兴。”

表哥说:“傻瓜!那是因为这地方又穷又小,偷不到东西!”

桑吉很伤心:“求求你不要偷了。”

表哥也露出伤心的表情:“上学我成绩不好,就想回去跟大人们一样当牧民,可是,大人们也不放牧了。有钱人家到县城开一个铺子,我们家比你们家还穷。你这个装模作样的家伙,敢来教训我!”

桑吉不说话。

表哥又让他去买啤酒。一口气喝了两瓶后,他借酒装疯:“读书行的人,上大学,当干部。等你当了干部再来教训我!那你说,我不偷能干什么?”

桑吉埋头想了半天,实在没有想出什么好办法,就说:“那你少偷一点吧。”

表哥很重地打了他一巴掌,唱着歌走了。那天,他把学校一台录音机偷走了。再以后,学校就不准表哥再到学校来找他了。

校长说:“学校不是饿鬼的施食之地,请往该去的地方去。”

多布杰老师说:“你信不信我能把你揍得把一个人看成三个人!”

表哥灰溜溜走了。多布杰老师眼里的表情变得柔和了,他对桑吉说:“你现在帮不了他,只有好好读书,或许将来你可以帮到他。”

从此,表哥不偷东西了。他当背夫,帮人背东西。帮去爬雪山的游客背东西。帮勘探矿山的人背东西。最后,又帮盗猎者背藏羚羊皮,盗猎者空手出山,他却被巡山队抓个正着,进监狱已经一年多了。

父亲提起这个话头,让他想起表哥。

他想起多布杰老师的话:“你表哥其实是个好人。可是,监狱可不是把一个人变好的地方。”

他想等虫草季结束，手里有了钱，他就去城里看表哥。他和姐姐在一个城里。不同的是，一个在学校，一个在监狱。他想给表哥买一双手套。皮的，五个指头都露在外面的。表哥戴过那样子的一只手套。那是他捡来的。但他喜欢戴着那样一只手套打台球，头上还歪戴着一顶棒球帽。对，他还要给他买一顶新的棒球帽。但他不给表哥买项链。表哥的项链上挂着的一个塑料的骷髅头，表面却涂着金属漆，实在是太难看了。那是一个来自一个暴烈的电子游戏中的形象。

他坐在草坡上，坐在太阳下想表哥。表情惆怅。

母亲埋怨父亲：“你提他不争气的表哥干什么？你让儿子伤心了。”

父亲翻身起来，摸摸他的脑袋：“虫草还在等我们呢。”

这一下午，桑吉又挖了十多根虫草。

晚上，回到帐篷里，母亲生火擀面。锅里下了牛肉片和干菜叶的水在沸腾，今天晚餐是一锅热腾腾的面片。

桑吉拿一个小软刷，把一只只虫草身上的杂物清除干净，然后一只只整齐排列在一块干燥的木板上，虫草里的水分，一部分挥发到空气，一部分被干燥的木板吸收。等到虫草贩子出现在营地的时候，它们就可以出售了。

父亲抽签回来的时候，面片已经下锅了。汤沸腾起来的时候，母亲就往锅里倒一小勺凉水，这样锅里会沉静片刻，然后，又翻沸起来，如是者三，滑溜溜香喷喷的面片就煮好了。

父亲又抽到一根短棍。

父亲对桑吉说：“我也学你算了算。”惹得桑吉大笑不止。

桑吉大笑的时候，帐篷门帘被掀开，一个人带着一股冷风进来了。

来人是一个喇嘛。

女主人专门把一只碗用清水洗过，盛一大碗面片双手恭敬地递到喇嘛面前。喇嘛不说话，笑着摇手。

一家人便不敢自便，任煮好的面片融成一锅糨糊。

往年，虫草季结束的时候，喇嘛会来，从每户人家收一些虫草，作为他们虫草季开山仪式诵经作法的报酬。但开山第一天，就来人家里，这是第一回。喇嘛不说话，一家人也不明白他的意思，大家便僵在那里。

喇嘛开口了，也不说来意，却说听大家传说，这一家叫桑吉的儿子天资聪慧，在学校里成绩好得不得了。喇嘛说，这就是根器好。可惜早年没有进庙出家，而是进了学校。学校好是好，上大学，进城，一个人享受现世好福报。如果出家，修行有成，自渡渡人，那就是全家人享受福报，还不止是现世呢。

说这些话时，喇嘛眼睛盯着帐篷一角木板上晾着的虫草。

那些虫草，火苗蹿出炉膛时，就被照亮，火苗缩回炉膛时，就隐入黑暗，不被人看见。桑吉挪动屁股，遮住了投向虫草的火光。

喇嘛笑了："果然是聪明种子啊！"

喇嘛还说："知道吗？佛经里有好多关于影子的话。云影怎能把大山藏起来？"

桑吉心头气恼，顶撞了喇嘛："看大山要去宽广草滩，不必来我家窄小的帐房。"

父亲念一声佛号："小犊子，要敬畏三宝。"

桑吉知道，佛，和他的法，和传他法的喇嘛，就是三宝。父亲一提醒，自己心里也害怕。在学校，他顶撞过老师，过后却没有这样的害怕。

父亲对喇嘛说："上师来到贫家，有什么示下，请明言吧。"

喇嘛说:“年年虫草季,大家都到山神库中取宝,全靠我等作法祈请,他老人家才没动怒,降下惩罚。”

父亲说:“这个我们知道,待虫草季结束,我们还是会跟往年一样,呈上谢仪。”

喇嘛脸上的笑容消失了:“山中的宝物眼见得越来越少,山神一年年越发地不高兴了,我们要比往年多费好几倍的力气,才能安抚住他老人家不要动怒。”

话到了这个份上,结果也自然明了。喇嘛从他们第一天的收获中拿走了五分之一的虫草,预支了一份作为他们加倍作法的报偿。

喇嘛取了虫草,客气地告辞。这时,他家的面片已经变成一锅面糊了。

第二天,他们上山时,喇嘛们又在草滩上铺了毯子,坐在上面摇铃击鼓,大作其法。

桑吉对父亲说:“今天晚上喇嘛还要来。”

当天晚上,喇嘛没有来。

他们是第五天晚上来的。这回是两个小沙弥,一个摇着经轮,一个手里端着一只托盘,也不进帐篷,立在门口,说:“二十只,二十只就够了。”

桑吉禁不住喊道:“二十根,六百块钱!”

母亲怕他说出什么更冒失的话来,伸手把他的嘴捂住了。

四

虫草一天天增多。

晾干了的虫草都精心收起来,装进一只专门在县城白铁铺定制的箱子里。箱子用白铁皮包裹，里面衬着紫红色丝绒。晾干的虫草就一只只静静地躺在那暗黑的空间里沉睡。一个星期不到，不算还晾在木板上那几十只，箱子里已经有了将近六百根虫草。也不算躺在文具盒里的那三只。

明天是在这座虫草山上的最后一天。

在村长家帐篷前抽签时，父亲还是抽到了短木棍。父亲没有声张，心里高兴，嘴上却说："也该我去守一回路口了。"

回到家里，他却喜形于色，说："看来今年我们家运气好着呢。"

母亲说："要是女儿考得上大学，那才是神真正的看顾我们了。"

父亲净了手，把小佛龛中佛前的灯油添满，把灯芯拨亮。

这天晚上，桑吉躺在被窝里，又给他的三根虫草派上了新用场。

他想回学校时该送多布杰老师和娜姆老师一人一样礼物。他想起星期六或星期天，太阳好的时候，老师们喜欢在院子里，在太阳地里洗洗刷刷。多布杰老师涂一脸吉利牌的剃须泡，打理他的络腮胡子，娜姆老师用飘柔洗发水洗自己的长发。他想回学校时，买一罐剃须泡和一瓶洗发水送给他们。

三只虫草，一共才九十块钱哪！

为此，他心里生出小小的苦恼，怕因此就不够给表哥买无指的皮手套的钱了。

甚至睡梦里，也有小小的焦灼在那里，像只灰色的鸟在盘旋。

早上起来，父亲当纠察队员去把守路口了。桑吉和母亲上山去。这座山四围除了向西的一面属于另一个村子，其他三面鼓起的肚腹都被反复搜索过两三遍了。所以，这一天收获很少，他和母亲一共只采到十几只虫草。桑吉提议，不如早点下山，收拾好东西，明天早点转到新的营地。

母亲坐下来，让桑吉把头靠在她腿上，说："去那么早干什么？没有祭山仪式，谁都不能先上山去挖虫草。"

桑吉说："去得早，可以多找些干柴，多捡些干牛粪，我们家的炉火就比别人家旺。"

母亲说："有你这样的儿子，我们家怕是真要兴旺了。"

桑吉改用了汉语，用课堂上念书的腔调："旺，兴旺的旺，旺盛的旺。"

他笑了，对母亲说："还能组什么词，我想不起来了。"

母亲爱抚他的脑袋："天神啊，你脑袋里装了多少我不知道的东西啊！"

回到帐篷里，桑吉把晾在木板上的三只虫草收进文具盒里——这是他脑子里已经派了很多用场的虫草。

然后，再去溪边打水，母亲说了，今天要煮一锅肉。大块的肉之外，牛的腿骨可以熬出浓浓的汤。

桑吉把牛腿骨放在帐篷外的石头上，用斧子背砸。骨头的碎屑四处飞溅。一些鸟闻声并不惊飞，而是聚拢过来，在草地上蹦蹦跳跳，争着啄食那些沾着肉带着髓的小碎屑。母亲倚在帐篷门边，笑着说："鸟不怕你呢，你能聚拢生气呢。"

桑吉更加卖力地砸那些骨头，砸出更多的碎骨头，四处飞溅，让鸟们啄食。

虽说是沾肉带髓，但到底是骨头，鸟们都只浅尝辄止几口，便扑棱棱振翅飞走了。桑吉这才收了手，脱下头上的绒线帽子，头上冒起一股白烟。

母亲说:“瞧,你的头上先开锅了。”

母亲从他脚边把那些砸碎的骨头收起来,下了锅。肉香味充溢帐篷的时候,桑吉把在这座虫草上的收获清理完毕了——不算他那三根,也不算他要单给奶奶和姐姐的那十二根——他们一家三口在这座虫草山上的收获一共是六百七十一根。一根三十块。三六一万八,三七二千一,加起来是二万零一百,还有个三十,他对母亲说:“哇,一共是二万零一百三十。”

母亲笑得眉眼舒展。

这时,父亲刚好弯着腰钻进了帐篷,说:“你高兴是因为钱多呢,还是因为儿子算这么快。”

不等母亲回话,父亲又说:“来客人了。”

果然,帐篷门口,还站着一个人。

这个人穿着一件长呢大衣,戴着一顶鸭舌帽,是个干部。一抹浓黑的胡子盖着他的上嘴唇。

这个人用手稍稍抬了抬帽子,就弯腰进了帐篷。母亲搬过垫子,请他在火炉边坐了。

这个人盘腿坐下,表情严肃地盯着桑吉:“那么,你就是那个逃学的桑吉了。”

桑吉说:“期末考试我照样能考一百分。”

这个人说:“你不知道我是谁吧?我叫贡布。”

桑吉说:“贡布叔叔。”

这个人说:“我是县政府的调研员,专门调研虫草季逃学的学生。”

桑吉问:“调研是什么意思?”他真的没有听到过这个词。

调研员说:“你逃学的那天,我就调研到你们学校了。你逃学一星期了。你之后，又有七个人逃学。”

父亲插进来，想帮儿子申辩，但他刚张口，嘴里发出了一两个模糊的音节，调研员只抬了抬手，他就把话咽回去了。调研员说：“你不要说话，我和桑吉说话。桑吉是一个值得与他谈话的人。”

桑吉还是固执地问：“调研是什么意思，我没听说过。”

调研员从母亲手里接过牛肉汤时，还对她很客气地笑了一下。他喝了一口汤，吧嗒一下嘴，作为对这汤鲜美的夸奖。这才对桑吉说：“视察。”

桑吉的眼光垂向地上：“视察。你是领导？”

调研员哈哈大笑：“这么小的孩子都知道领导！”他又说，“不要担心了，我不是来抓你回学校的。”

桑吉这才放松下来：“真的吗？”

“你听听外面。”

这时，桑吉才注意到今天黄昏的营地有一种特别的热闹。一群孩子加入营地，带来了一种生气勃勃的热闹。学校确实放了假，各家的孩子都回到营地里来了。男孩子们身上带着野气，无缘无故就呼喊，无缘无故就奔跑。女孩子们跳橡筋绳：一二三四五六七！七六五四三二一！

桑吉冲出帐篷，加入了他们。

但他的同学们并不太欢迎他。他们怀着小小的嫉妒。他逃了学，期末考试照样会得一百分，而且，营地里都传说，他起码挖了一万块钱的虫草。大家围成一圈在草滩上踢足球，大家都不把球传给他。可是，当球被谁一个大脚开到远处时，就有人叫：“桑吉！”

他捡了球回来，大家还是不把球传给他。

这使得他意兴阑珊，只想天早些黑，早点回家。

回家时，他看到父亲正蘸着口水数钱。数十张，交到母亲手上，再数十张。最后父亲笑了：“二万零一百三十元。”

母亲却忧虑：“村里商量过的，虫草要一起出手。”

调研员笑了，把钱袋裹在腰上：“我这就去村长家吃饭，把他们家的虫草也收了。”

母亲从锅里捞了一大块牛肉，包好，要调研员带上。他说：“留着吧，哪天我到你们家来吃就是了。”

那意思是他一时半会儿不会离开。

调研员拍拍桑吉的脑袋：“这些娃娃放假回家挖虫草，我要在这里盯着他们，别在山上摔坏了，别让狗熊咬伤了。”

父亲说：“您放心吧，山里没有狗熊已经十多年了。”

调研员提着他们家的虫草箱起身了：“这只是一个比喻。你们家下一个虫草山的收获也给我留着。”说完，他一掀帐篷门帘，出去了。

桑吉说：“他没有付箱子的钱！”

桑吉记得，红丝绒，加白铁皮，加薄衬板，加手工，一共花了差不多三百块钱。为了这只箱子，父亲在白铁店坐等三天，看着店里的师傅做出来的。每天下了课，他都到那个店里去陪父亲。第一天，师傅把剪出来的白铁皮敲打成了一个长方体，有了箱子的基本模样。第二天，又给箱子内部安上了木衬板和红丝绒，第三天，是盖子和箱子上的铁把手。最后，安装上了一只锁。这只锁是桑吉从捡来的一只破公文包上取下来的。常常，从外地来这个镇上的人，走后都会留下点什么不要的破烂货。开车的留下一只旧轮胎，驴友留下一只登山杖。也是一位来学校检查工作的干部，他留下的一只四角都被磨得泛白的公文包。桑吉不知道自己为什么卸下了那只锁。那时，他并不知道父亲打算为装虫草而做一只讲究的箱子。但父亲告诉他，此行来镇上，是为了做一只装虫草的箱子时，他就拿出了那只锁。

桑吉说："虫草挖出来，在我们手上就十来天时间，为什么要一个箱子？"

父亲说："给我们带来一年生计的东西，不能就装在一只旧布袋里。"

三天后，一只箱子就做出来了。还装上那只锁。

白铁店老板嘲笑他们："装一只没有钥匙的锁干什么？"

父亲说："没有钥匙的锁也是锁，聋子的耳朵也是耳朵。"

真的，有了这只锁，不管有没有钥匙，那就是一只像模像样的箱子了，像是一只可以装着值得珍重的物品的东西了。

可是，现在调研员拿走了这只箱子。

桑吉追了出去，在村长家帐篷门口，他从后面拉着调研员大衣上的腰绊。

调研员说："我没有多付你们家钱吧。"

桑吉说："箱子，你不能带走箱子。"

调研员说："箱子？我只拿了虫草。"

桑吉说："你只能拿走虫草，不能拿走装虫草的箱子。"

调研员明白了："你得告诉我，这些虫草我是捧在手上还是含在嘴里。"

桑吉说："收虫草的人都自己带装虫草的东西。"

桑吉其实不知道调研员带着一只讲究的箱子，接上电就恒温恒湿。不是装虫草的，是城里人装雪茄烟的箱子。调研员的这只箱子就放在他的汽车里。他本来要在村长家吃了晚饭，再串几户人家，把收来的虫草装进汽车里的恒温箱里，明天早上再把箱子还给他们。

现在，调研员觉得他是个好玩的娃娃，他说："你在镇上的超市里买过东西吗？"

桑吉说："买过。"

"说说你买过些什么东西。"

"糖，还有墨水。"

"对了，超市的人让你把包糖的纸和墨水瓶还给他们了吗？"

桑吉摇了摇头。

调研员说："嘿，小伙子，你是在摇头吗？你不知道黑夜里我看不见吗？"

桑吉说："你只付了虫草钱，没付箱子的钱。"

调研员笑了，他不进村长家的帐篷，转身往他停车的地方走。隔着老远，刚看得见车窗玻璃上的反射光，他按一下手里的钥匙，车灯闪烁的同时，还吱地叫了一声。

调研员打开车子的后厢门，车里灯亮起来，照见一只箱子。箱子闪着黑黝黝的金属光泽，箱门上还有两只手表那么大的表盘。调研员说："小伙子，开开眼，这样的东西才配叫箱子。"

他打开箱子门，从里面取出一只塑料盒，把虫草装进里面，塞进了那只漂亮的箱子。

桑吉以为调研员这下该把箱子还给他了。但调研员没有这个意思。他问桑吉："用完了墨水，你把瓶子还到超市了？"

这回，桑吉不说话也不摇头，他不敢说，他和同学们把空瓶子放在学校围墙上，当弹弓的靶子了。

调研员说："我知道都被你们打碎了，围墙外，满地是玻璃碴子，当我不知道吗？好小子，你来追我，我以为你要为逃学交一份检讨书呢。是的，我不要这只破箱子，但我告诉你，这是我买虫草买来的包装。”

桑吉终于露出了请求的口吻：“你有这么漂亮的箱子，把这箱子还给我家吧。”

调研员点了一支烟，脸上露出干部要为难人时的表情，说：“看在你是个成绩优秀的学生的份上，我没让你为逃学写检讨，总不成让你白拿回箱子吧？”

桑吉知道，一个干部脸上露出这样表情的时候，不意思意思，那是拿不回这只箱子了。

他咽了口唾沫，有些艰难地说：“我给你虫草。”

调研员弯下腰：“虫草，你给我虫草？”

“我换这只箱子。”

调研员：“多少？”

桑吉提高了声音：“三只，三只虫草。”

调研员把烟头扔在地上，用脚把那一星火踩灭了，说：“成交！”

桑吉抱起了箱子，调研员说：“小伙子，你既然开始学习交易了，就该先把虫草拿来。”

桑吉跑进帐篷，从枕头下拿出了那只铁皮文具盒。回来时，调研员又燃起了一支烟。他看着桑吉打开文具盒，看到了里面躺着三只白白净净胖乎乎的虫草，他细心地把三只虫草拈出来，放进了那只盒子里，和这几天，一家人换了两万多块钱的虫草们混在了一起。

桑吉抱起了箱子。

调研员在他身后说：“等等。”他从车上拿出一包糖果，还有一个漂亮的笔记本，掀开桑吉抱在怀里的箱子盖，放进了里面。他啪一声合上箱盖:“祝贺你交易成功,一份奖励。”

调研员拍拍他的脑袋,往村长家的帐篷去了。

桑吉抱着箱子回家,在星空下,他的泪水流了下来。他想着那三只白白胖胖的虫草,想着他打算送给表哥的无指手套,想着他得空着双手去看望表哥,想着也不能买剃须泡和飘柔洗发水送给两个老师,他的泪水就下来。他望望天空,星星在他的泪眼中,闪烁着更动人的光芒。

他在晚风中站了一阵,等泪水干了,才走进自家的帐篷。他对父亲和母亲说:“我把箱子要回来了。”

五

第二天,各家收拾帐篷时,调研员发动了车子。他特意把车开过桑吉身旁。他摇下车窗,像对大人一样和桑吉打招呼:“我过几天还回来,把你们家的虫草给我留着。”

桑吉别过头去,不想跟他说话。

桑吉这个样子,让他父亲很着急:“领导在跟你说话。”

调研员这才对父亲说:“我喜欢这个孩子,我回来时要带份礼物给他。他喜欢什么东西?”

父亲说:“书。”

调研员转脸对桑吉说:“一套百科全书怎么样?”调研员压低了声音说,“那你可赚大了。知道一套百科全书多少钱,八九百呀! 告诉你吧,当你喜欢一个人,就意味在买卖中要吃大亏了!”

他一踩油门,汽车在草滩上摇摇晃晃地前进。桑吉看到过汽车开上草滩被陷在泥里的情形,他想,这辆车要被陷住了。更准确地说,是桑吉希望这辆车会被陷住。但是，这辆车摇晃着，轰鸣着，冲出了地面松软的草滩，上到了路上，调研员又向他挥了挥手，车屁股后卷起尘土，很快就转过山口，消失了。只把尘土留在天幕之下，经久不散。

父亲用责备的口吻说："人家喜欢你呢。"

桑吉说："不喜欢他像个了不起的人物和我说话。"

但是，他心里已经在想象那套百科全书是什么样子了。这是他第二次听见有一种书叫百科全书了。有几个登山客来过学校，送了他们班的学生一人一只文具盒，还和他们拍了很多照片。他们说，回到城里后，最多不过两星期，他们就会寄来这些照片和一套百科全书。可是，两年过去了，他们也没收到这些人许诺要寄来的东西。

在新的虫草山上，桑吉老是在想这套百科全书。

这时，调研员正在赶路。路上，遇到了堵车，他骂骂咧咧地停下车来。

他骂骂咧咧是因为心里不痛快。

前不久，他还是县里的副县长。干部调整的时候，人们都说他会当上县长，再不济也能当上常务副县长。可是，调整后的结果是他成了这个县的调研员。都知道，一个干部快退休了，需要安顿一下，就给个调研员当当。他才四十出头，就成了调研员。当调研员的第一件事，就是调研乡村学校虫草季放假的情况。调研员也是配有司机的，但他心里不痛快，自己开着车就到乡下来了。也是因为心里不痛快，他一到桑吉上学的学校，就说，虫草，虫草，学生的任务就是好好念书，挖什么虫草。结果他把学校的虫草假给取消了。一周后，他的气消了许多，朋友打电话告诉他，弄些虫草，走走该走动的地方，至少还可以官复原职吧。于是，他又给学校放了一周的虫草假。他说，不放怎么办？草原上的大人小孩，都指望着这东西生活嘛。

在桑吉他们村的虫草山下，他收了五万块钱的虫草。眼下，他正开着车，急着把这些新鲜虫草送到一个地方去。因为路上堵车，他是天黑后，街上的路灯都在新修的迎宾大道两旁一行一行亮起来的时候，才进到城里的。这个夜晚，他敲响了两户人家的房门，村长家的虫草送给了部长。桑吉家的虫草送给了书记。

桑吉的虫草在书记家待了三个晚上。

第三个晚上，书记回来晚了。书记老婆便把放在冰箱里的虫草取出来。

她细细嚼了一根，觉得是好虫草。

这时，书记回家了。

书记老婆说："今年的虫草不错啊！"

书记说："那就包得漂亮一点，哪天得空给书记送去。"

老婆笑说："书记送给书记。"

书记也笑说："说不定书记也不吃，再送给更大的书记。"

书记老婆教书出身，这几年不教书了，没事，喜欢窝在家里读书。所以，才说出这样的话："怎么没人写一本《虫草旅行记》。"

书记也是在职博士，论文虽然是别人帮忙的，到底大学本科还是亲自上的，回家还要上上网。他在电脑前坐下，鼠标滑动时，随口说："你读不到，本地经济文化都欠发达，没人写小说，更不要说官场小说。"

老婆收拾好虫草，却留下了几十根，仔细装在一只罐子里。书记摇摇头说："小气了。算算管着多少座虫草山，算算这时节有多少老百姓在山上挖这东西，总得有三五万，十来万人吧。还怕没有虫草！"

老婆说："就图个新鲜，补补气。"

“我中气十足!”

“那就再提提!”

早上,车到门口来接书记上班。老婆把茶杯递给秘书:“第一遍水不要太烫了。”

秘书:“可是新虫草下来了。”

到了办公楼,第一个会,就是虫草会。虫草收购秩序的会。合理开发与保护虫草资源的会。

书记坐在台上讲话,他面前放着透明的茶杯,茶杯里浮沉着茶叶,茶杯底卧着一只虫草。好像是想探头看看下面的人。下面人面前桌上也放着茶杯。有些茶杯里也卧着虫草。麦克风里的声音嗡嗡响着,杯底下的这些虫草似乎都在互相探望。

桑吉的三只虫草在书记家被分开了。

两只进了一只不透光的塑料袋,躺在冰箱里。一只躺在书记的杯子里。开完会,书记回到办公室,听了几个汇报,看了两份文件,一口气喝干杯子里的水,又捞起那根胖虫草,扔在嘴里嚼了。嚼完,他自言自语地说:“这么重的腥气。”

正好秘书进来,接着他的话头:“原本就是一根虫子嘛。”

书记说:“虫子?你是存心让我恶心?”

秘书赶紧赔不是:“老板,我说错了。”

书记的恶心劲过去了:“我还用得着你来搞科普啊!”

这时的桑吉正在山上休息。

他用手臂盖着脸,在阳光下睡了一会儿。刚一闭上眼,他就听见很多睁开眼睛时听不见的声音。青草破土的声音。去年的枯草在阳光下进一步失去水分的声音。大地更深处那些上冻的土层融冻的声音。然后，他睡着了。他又梦见了百科全书。他醒来，揉揉眼，回想那书是什么样子。但他想不起来了，怎么都想不起来，这让他懊恼了好一阵子。在又挖到了五六只虫草后，他想通了。他甚至咯咯地笑了起来，他对自己说："你只是梦到了一个词，一个名字。你怎么会梦到没见过的东西的样子呢？"

天气越来越暖和，草地越来越青翠，雪线越升越高，虫草再长高，下面的根就干瘪了。这也意味着这一年的虫草季该是结束的时候了。

虫草季结束的这一天晚上，一个收虫草的贩子还在营地为大家放了一场电影。电影机把光影投向银幕的时候，满天的星斗就消失了。那是一部什么样的电影呢？这些挖虫草的人是无从描述的。这个国家，几乎没有他们可以清晰描述的电影。电影里的几个人说着这里大多数人听不懂的汉语普通话，从一个房间到另一房间，从一部汽车，到另一部汽车，从一座楼到另一座楼，说话，不停说话，生气，流泪，摔东西，欢笑，然后接吻。对于挖虫草的人们来说，他们生活在一个不真实的世界，一个与他们毫无关联的世界。但是，既然虫草季已经结束，每户人家挖到手的虫草都一根根数过，这一个虫草季挣到的钱都已经算得一清二楚，在帐篷里是坐着，在电影屏幕前也是坐着，那就和大家一起在这里坐着吧。看到后来，观众群中甚至发出了一阵阵笑声。因为什么事也不为，就喋喋不休地说话，奔跑，也真有些好笑。接吻的时候，因为碰到鼻子，而得伸出舌头才够得着别人的嘴唇也真是好笑。再后来，起风了。受风的银幕被吹成了半球形。银幕向前鼓，那些苗条的美女都向前鼓起了大大的肚子。风转一个方向，银幕往后鼓，银幕上所有人不管在哭还是在笑，都深深地往前面弯下了身子。这情形，同样惹得人们大笑不止。风再大时，银幕和银幕上的人们被撕来扯去，这样，电影晚会便只好提前结束了。

回到自己家的帐篷，炉子里燃着旺火，肚子里喝进了热茶，母亲突然笑起来。母亲边笑边说：“那个人……那个女人，那个女人……”

父亲也跟着笑了起来。

桑吉没笑，他不会为看不懂的东西发笑。

他又打开那只箱子，那只让他付出了三只虫草的箱子，把里面的虫草数了一遍。这一个虫草季，他要写一封信，告诉姐姐，这一个虫草季，他和父亲和母亲三个人挣到了差不多五万块钱。

他不在纸上写信。他要等回到学校，在多布杰老师的电脑上写。姐姐给他留下了电子邮箱的地址。姐姐的学校有计算机房，她可以在那里的电脑上收到信。他要告诉她，只差两千多元，他们家这一个虫草季就收入了五万块钱。他要告诉姐姐，趁这个时候，就是向父亲一次要两千块钱他都不会心疼。

这天晚上，帐篷里来了两拨人。

一拨是放电影的人。他们来放电影是为了收虫草。

一拨是寺院里的人。

这两拨人都没有从他们家收到虫草。

寺院的人问：“那卖给放电影的人了吗？”

父亲说：“要不是上面的干部要，我们家的虫草一定是卖给你们的。”

寺院里的人不高兴，骂道：“这些干部手真长。”

这时，外面响起了汽车声。

是调研员，他把汽车直接开到了桑吉家帐篷跟前。

这一回，他带着一个虫草商。

虫草商是他的朋友。

以前，虫草商是个副科长。他也是个副科长。

虫草商辞职下海时，他成了教育局局长。虫草商发了。他当了副县长。虫草商请他吃饭喝酒，说："这也是共同进步之一种。"

可是，一不小心，他就成调研员了。虫草商发了更多的财。他又找虫草商吃饭喝酒，他说："这回，我掉队了。"

虫草商打开大冰柜，拿出一包虫草："那有什么，跑跑，送送，一下又追上来了。"

但他把虫草又放回柜子里。

那天，他去送了自己买的虫草回来，找到还住在县城的虫草商："跑了，送了，真的管用吗？他妈五万多块钱啊！"

"你他妈不知道别人也送吗？"

"我没亲眼看见过。"

"人家收了吗？"

"收了。可是我没有钱了。"

虫草商是他朋友："再收二十万的虫草，不就赚回来了？"

"我没有钱了。"

虫草商从床下拖出一只脏口袋，踢了一脚："从里面取二十万。"

脏口袋里沉沉的全是钱。一万元一扎。调研员取了二十扎。虫草商又把袋子口扎好，踢回了床下。

虫草商说："我跟你去，收了，卖给我，给你五万块。"

调研员说："还不是变相受贿。"

"我找你办事了？"

"没有。"

"如今我真要办什么事的话,你的官小了。"

就这样,两个人一起下乡来收虫草。

两个人来到了桑吉家的帐篷跟前。

看见调研员,桑吉真还露出望眼欲穿的样子。

调研员不慌不忙地数虫草,然后看着桑吉的父亲带着心满意足的神情一张张数钱。

然后,调研员和他的朋友又钻到别人家的帐篷里。

很晚了,桑吉还不想睡。他心里记挂着调研员要送他的百科全书。

父亲说:"睡吧,干部没有压价就很好了,就不要指望他还送你东西了。"

桑吉不肯睡。他把头埋在两腿之间,失望快把他压垮了。

这时,夜已经很深了。父亲说:"我要睡了。"

桑吉不动。

父亲过来叫他睡觉,他摇摇肩头,把父亲的手甩开了。父亲叹口气,自己躺下了。

这时,他听到吱的一声叫唤,他知道那不是动物,那是调研员打开了汽车遥控锁的声音。然后,是明亮的灯光晃动。

他出去,调研员和他的朋友正在车边搭帐篷——游客们露营时搭的那种登山帐篷。

桑吉看着他们戴着头灯,在帐篷里铺上防潮垫,打开睡袋。

调研员准备要睡下了,这时,头灯照亮了桑吉的脸。

他拍拍脑袋,说:"看看,我这记性。"

调研员钻出帐篷,说:"就让你看一眼,看我是不是说话算话的人。"

他带着桑吉来到汽车跟前,他说:"知道吗?我待在你的学校的那几天，把你的作业全部看了一遍，我跟你们校长说，这个地方，一时半会是不会出这么出色的好学生了。”

然后，一个纸箱出现在他面前。就在汽车后排的座椅上。调研员把车顶灯打开。让他看见了纸箱上就写着百科全书的字样。调研员拿出一把小刀，把封住箱子的胶带拉开一条口子。桑吉拉开胶带，扒开盖子，眼前是整整齐齐的一排烫金的书脊。

调研员摸摸他的脑袋：“我没有食言吧。”

桑吉点点头：“你没有。”

“你老爹没对你说干部说话都不可靠吗？”

桑吉说：“明年我要再给你十根虫草。”

调研员笑起来：“十根虫草就能换来这些书？不用了，反正这些书也没人读。”

桑吉爬上车去搬书箱，调研员把他的手按住了：“不行，明天我把这些书放在学校。你回去上学就能得到这些书，不回去，你就得不到。懂吗，我要你好好上学。”

桑吉说：“我现在就想看。”

调研员从后座上翻出一件大衣，扔在他身上：“那就在车上看吧。”

桑吉就留在车上看书。

这些又厚又沉的书上的字又小又密，却又有那么多的照片。这个晚上，他靠着这些照片几乎看遍了整个世界。看见了巴黎的埃菲尔铁塔，看见了南极洲的冰和企鹅，看见了遥远星球，看见了雪花放大后的漂亮模样。他还知道了草原上几种花好听的名字：报春、杜鹃和风毛菊。只是，他没有找到虫草。书是外国人编的，他想，一定是他们那里没有虫草。但想想又不对，他们那里也没有南极洲和企鹅，但书上有。后来，他在车上抱着书睡着了。

早上，车窗上结满了霜花。

桑吉对打开车门的调研员说："我爱这些书。"

调研员说："现在，把他们装回箱子里，你回到学校就会得到这些书。"

他往箱子里装书时，还舍不得那些图片。所以，人家把帐篷拆了，收拾进车的后备厢里，他还有两本书没有装回箱子里。

汽车摇摇晃晃开动起来，他还在车后追出去好长一段。

那一天，全村的人都拆了帐篷，都带着卖虫草的钱准备回家。

所有人都显得喜气洋洋。

快到中午的时候，来主持感谢山神仪式的喇嘛们才来到。他们说，是因为在别村的仪式耽误久了。但村里人都知道，是因为这一年，他们在这个村没收到多少虫草。所以，仪式结束，村里人都给了喇嘛们比平常多一些的供养。

全村人高高兴兴回去，桑吉却一心只想早点回到学校。

百科全书对他不再是一个词，而是一个实在的丰富无比的存在了。

百科全书里有着他生活的这个世界所没有的一切东西。巨大的图书馆，大洋中行进的鲸鱼，风帆，依靠着城市的港口，港口上的鸟群与夕阳。

回到村里，新修的定居点，看着那些一模一样的房屋整齐排列在荒野中间，桑吉心里禁不住生出一种凄凉之感。他心下有点明白，这些房子是对百科全书里的某种方式的一种模仿。因为住在这些房子里的人并没有另外的世界中住着差不多同样房子里的人那样相同的生活。

桑吉知道，那是百科全书在心里发生作用了。

奶奶拄着拐杖立在家门口等候他们归来。

桑吉把自己的额头抵到奶奶的额头上时，他闻到一种气息，一种事物正在萎顿时所散发的干枯气息。

父亲解开腰带。

他腰带上结着的每个疙瘩中都是一扎钱。父亲从中取出一张，让他到齐米家去。

齐米家开着一个小卖部，出售电池、一次性打火机、方便面、啤酒、香烟、糖果和鸡蛋糕。

他用五十块钱在小店里买了啤酒和鸡蛋糕。

一家人就在暖和的阳光下坐下来，父亲享受啤酒，奶奶和妈妈享受鸡蛋糕。

桑吉趴在草地上，看着奶奶瘪着嘴，嘴唇左右错动着，消受软和的油汪汪的鸡蛋糕，心里生出比晒在身上的太阳还要暖和的感觉。他在想，一颗牙齿都没有了的人，直接用牙床磨动是什么感觉。

奶奶还不断扬手，把手里的糕点抛撒给在周围叽叽喳喳起起落落的小鸟。

桑吉开心地笑了。

他对着奶奶大声说："奶奶，我明天就要回学校去了！"

奶奶对着他不明所以地微笑。

他又说："奶奶，我有一部百科全书了！"

奶奶当然听不懂什么是百科全书，但她依然咧着嘴，把眼睛眯成一条缝向着他微笑。

可是，桑吉没有得到百科全书。

回到学校，他就问多布杰老师，调研员是不是真的把书留给了他。

多布杰老师表情严肃："还是先认识一下你逃学的事吧。"

他知道自己心里对此并没有什么认识，只是像所有犯错的学生那样，低下头假装害怕与后悔，抬起左脚用靴底去蹭右脚的靴子。然后，用蚊子哼哼一样的声音说："我错了。我检讨。"

多布杰老师说："别人认错我相信，你认错我不相信。"

这是他爱多布杰老师的重要原因。于是，他抬起头来，把询问的眼神投向多布杰老师。

老师说："如果你觉得是错的，你一定不会去做。"

桑吉从书包里把作业簿掏出来，他把逃掉的那些课上该做的作业都做完了。

多布杰老师在画画，他用画笔把递到跟前的作业簿挡开："不上课也能完成作业，你是想让我知道你有多大的天才吗？"

桑吉又从书包里掏出一大把糖果，放在他的调色盘旁边。

多布杰老师放下画笔，剥开亮晶晶的玻璃纸，扔了一颗在嘴里："你劳动挣来的，味道不错！"

桑吉这才敢说话："我的百科全书。"

多布杰老师说："原来这书是你的啊！"

"我的书在哪里？"

多布杰老师："那个人架子可是有点大，他还送书给你？"

桑吉说："我的书在哪里？！"

多布杰老师说："他就在我办公室来了一趟，说要看你的作业。他夸奖你了。"

桑吉着急了："老师！"

“对了,你的书是吧。他倒是交了一箱书给校长。”

桑吉不等多布杰老师把话说完,就冲出了房间。出了房门,拐弯,第三间房,就是校长办公室。桑吉见门虚掩着,便一头冲了进去。

校长坐在一张插着国旗的办公桌后面,背后是一张世界地图。听到脚步声,他抬起头来,不等桑吉开口,就挥挥手,说:“忘了进门的规矩吗? 出去!”

桑吉退到门口,把虚掩的门小心推开,喊:“报告!”

校长拖长声音说:“进——来。”

桑吉进去,以立正的姿势站在校长的桌前。

校长抬头说:“原来是你。”

桑吉说:“我的书,我的百科全书。”

校长说:“你是不是送检讨书来了。”

桑吉说:“我已经在多布杰老师那里检讨过了。他说调研员送我的百科全书在你这里。”

校长用笔敲打着桌子:“对,是有一套百科全书,我以为调研员是送给我们学校的。我们整个学校都没有一套百科全书,他怎么会送给你呢?”

听了这话,桑吉的泪水便冲破了眼眶。他根本没料想到结果会是这样。等到泪水冲出眼眶,他才想起警告自己不能哭,但这警告来得太迟了,他只能抑制着自己不哭出声来,但泪水却止不住哗哗地流淌。

这下,校长有点不知该怎么办了:“好好说着话,这娃娃怎么就这样了!”

桑吉觉得很丢脸,便转头冲出了校长办公室。他也不敢回到寝室,把这样子让同学们看见,他转头冲上了校门外的山坡,一直到泪水停在了眼窝，不再往外流淌，才又回到学校。校长正在给办公室的门上锁。

他说："我的书。"

校长一边说话，一边往家走："正说话你跑什么跑，又想逃学吗？回去交份检讨书上来！"

这时，天上响了两声雷。这是这一年最初的两声雷。然后，就有点要下雨的意思了。

校长站在屋檐下看着天边云朵急速地堆积，他说："不哭了？你说是天帮着我吓你，还是帮着你吓我？"

桑吉说："调研员说他要把送我的百科全书放在学校，让我回学校时取。"

校长说："那他为什么当时不给你？"

"他怕放在牛背上驮，会把书弄坏。"

天上啪啦啪啦降下了雪霰而不是雨水。校长站在屋檐下，桑吉站在露天里，雪霰落下来。落在他肩头和身上的，都蹦跳到地上，落在他头上的，就窝在头发中不动了。

校长说："站上来。"

桑吉不动。

校长说："他是放了一套百科全书，可没说要送给你。我还以为是配发给学校的。说了那么多年，每所学校都要建一所图书室，终于见到一箱书，居然有人跑来说是他的。"

"就是我的。"

"等他下次来调研时，我们当面问个明白。"

桑吉又要哭出来了。

校长身后的玻璃窗上，现出一张有些浮肿的脸，那是校长老婆的脸。

那个女人没有工作，包洗全校学生的被褥。她不犯哮喘的时候，半个月一换。要是她哮喘发作，那就没准了。当她的脸显得如此饱满的时候，说明她的呼吸又被憋住了。

桑吉说："校长你回去吧。"

校长说："亏你好心，不缠着我了。"

桑吉说："等调研员来再问他吧。"

"我不就是这个意思吗！你回去吧。"校长把家门推开，又回过身来，说，"就算是学校图书馆的，你也可以借阅呀！"

桑吉进了校长家。

校长让他在燃着炉火的客厅里等着，自己进了里间的房子。桑吉站在火炉边，烤冰冷的双手，鼻子闻到满屋的草药味，耳朵却听到了里屋传来哮喘声。校长很快就出来了，手里拿着一本百科全书："这是第一册，我知道你爱书，可不能耽误了考试啊！"

桑吉抱着书，冒着雪霰，奔跑着穿过老师宿舍和学生宿舍间的那片空地。爬到床上，迫不及待地打开了厚厚的书本。直到晚上十点，灯灭了，他才依依不舍地合上了书本。这个晚上，他久久不能入睡。听着高原上强劲的风掠过屋顶。听着起码是三四里外镇子边缘的藏獒养殖场里那些野兽一样的猛犬在月光下低沉的咆哮，眼前却晃动着那本书中所描写的宽广世界。

第二天早上，虫草假后学校重新开学。

全校学生排队集合，广播里播放着国歌，因为音响的缘故，雄浑的音乐显得有些单薄，升旗手把国旗在校园中缓缓升起。校长讲话。

校长讲了一个故事。一个学生爱书的故事。这个故事听到多半，桑吉才听出这似乎是在讲昨天自己追着校长如何讨要百科全书。不同的是，在这个故事中，昨天那种不愉快的情形消失了，而是一个学生听说学校有了一套崭新的百科全书，等不及学校图书室正式建成，就缠着校长要先睹为快。

校长的结束语是："同学们，我们为什么要等待？难道图书室建不成我们就不会产生对于书籍的渴望吗？"

操场上整齐排列的学生队列中响起了嗡嗡的议论声。每个人发出一点点声音，混同起来，就像是有一大群看不见的虫子在天空中飞舞。待到大家都把眼光投到他身上时，桑吉才意识到校长讲的是自己。那么多眼光投射聚集到他身上的时候，他禁不住浑身颤抖。

他没有想到，因为书，自己竟然成为了一个故事中的人物。

这得以让他以一种不是自己的眼光来看待自己。

这有点像从镜子里看见自己。

桑吉看见了一个人站在故事里。

校长讲完话，操场上的人散去了。这一天的风很小，懒洋洋的，有一下没一下地吹着。假期结束后新换的国旗在微风中轻轻翻卷。教室里学生们拖长着声音朗读课文。桑吉不喜欢用这样的腔调念诵课文，他喜欢按自己的节奏在心中默念。在他自己的节奏中，藏文字母像一只只蜜蜂轻盈飞翔，汉字一个个叮咚作响。这一节课，他没有念诵课文。

他坐在一教室的拖长声音朗读课文的同学中间，他看见了故事里的那个桑吉。

那个桑吉穿着一件表面有些油垢的羊皮袍子，袍子下面是权充校服的蓝色运动衫，赭色的面庞，眼睛放射着晶莹的光亮。这两年，这个六年级学生的个头生长猛然加快，原先宽大的皮袍缠上腰带，拉出一两道使袍子显得好看的褶子后，都盖不住膝盖了。当然，他也可以只穿校服。

但那蓝色的运动装，在这个季节却显得过于单薄了。桑吉看见故事中那个桑吉，眼睛里燃烧着渴望，真像忽忽闪闪的炉膛中的火苗一样灼人，火苗一样滚烫。百科全书中说，那些面临大海的冰川有朝一日，就会震天动地地崩塌下来，在海洋中激起巨大的波浪。百科全书中相关的辞条还说，那些海里有巨大的鲸鱼，那些冰山上有成群的企鹅。相比于其他学生，桑吉有一个特别的本事，他能把那些看起来本不相关的辞条连接起来，就像他能把一篇又一篇课文连接起来。他恍然看见海上冰山崩塌时，鲸鱼愤怒，企鹅惊走。桑吉恍然看见这世界奇景的眼睛如星光一样闪烁。

上午的四节课很快就过去了。挂在操场的那个破轮胎钢圈敲响的时候，同学们奔向饭堂，他却跑出学校，奔向了学校背后的高岗。此时的桑吉觉得，那些正被春草染绿的连绵丘冈，丘冈间被阳光照耀而闪闪发光的蜿蜒河流，也像百科全书一样在告诉他什么。

那一刻，他两腮通红，眼睛灼灼发光。

这时，一匹马晃动着的脑袋伸到了他面前。马背上坐着一个喇嘛。

喇嘛翻身下马，坐在了他身旁。

桑吉还沉浸在自己营造出来的那种令人思绪遄飞的情绪中，所以不曾理会那个喇嘛。

受惯尊崇的喇嘛不以为意，文绉绉地说："少年人因何激越如此？"

桑吉抬手指指蜿蜒而去的河流。

喇嘛说："黄河。"

桑吉："它真的流进了大海？"

喇嘛说："是啊！生长珊瑚树的大海，右旋螺号的大海。"

喇嘛又赞叹："一个正在开悟的少年！"

喇嘛劝导他："聪明的少年，听贫僧一言！"

桑吉："你说吧。"

喇嘛说："河去了海里，又变成了云雨，重回清静纯洁的起源之地。所以，我们不必随河流去往大海。"

桑吉："我就想随着河流一路去向大海。"

喇嘛摇头："那一路要染上多少尘垢，经历多少曲折，情何以堪！情何以堪！少年人，你有这么好的根器，跟随了我，离垢修行吧！"

桑吉站起身来，跑下了山冈。

不一会儿，他又气喘吁吁地抱着那册百科全书爬上了山冈。他出汗了。整个身体都散发着皮袍受热后挥发出的腥膻的酥油味道。

喇嘛还坐在山冈上，那匹马就在他身后负着鞍鞯，垂头吃草。

桑吉把厚厚的书本递到他手上。

喇嘛翻翻书说："伟大的佛法总摄一切，世界的色相真是林林总总啊！"

桑吉说："我不当喇嘛，我要上学！"

喇嘛起身，摸摸他头，桑吉觉得有一股电流贯穿了身体。

桑吉说："三年了，我在收虫草，祭山神的喇嘛中间没有见过你。"

喇嘛翻身上马声音洪亮："少年人，机缘巧合，我们才在此时此地相见。"

桑吉心中突然生出不舍的感觉，因此垂头陷入了沉默。

喇嘛勒转了马头："少年人可是回心转意了？"

桑吉摇了摇头，抱着书奔下山冈。

这时，他觉得饿了。同学帮他留了饭。他端着饭盒狼吞虎咽的时候，还从窗口望了一眼山上，那个喇嘛还骑在马上，背衬着蓝天，是一个漂亮的剪影。

同学说："乖乖，我们都以为你要跟他走了。"

多布杰老师也来了："就跟班觉一样。"

桑吉问："班觉是谁？"

"以前的一个学生，一个跟你一样聪明好学的孩子。"多布杰老师说，"不过，也许你比班觉更聪明。"

多布杰老师拿着装着长焦距镜头的照相机，靠到窗口想拍一张山丘上那个马上喇嘛的剪影，可是那个人和他的马都消失了。山丘上，青草的光亮背后是蓝天，蓝天上是闪闪发光的洁白云团。

桑吉接过相机，从长焦的镜头里瞭望天空。镜头把天上悬垂的静静云团一下拉到面前。镜头里，远看那么静谧的云团是那么不平静，被高空不可见的风撕扯鼓涌着，翻腾不已。

一个星期后，星期六，桑吉看完了第一本百科全书。他没有回家，他走进校长家去换第二册。他没有想到，校长拒绝了他。校长说："就这么几本书，大家都想借，你说我该借给谁？我只好一个人都不借。等着吧，等图书室办起来你再来吧。"

桑吉说："本来就是我的书。"

校长冷笑："你的书？调研员来，我代表学校请他吃肉喝酒，他连谢谢都没说一声，扔下这几本书就走了。他没说声谢谢，更没说这书是给某个学生的。"

桑吉心里冒起了吱吱作响的火。

校长问："回去做作业吧，马上要小升初考试了。"

桑吉想说我恨你。但他想起，父亲和母亲都对他说过，不可以对人生仇恨之心。

校长问："你想说什么？"

桑吉脸上露出微笑："我不怪你。"

校长："你——不——怪我？"

桑吉肯定地说："我不怪你。"

校长："你是想说你不恨我吧？"

桑吉说："等上了初中，我到县城问调研员去！"

其实，那时桑吉是有些恨意的。因为临出门时，他听到内室里传来校长家那个三岁多的孙儿的啼哭声。然后，那个有哮喘病的奶奶，就把他还去的那本书放在了那个哭泣的孩子跟前。孩子不哭了。用一双脏手去翻看书中那些图片。

校长并不尴尬，说："将来他肯定比你还爱书。"

桑吉不忍再看，因为那孩子脸上挂着的鼻涕眼泪正从脸上慢慢下滑，就要滴落到他心爱的书上了。

那个身心俱疲的奶奶，把身子靠在床上，闭目休息。

桑吉跑出了那间房子。

他很愤怒，他跑到多布杰老师房子里。

多布杰老师不在。他肯定是跑到乡卫生院找那个新来的女医生去了。

于是，他去了娜姆老师那里。

老师静静坐在窗下的阳光里，表情严肃。

录音机里放着仓央嘉措的情歌："如果没有相见，人们就不会相恋，如果没有相恋，怎会受这相思的熬煎。"

老师听着歌，眼望着窗外，连他进屋都没有看见。

桑吉改变了主意，悄悄退了出来。

六

桑吉决定马上就到县城去找调研员。

桑吉所在的这个小乡镇离小县城有一百公里远。他在多布杰老师房门前贴了张条子，说他回家去看奶奶了。

然后，他跑到街上，到回民饭馆买两只烧饼。

第一炉烧饼已经卖光，他得等第二炉烧饼出炉，于是就在附近的几个铺子闲逛。美发店的洗发女坐在店门前染指甲。银饰铺的那个老师傅正对小徒弟破口大骂。修车店的伙计们看他晃悠过来，就把橡胶内胎收拾起来。他们这样做不是没有理由。学校里调皮的男学生喜欢这些橡胶皮，自己做弹弓，或者，割成长长的橡胶条，用来送给女生们跳皮筋。那些嘴碎的女生就在水泥地上蹦蹦跳跳：三五六、三五七、四八、四九、六十一！或长或短的辫子在背上摇摇摆摆。在这个中国边远的小乡镇上，还流行着一句话，一句在它的发明地早被忘记的话。桑吉见修车铺的人用警惕的眼光看着他，并把破轮胎内胎收拾起来，便说出了那句话："毛主席保证，我从来没有拿过这破烂玩意！"

那些人说："原来你就是那个爱说大人话的桑吉。"

桑吉知道，自己作为爱说大人话的桑吉和一看书就懂的桑吉的名声，已经在这小镇上广为流传。

桑吉满意地点了点头，然后来到了白铁铺前。

铺子里，敲打白铁皮的锤声叮当作响。

老师傅用一把大剪子把铁皮剪开，他的儿子手起锤落，那些铁皮便一点点显出所造器物的形状。他们做得最多的是小火炉子。也有人拿来烧穿了的铝锅，在这里换一个锅底。现在，这位师傅是在做一只水桶。桑吉喜欢白铁皮上雪花一样的纹理。老师傅认出了桑吉，停下手中的剪子，拿下夹在耳朵上的烟卷，点燃了，深吸一口，像招呼大人一样招呼他："来了。"

桑吉说："来了。"

"这回又要做个什么新鲜玩意？"

看来，铺子里的人还记得他和父亲来做的那只箱子。

桑吉摇摇头："我就是看看。"

"是啊，你不会再要一只同样的箱子了。"老师傅说。

他儿子也停下了手中的活计，说："我还以为很多人学着要做一只那样的箱子，可就只做了那一只。"

桑吉坐下来，仿佛看见两年前来这做箱子时的情形。又想起这只箱子引出来的这些事。这才有点像个故事的样子了。

这时，隔着几个铺子，回民饭馆戴白帽子的小伙计用擀面杖梆梆地敲打案板，这是在招呼桑吉，烧饼好了。故事还在继续。桑吉在店里讨张纸，把两只烧饼包起来，装进双肩包里，就上路了。他的脚前出现了一只空罐头盒子，他便一路踢着这破铁盒子往前走。直到镇外的小桥上，他把这盒子踢到了桥下。两只河面上的黄鸭被惊飞起来，在天上盘旋着，夸张地鸣叫。

后来，他遇到了一个骑摩托的。摩托车后座上坐着一个姑娘。姑娘的手臂紧紧环抱着骑士的腰。摩托迅速超过了他。等他转过一个弯道，看见摩托停下来在等他。

骑车人问："你就是那个桑吉吧。"

桑吉说："你说是那就是吧。"

“你这是要去哪里呀?”

桑吉回答得很简洁:“县城。”

“我到不了县城,但我可以带你一段。”

桑吉看看那个姑娘,说:“坐不下,你请走吧。”

那个姑娘笑笑,从车后座上下来,拍拍坐垫。

桑吉骑上去,那姑娘又推他一把,让他紧贴着骑车人的后背,自己又骑了上来。

摩托车启动了。

他本该感觉到风驰电掣带给他的刺激。

多布杰老师骑摩托时,有时会带上他,让他不时发出又惊又喜的尖叫。

但这回他全没有飞驰的感觉。他只感到自己被夹在两个壮实的身体中间,都要喘不上气了。那个姑娘坐在他身后,伸出双臂抱住骑手的腰。姑娘一用劲,他的脸就紧贴到骑手的背上,而姑娘富于弹性的胸脯紧贴在他的背上。摩托在坑洼不平的路上每一次颠簸,都让他受到那软绵绵的撞击。他当然知道那是什么东西。终于他开始大叫:“我受不了了,我要下去!”

摩托车停下,桑吉终于从两个火热的身体间挣脱出来,站在路边上大口呼吸没有这两个人身体气息的新鲜空气。

摩托车手拍一下姑娘的屁股,跨上了摩托。摩托车载着两个哈哈大笑的人远去了。

桑吉边走边想了一个问题,长大后,是不是每个人都要让身体把自己弄得神魂颠倒。一只盘旋在天上的鹰俯冲而下,抓起一只羊羔飞到了一堵高崖之上,让他结束了对那个无聊问题的思考。

走了差不多两个小时，他遇到了一辆拉矿石的汽车。

卡车司机往他手上塞了一个打火机，往他面前扔了一包烟。让他每十五分钟给他点一支烟。

点第一支烟，桑吉就给呛着了。他还把香烟盒上的吸烟有害健康的字样念给司机听。司机大笑："妈的，又当婊子，又立牌坊！"

桑吉大致知道婊子是什么，比如是镇上美发店中门前染着红指甲，总对着镜子做表情的懒洋洋的年轻女人。但他不知道牌坊是什么意思。

他问卡车司机，司机皱着眉头想了好一阵子，说："妈的，我说不出来，就像一张奖状吧。"

司机为此还有些恼怒了："你这个小乡巴佬都没见过那东西，我怎么给你讲？"

桑吉不服气："多布杰老师就可以！百科全书也可以！"

司机转怒为喜："看不出来，你还是个爱读书的娃娃！那你可以对没见过那东西的人说出那东西！"他还问，"等等，你刚才说什么书？"

"百科全书。"

"那是种什么书？我儿子就爱看男女乱搞的书！"

桑吉带着神往的表情说："百科全书就是什么都知道的书！"

"你有那样的书？"

桑吉有些伤心："我现在还没有。"

司机把才抽了一半的香烟扔到窗外，摸摸他的头："你会有的，你一定会有那样的书！"

桑吉笑起来："谢谢你！"

司机说："有人让你不舒服，有人让你起坏心眼，但你是个让人高兴和善良的娃娃！你一直是这样的吗？"

桑吉想了想，说："我也有不高兴的时候。"

"哦，人人都有不开心的时候，在这个世界！要多想好事情，让你自己高兴的好事情！"

桑吉想："这个叔叔说话一直都用感叹号。"

在一个岔路口，一个巨大的蓝色牌子指出了他们要去的不同地方。司机要去省城，把矿石运到火车站。姐姐上学的那个学校，夜深人静的时候，可以听到远远的火车汽笛声。而他要去拐向左边的县城，他的旅程还剩下二十多公里。

司机从驾驶室伸出头来，说："你会得到那个什么书的！"

桑吉回报以最灿烂的微笑。

他又走了多半个小时，后来，是一台拖拉机把他带到了县城。

桑吉问他遇到在县城里遇到的第一个人："调研员在哪里？我要找他。"

那是个正在恼火的人："我要找一个局长，一直找不见，你还来问我？我去问谁？"

桑吉问第二个人："我是桑吉，请问调研员在哪里？"

那个人问街边柳树下立着的另一个人："什么是调研员？"

那个望着柳树上刚冒出不久的新叶的人摇头说："我不知道那是什么东西！"

倒是另一个坐在椅子上打盹的人说："是一种官，一种官名。"那个人睁开眼睛，问桑吉，"你找的这个官叫什么名字？"

这时，桑吉才想起自己并不知道调研员的名字。

那个人摇摇头："这个冒失娃娃，连人家名字都不知道呢！"

桑吉想起来，调研员自我介绍过自己的名字，但他却想不起来了。

又有一个人走来,说:“找官到政府嘛!政府在那边!”

果然,桑吉就看到了县政府的大院子。气派的大门,院子里停着好些亮光闪闪的小汽车。

可是保安不让他进到那个院子:“你都不知道找谁,放你进去,我还要不要饭碗了?”

桑吉想说央求的话,却就是说不出来。

这时,他看到了调研员开到虫草山下来的那辆丰田车。他有过目不忘的本领,所以,现在看到那辆车的号牌,他就清清楚楚记起来。桑吉对保安说:“就是坐那辆车的调研员!”

保安说:“是他!昨天刚走!高升了!”

桑吉和保安当然都不知道。这个人由副县长而调研员,又调到另一县任常务副县长,都是他去了一趟虫草山,送了几万块虫草给上面的缘故。

桑吉问:“他什么时候回来?”

保安说:“回来?回来干什么?不回来了!”

这时,调研员已经坐在另一个县政府会议室里了。上面来的组织部长正把他介绍给参加会议的一百多个干部。部长说了很多表扬他的话。接下来,他又说了些谦虚的话。

天边霞光熄灭的时候,路灯亮起来。

桑吉走在街上,双腿酸痛,他得找个过夜的地方。

桑吉不知道,他的三只虫草,一只已经被那位书记在开会时泡水喝了。

那天,喝了虫草水的书记精神健旺,中气十足地讲了一个多小时的话。讲资源开发与环境保护的辩证法。讲了话,他转到后台的贵宾室,对秘书说，讲这些话真是累死人了。这时，坐在下面听报告的主管矿山安全的常委进来报告，开发最大矿山的老板要求增加两百吨炸药的指标。书记说，我正在讲要对环境友好，你们却恨不得把山几天就炸平了，他要增加炸药指标，那得先说税收增加多少！

常委出去了，书记回到办公室，拿起杯子，发现杯子里水已经干了。身边没有人。秘书见常委进来，自己回避了。书记也不想起身自己从净水机中倒杯水，就把杯子里卧着的虫草倒在了手心，送进嘴中，几口就嚼掉了。

卧蚕一样的虫草有一股淡淡的腥味，书记想，这东西就是半虫半草的东西。即便是嚼碎了，仍感到肚子里有什么东西在蠕动的感觉，这使得他突然恶心起来。

这时，又有人敲门，他忍住了恶心，坐直了身体。

晚上回家，书记显露出很疲倦的样子，他老婆说，某常委陪着个矿山老板送来了五公斤虫草。

书记说，前些日子不是还有人送来一些吗？合到一起，叫个稳妥的人给省城的老大送去吧。书记又踌躇说，妈的，现在关于老大要栽的传言多起来了，中央巡视组又要来省里了，你说这个时候送去合适不合适？

书记老婆说，年年都送，就这一回，送，不送，有什么分别？

书记举起手，做一个制止的姿势，要权衡，要权衡一下。

他老婆冷笑，权衡晚了，一窝贪官，读过《红楼梦》吧，一损俱损，一荣俱荣，不在这一次了。

书记便说，那就照老规矩。

不照老规矩还怎么的，新规矩容不下你！

于是，桑吉的那两只虫草，和别的上万只虫草一起，从冰柜里取出来，分装进一只只不透光的黑色塑料袋，躺在了一只大行李箱中。

分装的过程中，两只虫草被分开了，分别和一些陌生的虫草挤在一起。这些虫草都在从虫到草的转化过程中。也就是说，在秋天，卧在地下黑暗中的虫子被某种孢子侵入了。它们一起相安无事地在地下躲过了冬天的严寒。春天，虫子醒得慢，作为植物的孢子醒得快。于是，就在虫子的身体里开始生长。长成一只草芽，拱破了虫子的身体，拱破了地表，正在向着被阳光照耀的草地探头探脑，正准备长成完完全全的一棵草，就遇到桑吉这样挖虫草的人了。那只僵死的充满了植物孢子的虫子便进入了市场。

袋子里这些虫草挤在一起，彼此间甚至有些互相讨厌。虫子味多的，讨厌草味多的。草味浓厚的，则讨厌那些虫子味太重的。

这些虫草先坐汽车到了省城，却没有进省城叫老大的那个人的家。门上的人就拦了路，说这些日子，老大不在家里见人了。送虫草的人说，以前老大都是要过过目的。回说，什么时候了，走！走！老大烦着呢，过目就免了。所以，这些虫草只到了老大家院子里，停在楼门口。这部车加了一个司机。老规矩，车上的货直接送到机场。在机场停车场，司机打开行李箱，从中取出了一包。更多的虫草坐上了飞机，从省城去往首都，然后去了一个深宅大院中的地下储藏室。

这个房间有适合这些宝贵东西的温度与湿度。

这个房间里已经有了很多很多的东西，光是虫草，起码就在五万根以上。这是去年的光景，2014 年，情形不同了。手机微信里，老百姓的言说中，有种种老大要栽的传言。司机在望得见机场候机楼的地方停下来，坐在车里看了一阵飞机的起起落落。一个司机开口说，送不送到，老大多半是不会知道了。两个司机就调转了车头。

这时，天大亮了，进城的时候，太阳从他们的背后升起来，街上的树影，电线杆影都拉得很长。司机停下车，敲开了一家小店的门，把一袋虫草递进去。这一袋足有一千多只虫草。小店老板说，好几万呢，没有这么多现钱，还是打到你那张卡上吧。

司机说：不会又拖拖拉拉的吧。

小店老板说：哪能，银行一开门，马上就办。

老板离开店去银行前，从屋子里把一个灯箱搬出来。上面写着：回收名酒、名烟、虫草。

这也是往年的老规矩。今年却有些不同了。司机一把拉住那店老板，到了车尾，打开后车门。店老板一看那么多虫草，刷一下白了脸，我店小，我店小，你们还是去找个大老板吧。两个司机焦灼起来，一时间哪里去找一个稳妥的能吃下这么多货的大老板，立时站在当地，急得满头大汗。

桑吉不知道正在发生的这些虫草的神秘旅行。桑吉不知道，他的那两只虫草被分开了。一只本该去老大的老大家的地下室，不见天日，这回却落在两个司机手里，等待一个新老板。这些虫草如何出手，如何继续其神秘的旅行，又是另外一个离奇故事了。

桑吉在县城的街道上晃荡时，黑夜降临了。

他饿了。他很饿了。他花了六块钱，在一个小饭馆要了一碗有牛肉有香菜叶的热汤，吃自己带在身上的两个烧饼。那个小饭馆里的服务员笑话他：“你这个傻瓜，带两个冷饼子干什么？我们这里有热烧饼！”

老板娘把服务员骂走了。老板娘又往他的海碗里盛了大半瓢汤，说：“慢慢吃，不要理他！”

饭馆靠墙的桌子上，放着一台电视机，里面正在播放县电视台的点歌节目。当一个个点歌人的名字出现时，饭馆里稀稀落落的几个本地顾客就说："妈的，这狗日的也会给人叫歌！"

为某某某和某某新婚点歌。

为某某新店开张点歌。

为某某某生日点歌。

喝汤吃烧饼的人就笑骂："这孙子是给他的局长点歌！"

然后，是某某虫草行为众亲友和员工点歌。

歌是当地人都听不懂的话，只能看懂字幕，是闽南语的《爱拼才会赢》。

饭馆里人开始谈这个虫草行老板。说，原来就是个街上的混混嘛。说，刚去收虫草时，被人把牙都打掉了嘛。说，英雄不问出处，人家现在是大老板了。

这时的桑吉面临的是另一个问题，自己身上只有一张十元钱，掏出来付了牛肉汤钱，就只找回来皱巴巴的四张一元钞了。

老板娘把这四张零钞从围裙兜里掏出来，拍到桑吉手上，他马上意识到，在举目无亲的县城，靠这四块钱，他肯定找不到一个过夜的地方。

高原上，一入夜便气温陡降，桑吉没有勇气离开饭馆，走上寒冷而空旷的县城的街道。

店里的顾客一个个离开了。

服务员关掉了电视，老板从里屋的灶台边走出来，坐在桌子边点燃了一支烟。他看看桑吉，对解下围裙的老板娘说："逃学的娃娃。"

老板娘便过来问他："娃娃，说老实话，是不是偷跑出来的？"

桑吉不知怎么回答，只是使劲地摇头。

老板娘放低了声音："是不是偷了家里的东西想出手啊？"

桑吉更使劲地摇头。

"是不是带了虫草？"

提到这个，桑吉的泪水一下就涌出了眼眶："调研员把我的三只虫草拿走了。说换给我一套百科全书，可是，校长说，那是给学校的。我来找调研员，可是他调走了，当县长去了！"

"是他啊！他怎么会要你三只虫草！"老板娘脸上突显惊异的神情，"什么，你用虫草换书！"

老板站起身来，把燃着的烟屁股弹到门外："这个世道，什么事都要问个究竟，回家！娃娃今晚就睡在店里吧。"老板指指那个服务员，"跟他一起！"

老板和老板娘出了门，哗啦啦拉下卷帘门，从外面上了锁。

那个孩子气的服务员先是做出不高兴的样子，把桌子拼起来，在上面铺开被褥，自己躺下了。等老板和老板娘的脚步声远了，消失了，才问他："你真没有带一点点虫草出来？"

桑吉说："我真的没有。"

服务员拍拍被子说："上来吧。"

桑吉脱下袍子爬上床。

服务员说："滚到那边去，我才不跟你头碰头呢！"

桑吉就在另一头躺下了，他刚小心翼翼地把腿伸直，那边就掀开被子，跳起身来："妈的，你太臭了！"

桑吉还不知道怎么回应，他却弯下腰，脸对脸兴奋地说："给你看样东西！"

他踮起脚，把天花板顶起来，取出一只小纸盒子，放在桑吉面前："打开！打开看看！"

桑吉打开了那只纸盒子，里面整整齐齐睡着一排排紧紧相挨的虫草："这么多！"

"我两年的工钱！一共两百根！每根赚十块，等于我给自己涨工资了！"

服务员又把虫草收起来，把天花板复原，这回，他自己把枕头搬过来，和桑吉躺在了一起。他说："等着吧，几年后，我就自己当虫草老板！"他望着天花板的眼光，像是望着一个遥远的地方，"我今年十五岁，等着吧，等我二十岁，收虫草时就让你给我带路，介绍生意！"

桑吉笑了："那时我都上高中了。"

"妈的，我还以为到时候可以雇你呢？"

桑吉问他另外的问题："你不用把钱拿回家去吗？"

这个十五岁的小服务员用老成的语气对他说："朋友，不要提这个问题好吗？"

小服务员要关灯睡觉了。

桑吉提了一个要求："我想再看一会儿电视。"

小服务员："爱看看吧，我可不陪着你熬夜。"说完，用被子盖着头睡了。

桑吉拿起遥控器，一个频道一个频道按过去。他惊奇地发现，县城里的电视机能收到的台比乡镇上的多多了。当然乡镇的电视机又比村子里的电视收到的台要多。

这个晚上，他从县电视台收到了央视的纪录片频道。画面里，蔚蓝的大海无尽铺展，鱼群在大海里像是天空中密集的群鸟。军舰鸟从天空中不断向着鱼群俯冲。人们驾着帆船驶向一个又一个绿宝石一样的海岛。这部片子放完了,是下一部即将播放的新片的预告。一部是战争片,飞机,大炮,冲锋的人群,胜利的欢呼。一部是关于非洲。比这片草原上的人肤色更黑的人群,大象,狮子,落日,还有忧伤的歌唱。

桑吉想,原来电视里也有百科全书一样的节目。

接下来,广告。桑吉没有想到的是,这是一条关于虫草的广告。一个音调深沉的声音在发问:“你还在泡水吗?你还在煎药熬汤吗?你还在用小钢磨打粉吗?”

桑吉这才知道,人们是如何吃掉那些虫草的。泡在杯子里。煮在汤锅里。用机器打成粉,再当药品吃下。

这样的结果让桑吉有些失望:神奇的虫草也不过是这样寻常的归宿。

早上,桑吉醒来时,那个小服务员已经在捅炉子生火和面了。

桑吉又多睡了一会儿。他躺在床上想家,想学校。直到老板夫妇开卷帘门的声音响起,他才赶紧起身穿上了袍子。吃完早饭,老板吩咐服务员把桑吉带到汽车站。老板娘把一张十块钱的钞票塞到他手上,说:“买一张汽车票够了,回学校去好好念书吧。”

老板又给他两只刚出炉的烧饼。老板说:“算算,两只烧饼六元。一顿早餐十二元。一晚上住宿费二十元,一共欠我四十四元。”

服务员插嘴说:“还有我的被子钱十元!”

老板笑着望望天花板:“那就用你赚的钱替他还。我想你们已经是朋友了。”

七

回到学校，桑吉问多布杰老师："为什么县城的电视里有那么多的频道？"

多布杰老师说："靠！你的问题太多了！你只有好好读书，考到那些大地方去，就没有这些问题了！"

桑吉知道，多布杰老师说的是对的。

马上要小升初了，他也不问百科全书的事了，一门心思按老师的布置认真复习。

然后，考试。

然后，什么也不干，等待考试的结果和录取通知。

这期间，被省里老大家司机卖到回收店的那只虫草，被一户普通人家买去了。他们一共从那个小店买去了二十根虫草。价格是五十块一只。这家的老人被医院宣布已无药可救。他们把老人接回家里，请了中医来看。中医的意见是提气。提气的药都是很贵的，人参和虫草。这家人就买了二十根虫草，每次两根，炖在汤里，给老人提气。桑吉的那一只，炖成了第八碗汤。那碗汤，老人没有喝完。他头一歪，嘴半张着，汤却慢慢从嘴角淌下来，顺着脖子流到了胸脯上。

这个桑吉不知道。

那时，他回到家里等通知。有一天，他突然要父亲带他上山去。他想看看真正长成了一株草的虫草是什么样子。

父亲笑了："我只知道挖虫草时虫草的样子，我想没有人知道长成草的虫草是什么样子！"

桑吉不相信，但他问遍了全村的人，真的没有人认得出长成草的虫草是什么样子。

桑吉想，明年虫草季，他要留下一株虫草，做一个鲜明的记号，隔一段时间就去看一眼，这样，自然就知道虫草后来长成什么样子了。他就带着这么一个想法回学校去了。

考试成绩下来了。

桑吉考出了这所学校办学以来的最好成绩，被自治州的重点中学录取了。

姐姐寄来了一张漂亮的明信片，预祝他高中时可以考到省城的中学。

后来，是毕业典礼。

父亲穿着干净的白衬衣，牵着马来接他。

桑吉去多布杰老师和娜姆老师那里告辞，还带上了父亲带来的新鲜乳酪。

多布杰老师把那包用新鲜的橐吾叶包裹着的乳酪塞到他手上："作为这个学校最好的学生，你该去看看校长。他会高兴的。"

桑吉有点不情愿，但他还是去了校长家。

见到他，校长真的很高兴。拍着他的脑袋说："有出息，有出息。我来这个地方时还是个刚从师范学校毕业的年轻人，现在老了，要退休了。你考得这么好，我很高兴，很高兴。"

桑吉被感动了，把乳酪放在校长面前的茶几上，认认真真地对校长鞠了一躬。

他直起身来的时候，看到校长的里屋的床上，他那患哮喘的妻子倚上床边，看着他们的孙子高高兴兴坐在床上，面前摊着一本百科全书。

那孩子正伸手把一张纸从书上撕下来。孩子举起手中带着画片的纸，高兴地摇晃。

桑吉转身跑出了房间。

多布杰老师对桑吉说："你要原谅他。"

桑吉不知道，自己会不会原谅校长。

直到新学期开始，桑吉踏进学校的图书室。他说："我要借一套百科全书。"

图书管理员告诉他："百科全书是工具书，不外借，但可以就在图书室查阅。"

桑吉便在桌子前坐下来，等人把那厚重的书本放在他面前。

走出图书馆时，他说："我明天还要来。"

晚上，他从学校的计算机房给多布杰老师发了一封电子邮件。他在信里说："我想念你。还有，我原谅校长了。"

蘑菇圈

早先，蘑菇是机村人对一切菌类的总称。

五月，或者六月，第一种蘑菇开始在草坡上出现。就是那种可以放牧牛羊的平缓草坡。那时禾草科和豆科的草们叶片正在柔嫩多汁的时节。一场夜雨下来，无论直立的茎或匍匐的茎都吱吱咕咕地生长。草地上星散着团团灌丛，高山柳、绣线菊、小蘗和鲜卑花。草蔓延到灌丛的阴凉下，疯长的势头就弱了，总要剩下些潮湿的泥地给盘曲的树根和苔藓。

五月，或者六月，某一天，群山间突然就会响起了布谷鸟的鸣叫。那声音被温暖湿润的风播送着，明净，悠远，陡然将盘曲的山谷都变得幽深宽广了。

布谷鸟的叫声中，白昼一天比一天漫长了。

阿妈斯炯说，要是布谷鸟不飞来，不鸣叫，不把白天一点点变长，这夏天就没有这么多意思了。

那个时候，阿妈斯炯还年轻，还是斯炯姑娘。

那时应该是一九五五年，机村没有去当兵的人，没有参加工作成为干部的人，没有去县里农业中学上学的人，没有抽调到筑路队去修公路的人，以及那些早年出了家，在距村子五十里地宝胜寺当和尚的人，都会听到这一年中最初的鸟鸣声。听见山林里传来这一年第一声清丽悠长的布谷鸟鸣时，人们会停下手里正做着的活，停下嘴里正说着的话，凝神谛听一阵，然后有人就说，最先的蘑菇要长出来了。也许还会说别的什么话。但那些话都随风飘散了，只有这句话一年年都在被人说起。

也就是说，当一年中最初的布谷鸟叫声响起的时候，机村正在循环往复着的生活会小小地停顿一下，谛听一阵，然后，说句什么话，然后，生活继续。

那时，大堆的白云被强烈的阳光透耀得闪闪发光。

谁也不知道机村在这雪山下的山谷中这样存在着有多少年了，但每一年，布谷鸟都会飞来，会停在某一株核桃树上，某一片白桦林中，把身子藏在绿树阴里，突然敞开喉咙，开始悠长的，把日子变深的鸣叫。因此之故，机村的每一年，在春深之时的某一刻，日子会突然停顿一下。在麦地里拔草的人，在牧场上修理畜栏的人，会停下手里的活计，直起腰来，凝神谛听，一声，两声，三声，四五六七声。然后又弯下腰身，继续劳作。即便他们都被生存重压弄得总是弯着腰肢，面对着大地辛勤劳作，到了这一刻，还是会停下手中无始无终的活计，直起腰来，谛听一下这显示季节转好的声音。甚至还会望望天，望望天上的流云。

不止是机村，机村周围的村庄，在某个春深的上午，阳光朗照，草和树，和水，和山岩都闪闪发光之时，出现这样一个美妙而短暂的停顿。不止机村，不止是机村周围那些村庄，还有机村周围那些村庄周围的村庄，在某一时刻，都会出现这样一次庄重的停顿。这些村庄星散在邛崃山脉、岷山山脉和横断山脉，这些村庄遍布大渡河上游、岷江上游、青衣江上游那些高海拔的河谷。

那个停顿出现时，其他村庄的人凝神谛听之余会说点什么，机村人不知道。但机村肯定会有一个人会说，今年的第一种蘑菇要长出来了。那时，机村山上所有的蘑菇都叫蘑菇，最多分为没毒的蘑菇和有毒的蘑菇。而到了这个故事开始的1955年或是1956年，人们开始把没有毒的蘑菇分门别类了。杜鹃鸟再开始啼叫的时候，在1955年或1956年，机村的人就说，瞧，羊肚菌要长出来了。

是的，羊肚菌就是机村那些草坡上破土而出的第一种蘑菇。羊肚菌也是第一种让机村人知道准确命名的蘑菇。

它们就在悠长的布谷鸟叫声中，从那些草坡边缘灌木丛的阴凉下破土而出。

像是一件寻常事，又像是一种奇迹，这一年的第一种蘑菇，名字唤作羊肚菌的，开始破土而出。

那是森林地带富含营养的疏松潮润的黑土。土的表面混杂着枯叶、残枝、草茎、苔藓。软软的羊肚菌悄无声息，顶开了黑土和黑土中那些丰富的混杂物，露出了一只又一只暗褐色的尖顶。布谷鸟也许就是在这个时候开始鸣叫的，所以，长在机村山坡上的羊肚菌也和整个村子一起，停顿了一下，谛听了几声鸟鸣。掌管生活与时间的神灵按了一下暂停键，山坡下，河岸边，机村那些覆盖着木瓦或石板的房屋上稀薄的炊烟也停顿下来了。

只有一种鸟叫声充满的世界是多么安静呀！

所有卵生、胎生，一切有想、非有想的生命都在谛听。

然后，暂停键解了锁，村子上蓝色炊烟复又缭绕，布谷之外，其他鸟也开始鸣叫。比如画眉，比如噪鹃，比如血雉。世界前进，生活继续。

经历了那奇幻一刻的名唤羊肚菌的那一种蘑菇又开始生长。

刚才，它用尖顶拱破了黑土，现在，它宽大的身子开始用力，无声而坚定地上升，拱出了地表。现在，它完整地从黑土和黑土中掺杂的那些枯枝败叶中拱出了全部身子，完整地立在地面上了。从灌木丛枝叶间漏下星星点点的光落在它身上。风吹来，枝叶晃动，那些光斑也就从它身上滑下来，落在地上。不过，不要紧，又有一些新的光斑会把它照亮。

这朵菌子站在树荫下，像一把没有张开的雨伞，上半部是一个褐色透明的小尖塔，下半部，是拇指粗细的菌柄，是那只雨伞状物的把手。这朵菌子并不孤独，它的周围，这里，那里，也有同样的蘑菇在重复它出现的那个过程——从黑土和腐质殖下拱将出来，头上顶着一些枯枝败叶，站立在这个新鲜的世界上。风在吹动，它们身上特有的气味开始散发出来。阳光漏过枝叶，照见它们尖塔状的上半身，按照仿生学的原理，连环着一个又一个蜂窝状的坑。不是模仿蜂巢，是像极了一只翻转过羊肚的表面。所以，机村山坡上这些一年中最早的菌子，按照仿生学命名法，唤作了羊肚菌。

布谷鸟叫声响起这一天，在山上的人，无论是放牧打猎，还是采药，听到鸟叫后，眼光都会在灌丛脚下逡巡，都会看到这一年最早的蘑菇破土而出。他们都会不约而同地把这种蘑菇小心采下，在溪边采一张或两张有五六个或七八个巴掌大的掌形的橐吾叶子松松地包裹起来，浸在冰凉的溪水中，待夕阳西下时，带下山回到村庄。

这个夜晚，机村几乎家家尝鲜，品尝这种鲜美娇嫩的蘑菇。

做法也很简单——用的牛奶烹煮。这个季节，母牛们正在为出生两三个月的牛犊哺乳，乳房饱满。没有脱脂的牛奶那样浓稠，羊肚菌娇嫩脆滑，烹煮出来自是超凡的美味。但机村并没有因此发展出一种关于美味的感官文化迷恋。他们烹煮这一顿新鲜蘑菇，更多的意义，像是赞叹与感激自然之神丰厚的赏赐。然后，他们几乎就将这四处破土而出的美味蘑菇遗忘在山间。

眼见得菌伞打开了，露出里面白生生的裙摆，他们也视而不见。眼见得菌伞沐风栉雨，慢慢萎软，腐败，美丽的聚合体分解成分子原子孢子，重又回到黑土中间，他们也不心疼，也不觉得暴殄天物，依然浓茶粗食，过那些一个接着一个的日子。

尽管那时工作组已经进村了。

尽管那时工作组开始宣传一种新的对待事物的观念。

这种观念叫作物尽其用，这种观念叫作不能浪费资源。

这种观念背后还藏着一种更厉害的观念，新，就是先进；旧，就是落后。

工作组展望说，应该建一个罐头厂，夏天和秋天，封装这些美味的蘑菇，秋末和冬初，则封装山里那些同样美味且营养丰富的野果，例如覆盆子、蓝莓和黄澄澄的沙棘果。在机村，那些野果，本只是孩子们的零嘴，更多，是满山鸟雀，甚至还有黑熊的食物。

基于这种新思想，满山的树木不予砍伐，用去构建社会主义大厦，也是一种无心的罪过。后来，机村的原始森林在十几年间几乎被森林工业局建立的一个个伐木场砍伐殆尽，但工作组展望过的罐头厂迄今没有出现在机村或机村附近的山野，那是后话。

在一九五五年、一九五六年间，蘑菇季一到，工作组率先大吃羊肚菌，机村传统的烹煮法和小孩们偶一为之的烧烤法，那都太单调了。他们自有特别丰富的做法。他们用猪肉罐头烩制的蘑菇更是鲜美无比。机村人不明白的是，这些导师一样的人，为什么会如此沉溺于口腹之乐。

有一户人家统计过，被召到工作组帮忙的斯炯姑娘，端着一只大号搪瓷缸，黄昏时分就来到他们家取牛奶，一个夏天，就有二十次之多。也就是说，住在机村的工作组，一个羊肚菌季节，至少吃了二十回牛奶烹煮的鲜蘑菇。嚯嚯，至少是二十回呀。一个羊肚菌季节也就一个月多一点点。嚯嚯，哪止二十回啊，那是去到一户人家的次数，要知道机村可有二十多户人家。

答案简单明了：文明，饮食文化。

机村东头，对着一条通向雪山垭口的山沟，曾经有一条再过三十年会被称为茶马古道的过道，从雪山垭口蜿蜒而下，经过机村，向西通向草原地带。所以，村子东头，曾经有过一条短短的街道。这驿道如今叫了茶马古道。街上有几家外来人开的代喂马代钉马掌的旅店，几家商铺，几家饭馆和一个铁匠铺。斯炯十二三岁时就到其中一家旅店帮佣，主要的工作就是每天到山前溪边割马草。那些在驿道上驮着货物走了一天的马会站在马圈里整整吃一个晚上的草。睁着眼吃，闭着眼睛打盹和做梦时也不停嘴。

斯炯在的那家店，掌柜姓吴。斯炯在店里学了些汉话，后来还认得了百十来个汉字。有时闲下来，就在店里的板壁上写这些认得的字。马、草、斤、两、钱、糖、茶、客。

一九五四年，山里通了公路，政府建立了供销社，汽车运来丰富的货物，那条街道就衰落了。那些开店的外乡人都携家带口回了内地老家。吴掌柜也拖家带口回了内地老家。

小街一衰败，斯炯就回了家。因为认得些字，还会说汉话，就被招进了工作组，那时叫作参加了工作。那个在羊肚菌季节里，端了可以装一升牛奶的大搪瓷缸子到人家里替工作组取牛奶的姑娘就是她。把斯炯这个名字，第一次用汉字写下来，是工作组长。他从旧军装前胸的口袋里拔出笔来，说小姑娘很精神嘛，眼睛炯炯有神嘛，就用炯炯有神的炯吧。村里还有叫斯炯的，此前在工作组的花名册上都写成斯穹。

斯炯参加了工作组。她腿脚勤快，除了端着一只大搪瓷缸子去村中人家取牛奶，还会提一个篮子去各家各户讨蔬菜。那时的机村人不像现在，会种那么多种蔬菜。那时，机村人的地里只有土豆、萝卜、蔓菁三种蔬菜。工作组的人不仅能说会道，还会把萝卜和土豆在案子上切丝切片，刀飞快起落，声音犹如急切的鼓点，这也让机村人叹为观止，目瞪口呆。而那些裹满泥巴的土豆与萝卜，都是斯炯在村前的溪流里淘洗干净的。春天、夏天和秋天，溪水温和，洗东西并不费事，但到了冬天，斯炯的手在冰窟窿里冰得彤红，人们见她不断把双手举到嘴边，用呵出的热气取暖。

就有人说，斯炯，不要在工作组了，回家里守着火塘，你阿妈的茶烧得又热又浓啊！

斯炯一边往手上呵着热气，一边笑着说，我在工作！

那时工作是一个神圣的字眼，可以封住很多人的口。但也有人会说，工作是宣传政策教育老百姓，你洗萝卜洋芋，就算是在冰水里洗，也不算工作！

那时，工作组正帮着机村人把初级农业合作社升级成高级农业合作社。

春天的时候，布谷鸟叫之前，新一年的春耕已经是由高级社来组织了。机村的地块都不大，分散在缓坡前、河坝上。高级社了，全村劳动力集中起来，五六十号人同时下到一块地里，有些小的地块，一时都容不下这么多人。工作组就组织地里站不下的人在地头歌唱。嚯，眼前的一切真有种前所未有的热闹红火的气象。

高级社运行一阵，工作组要撤走了。

工作组长给了斯炯两个选择。一个，留在村里，回家守着自己的阿妈过日子；再一个，去民族干部学校学习两年，毕业后，就是真正的国家干部了。

斯炯回到家里，给阿妈端回一大搪瓷缸子土豆烧牛肉，她看着阿妈吃光了等共产主义来到时就会天天要吃的东西，问阿妈好吃不好吃。阿妈说，好吃，就是吃了口渴。那时机村人吃个牛肉没有这么费事，大块煮熟了，刀削手撕，直接就入口了。斯炯抱着阿妈哭了一鼻子，就高高兴兴随着工作组离开村庄，上学去了。

再往前，三十多年前吧，机村和周围地带有过战事。村子里的人跑出去躲避。半年后回来，阿妈肚子里就有了斯炯的哥哥。然后是一九三五年和一九三六年，红军爬雪山过草地，机村人又跑出去躲避战事，回来时，阿妈肚子里有了斯炯。两回躲战事，斯炯的阿妈就带回了两个没有父亲的孩子。更准确地说，是两个不知父亲是谁的孩子。

斯炯的哥哥十岁出头就跟一个来村里做法事的喇嘛走了，出家了。

这一回，斯炯又要走了。

村里人说，是呢，野地里带来的种，不会待在机村的。

想不到的是，这两个被预言不会待在村里的两兄妹不久就又都回到村里。先是斯炯的哥哥所在的宝胜寺反抗改造失败，政府决定把一座八百人的寺院精简为五十个住寺僧人，其他僧人都动员还俗回乡，从事生产。斯炯的哥哥也在被动员回乡之列。但斯炯哥哥不从，逃到山里藏了起来。上了一年学的斯炯接到任务，让她去动员哥哥下山。后来，村里人常问她，斯炯，你在学校里都学过什么学问啊？斯炯都不回答，就像她生命中根本没有上过民族干部学校这回事情一样。其实，她清楚地记得，那天正在上政治课，有人敲开门叫她去楼下传达室接电话。她去了，连桌上的课本和笔和本子都没有收拾。电话里一个声音说，现在你要接受一个任务，接受组织的考验。这个任务和考验，就是要把她藏到山上的哥哥动员回家。她问，我怎么动员他？给他写一封信？电话里问，他认识你写的字吗？她说，那我给他捎个口信吧。电话里说，问题是，他藏起来了，找不到他。斯炯说，你们都找不到，我也找不到啊！电话里说，他要是再不下山，就要以叛匪论处了，叫你去动员，也算是仁至义尽了。斯炯就说，那我去找他吧。

斯炯连教室都没回，就坐着上面派来的车去两百多里外的山里找人了。

在哥哥出家的宝胜寺四围的山里，斯炯进进出出七八天，喊得声音都嘶哑了，他那当和尚的哥哥都没有出现。斯炯以为，哥哥一定是死在什么地方了。所以，她还一个人哭了好几场。在山洞前哭过，在温泉旁哭过。最后一天，她对着一大树盛开的杜鹃花想，花这么美丽，人却没有了，就又哭了起来。这回哭得很厉害，下山的时候，她眼睛还肿着。学校发的那身大翻领的有束腰的灰制服也被树枝划拉出了好几道口子，扎着两条大辫子的头发间，挂着一缕缕松萝。她对干部说，我找不见他了。

干部说，你没有完成任务。

斯炯问，我还能回学校去吗？

干部没有说可以回，还是不可以回，而是冷着脸说，你看着办吧。

学校里的教员和干部常常对一个自知可能犯了错而手足无措的学员说这句话，你看着办吧。

斯炯对干部说，那我回家去，告诉阿妈，哥哥找不见了。

就这样，一九五九年，离开村子一年多的斯炯回到了机村。她是空着手回到机村的。她的课本什么的还留在教室里，衣服什么的都还留在八个人一间的宿舍里。她的床底下，塞着一口棕色皮箱，里面是她的几套衣服，藏式的衣服，和学校发的干部衣服。她的课本和衣服都留在学校，自己穿着一身在山里寻人时被树枝划拉出很多道口子的干部服就回到机村了。从此，再未离开。

她回到机村的那天，高级社的社员们正在村子旁最大的那块有六七十亩的地里松土除草。那时，地里一行行麦苗刚长到一拃多高。全社的社员都在地里弯腰挥动着鹤嘴锄。这时，有人说看看是谁来了。

大家都直起腰来，看见斯炯正穿过麦地间的那条路。

好几个眼尖的人都说，是斯炯回来了。

斯炯空着双手，看都不朝麦田里劳动的乡亲们看一眼，就朝自己家走去了。

有人就对她的阿妈说，看看，当了干部了，不朝我们看就罢了，也不朝自己的阿妈看一眼。

也有人说，像是很伤心的样子啊！

社长就对斯炯的阿妈说，你就回家看看吧。

第二天，斯炯还没有出来与村人们相见。

大家就在地里问她阿妈说，你女儿回来干什么啊。

阿妈就哭起来，说，她哥哥找不见了。他们要他还俗回家，生产劳动，他就跑进山里不见了。

村里人说，他又不是真在修行的喇嘛，一个粗使和尚，背水烧茶，回来也就回来吧。

可是他不见了，斯炯也找不见他，喊不应他。

第三天，斯炯就穿着那身带着破口的大翻领的有束腰的灰色干部服下地劳动了。

大家来和她说话，打探消息。

但她在山里喊哑了嗓子，人们问她什么，她都指指嗓子，我说不动话了。

斯炯就是这样回到机村来的。

机村的很多人物故事都是这样结束的。比如说雪山之神阿吾塔毗，故事的结尾就是，阿吾塔毗带着他两个勇敢的儿子，就是那一年到我们这里来的。哪一年呢？大概是一千多年前的某一天吧。

后来，斯炯的儿子胆巴问她，阿妈是哪一年回到村里的？

斯炯说，哦，很久了，我想不起来了。

儿子再问，她就说，真的很久了，都是生下你以前的事情了。

大概也是斯炯从民族干部学校回到机村那一年，传说距离机村很遥远的内地闹起了饥荒。

那一年的机村发生了三件事。

第一件，离开才两三年的工作组又进驻到机村，来提高粮食产量。工作组是大地正从冰冻中融化的时候来到的。那时，村子里那些刚刚解了冻的土路变得泥泞不堪，弄脏了工作组干部的鞋和裤腿。他们一边在火上烤被泥泞弄湿的鞋，一边召集高级社的村干部们来开会。工作组提出当年粮食产量要翻一番。这把高级社的社长和副社长都吓坏了。

社长说，上天不会让地里长出这么多粮食的。

工作组说，人定胜天，这是新思想。思想是最有力的武器。

副社长说，种庄稼不是打仗，武器没有用处的。

最后，社长和副社长都被说服了。他们和工作组一起想出了一个办法，多上肥料。每户人家的牛栏和猪圈都被铲除得一干二净。工作组说，这是一举两得。地得到肥料，爱国卫生运动也同时开展起来了。机村人第一次发现，原来自己长时期与粪便为伍而不自知，机村人还发现，其实自己也愿意过更干净的生活。村子里的人畜粪没有了，人们又上山去，把森林里的腐殖土背下山来，铺在地里。

当雪线一天一天往高处退去，退过了阔叶树的林带，又退过了针叶树的林带，徘徊在高山草甸时，播种季节来到。种子播下不久，树林返青，先是柳树和杨树，然后是桦树和花楸。等到几场春雨下来，黑土地里就浮现出一层隐约的翠绿。那是麦苗出土了。当庄稼绿成一片的时候，布谷鸟叫了，除草时节来到。那时，大家都觉得，粮食产量真的可以翻一番。看看那些麦苗吧，因为地里上足了肥料，麦苗绿得那么深，像是某种绿宝石的颜色。到了夏天，麦苗抽穗时，每一个穗子都前所未有地硕大。人们都欢欣鼓舞，相信一个产量翻一番的收获季就会到来了。可是，社长还是忧心忡忡，他说，全靠肥料，全靠肥料，今年把多年存下的肥料都用光了，明年用什么呢？

机村人因此说这个社长真是个苦命人，该高兴时都不让自己高兴起来。他们想让社长高兴起来，因此都开玩笑说，我们一定要让牛和猪多拉屎，我们也一定要多拉屎，不让社长操心明年没有肥料。工作组说，农家肥没有了，有化肥，大工厂生产的化学肥料。

大家一面议论工厂制造的肥料该是什么样子，一面等待庄稼熟黄。可是，这些长得分外茁壮的庄稼还在拼命生长，不肯熟黄。后来人们回忆说，那一年的庄稼呵，真是长疯了。疯了一样地长，就是不肯熟黄。那些老农民就跟社长一样地忧心忡忡了。庄稼再不成熟，高原山地夜间就要下霜了。霜冻会使没有成熟的庄稼颗粒无收。这样的情形真的就在那一年发生了。连续三个夜晚的霜下下来，地里还在灌浆不止的麦子都冻坏了。

那一年，机村有史以来长得最茁壮的庄稼几乎绝收，上面却要按年初上报产量翻番的计划征收公粮。

社长扳着指头算算，最多到次年三月，机村人家家户户都要断粮，也要跟传说中的内地一样饿死人了。

算过这个账，社长觉得自己罪孽深重，上吊死了。

第二件事，阿妈斯炯的哥哥回来了。

他一出现在家里，斯炯就抱着他身子猛烈摇晃，我在山上喊破了嗓子，你倒是答应一声啊！

斯炯她哥哥虚弱地说，山上？我什么时候在山上？我被关起来了。

原来，这个烧火和尚并没跑到山上去。

那天，他已经收拾好东西，准备回家了。整顿寺庙工作组的一个人给他和另几个和尚一封信，叫他送到县里去。他说，可是，我要回家了。工作组的人和颜悦色，说，去吧，送了这封信再回家。他是天空刚刚露出黎明光色时离开寺院的。

他怀里揣了工作组员给他的信，背着一个褡裢，往县城而去。褡裢一头装着被褥，一头装了一口锅，一把壶，两只碗，这是他在庙里生活的全部家当。走出好几里地后天亮了，他回望一眼，寺庙已不可见，只可见一座白色佛塔立在寺庙后面的山上。

到县政府，传达室的人接过信看了，笑笑，又把信塞回到他手上，说，你自己送到公安局去吧。他问清了路，把信送到公安局。公安局的人看了信，从腰间拔出手枪，拍在桌子上，他就被戴上手铐了。他还声辩，工作组让我来送信的。公安说，信上说，这个人到了就把他关起来！

我没有犯法。

犯没犯法，写信送你来的人来了就知道了。

然后，他跟好些人一同关在一个大房子里。后来，一起的人都处理了，有了各自的结果。有要坐牢的，也有教育一阵，无罪释放的。就剩他一个人了，始终没有人来看他。看管的人也松懈起来。一个晚上，电闪雷鸣之时，他从窗户上探出头去，没有人喊回去，没有手电光闪过来。他从窗口上跳出去，也没听到人拉动枪栓。他就跑到外面去了。第二天，他还在县城里晃荡了一天，也没有人来抓他。于是，黄昏时分，他就出了县城，往机村的方向去了。

他一进家门，妹妹斯炯就哭喊着摇晃着他，工作组让我到山上找你，你为什么不出来？你为什么现在又自己跑出来。

他还没有来得及辩解，妹妹又喊道，工作组在找你，你到工作组去！

他只好跑到工作组去。他想，人家又没叫他，自己跑去干什么呢？所以，就只在工作组住的那座房子门前徘徊。

这座房子是村子里最漂亮的房子。比村子里所有二层三层的房子都要高上一层。一般的房子是六根柱子，八根柱子，这座房子是十六根柱子。所以，这座房子的主人就成了地主。这座房子为两兄弟所有，他们共同娶一个老婆。工作组在村里作了很多调查研究，也弄不清楚这座房子的真正主人是这两兄弟和他们共同的老婆中的哪一个。本来只有一顶地主的帽子，因为弄不清这三个人哪一个是真正的主人，干脆就又从上面再申请了两顶帽子，这才解决了这个问题。

早在一九五四年，三个戴了地主帽子的人，就被逐出了这座房子。一层建了供销社，二层三层就成了工作组来村里时的临时住地。

斯炯的哥哥在工作组驻地前徘徊了足足半天时间，看到一个人立在窗前用口琴吹着激昂的乐曲。看见一个穿了灰色干部服的姑娘，提着一个篮子到溪边洗菜。那姑娘唱着歌，蹦蹦跳跳的，都不看他一眼，就从他身边过去了。他想起，前些年，妹妹斯炯就是干这个的，然后，就去了民族干部学校。想到妹妹是因为他，失去了成为干部的机会，这个烧火和尚前所未有地伤心起来。他伤心得泪水迷离。他想，自己真是一个俗人了。早年进庙，落发，披上紫红袈裟，废了在俗家的名，得了法名，称做法海。但这个连老爹都没有的穷孩子，没能投在名僧门下去学去修行，因没有钱财供养上师，只能成为杂役僧，换取衣食，是为烧火和尚。听来一些经文，也都一知半解，自己琢磨，也就是叫人安于天命，少有非分之想的意思。心里起了什么欲念，便是按捺，再按捺。久而久之，人就变得懦弱，而且有些迟钝了。现在，他却悲从中来，任由情绪控制了。天黑下来，这是八月了，楼上飘下来烹煮蘑菇的香味。

这个季节，不是羊肚菌的时光了。

这时是从青㭎林里来的松茸登场了。

那个时候，还没有松茸这个名字。那时羊肚菌之外的所有菌类，都笼而统之称为蘑菇。最多为了品种的区分，把生在青㭎林中的蘑菇叫作青㭎蘑菇，把生在杉树林中的蘑菇叫作杉树蘑菇。

楼上在用红烧猪肉罐头烧这种蘑菇。香味飘到楼下，楼下那个没人理会的法海和尚却因为妹妹和自己奇妙的遭际泪水迷离。

第三件事，斯炯在这一年生了一个孩子。

斯炯上了一年民族干部学校的意义似乎就在于，她有机会重复她阿妈的命运，离开机村走了一遭，两手空空地回来，就用自己的肚子揣回来一个孩子。一个野种。

和尚法海收了泪，回到家中，对妹妹说，没人来理我。

斯炯正在给孩子喂奶，便拍着孩子的脑袋说，舅舅回来了，叫舅舅啊！

孩子吐出奶头，咧开嘴笑，并发出模糊的音节，啊，啊啊。

法海便笑起来。他听到自己的心脏咚咚撞击胸腔。

斯炯说，和尚舅舅，给侄儿取一个名字吧。

法海就说，我亲爱的侄儿还没有名字吗？

斯炯笑道，家里男人不在嘛。

法海抱过侄子，把茶碗里正在融开的酥油蘸了，点在婴儿额上，说，你叫胆巴。

第二天，斯炯上山，滑倒在地，脚蹬开树丛间的青㭎树边缘带着尖齿的浮叶，下面露出了一群蘑菇。密密麻麻挤在一起。斯炯不顾被树叶上的尖齿扎痛的双手，笑了，说，蘑菇在开会呢。

斯炯从这群蘑菇中采了十几只样子漂亮，还没有把菌伞撑开的，带下山来。

经过工作组的房子前，她取出一多半，放在院墙头上。一个队员从窗口望见了。说，乡亲，谢谢了！

斯炯怔了一下，他们真的把她看成一个村民，而不是干部了。以前，他们叫她斯炯，更不会为了几只蘑菇就客气地说谢谢。是啊，穿回来的干部服已破得不成样子，叫阿妈改成小裤子小褂子，穿在儿子身上了。

斯炯对楼上说，我哥哥回来了，他给我儿子取了名字，叫胆巴。

那个人听了她的话，扬扬手，从窗口消失了。

她不知道，楼上当年把她名字写成斯炯的人，那位名叫刘元萱的工作组长正在问，刚才斯炯在说什么？

她送了些蘑菇来。

我没问蘑菇，我问她说什么。

她说他哥哥回来了。

回来了，就回来了，叫他老老实实从事生产。

那人就到窗口喊，叫他老老实实从事生产！

可斯炯已经走远了，拐过一个弯，消失不见了。

那人又回身说，她走远了，没有听见。

走远了还喊什么喊？

她儿子有名字了，叫胆巴。

哦，到底是庙里回来的，有点学问嘛！知道元代赵孟頫吗？知道胆巴碑吗？我看你们不知道，这个名字的喇嘛，当过元朝皇帝的帝师啊。你们不知道，我倒要问一问他。

过几天，斯炯上山去，不由得走到那个有很多蘑菇的地方去看上一眼。如果上次是蘑菇开小会，那这回开的是大会了。更多的蘑菇长成好大一片。斯炯知道，自己是遇到传说中的蘑菇圈了。传说圈里的蘑菇是山里所有同类蘑菇的起源，所有蘑菇的祖宗。她又采了一些。下山来，又把一多半放在工作组房子的墙头上。这时窗口上传来声音说，你，不要走，等我一下。

那是工作组长刘元萱，当年送她进了干部学校的那个人。不一会儿，他披衣下来，站在斯炯面前，你哥哥回来了，也不来报个到。

斯炯问，现在吗？

随时。

法海和尚来了。

工作组长复又从楼上披衣下来。问他，出家多少年了。法海回话，十几年了，名叫法海。嚯，这名字也有来历。法海说，我们庙里好几个法海。跟的是哪位上师啊？我家穷，没有布施供养，吃穿都靠着庙里，拜不起上师，就是每天背水烧茶。哦，以前的汉地，有个烧火和尚，叫作惠能，得了大成就成为禅宗六祖，你可知道。法海摇头。你给侄儿起名叫作胆巴，元朝时候，有个帝师，也是藏族人，也叫这名字，你可知道？法海复又摇头，说，村里还有几个男人，也叫胆巴。组长失望了。如此说来，你真的就是个烧火和尚。我是烧火和尚。那么回去吧，好好劳动，努力生产。

法海就转身离去了。

走了几步，和尚法海又回过身来，他对工作组长说，我十一二岁到庙里……

组长在他犹豫的时候插话进来，到底是十一岁还是十二岁？说清楚点。

我十一二岁时就到庙里，除了背火烧火劈柴，什么都不会干。

组长徘徊几步，放羊会吧！早上把羊群赶上坡吃草，下午把它们从坡上赶下来！

这样，和尚法海就成了村里的牧羊人。

进屋时，斯炯正在一只平底锅中把酥油化开，把白生生的蘑菇片煎得焦黄。这是她在工作组时学来的做法。蘑菇没下锅时，有奇异复杂的香味，像是泥土味，像是青草味，像是松脂味，煎在锅里，那些味道消散一些，仿佛又有了肉香味。机村人的饮食，自来原始粗放，舌头与鼻子都不习惯这么丰富的味道。所以，面对妹妹斯炯放在他碗中的煎蘑菇片，法海并无食欲。

斯炯说，吃吧，这样可以少吃些粮食。都说社里的粮食吃不到明年春天。

法海像个孩子一样抱怨，我们从来都只是吃粮食、肉和奶的。

斯炯像个上师一样说，也许一个什么都得吃点的时候到来了。

一九六一年，一九六二年，后来机村人回忆说，那时我们的胃里装下了山野里多少东西啊！原来山里有这么多东西是可以用来填饱肚子的呀。栎树籽、珠芽蓼籽、蕨草的根，还有汉语叫人参果本地话叫蕨玛的委陵菜的粒状根，都是淀粉丰富的食物。还吃各种野草，春天是荨麻的嫩苗、苦菜，夏天是碎米荠的空心的茎，水芹菜和鹿耳韭。秋天。秋天各种蘑菇就下来了，那也是机村人开始认识各种蘑菇的年代。羊肚菌之外，松软而硕大的牛肚菌，粉红浑圆的鹅蛋菌，还有种分岔很多却没有菌伞的蘑菇，人们替它起个名字叫扫把菌，后来，刘元萱组长说，不用这么粗俗嘛，像海里的珊瑚树，就叫珊瑚菌吧。

是工作组和从内地的汉人地方出来逃荒的人教会了机村人采集和烹煮这些东西。

工作组略过不说。那个逃荒回来的人是吴掌柜，他当年是机村东头那条小街上的旅店掌柜。公路修通后，他们一家人就回内地老家去了。

那天，法海和尚上山放羊。

那天，他赶着羊群，经过人们不常去的那段石板铺就的荒废小街。那百十米长的街道上，石板缝里长满了荒草。羊群走过去，碰折了牛耳大黄和牛蒡，散发出一种酸酸的味道。街两边早年的店铺顶都塌陷了，板壁也在朽腐中，斯炯当年帮工时用木炭描在上面的字迹已经相当模糊了。这荒凉的废墟中，似乎有鬼魂游荡。法海口里念动咒语，心里就安定了。

下午赶着羊群再次经过这个废弃的街道时，他仿佛看见，某一座房顶上缭绕着若有若无的蓝烟。他耸耸鼻子，闻到了烟的味道，是湿柴燃烧的浑浊的味道。他心惊肉跳地催动羊群快速通过了那条街道。

晚上，斯炯煮了一大锅汤，里面只有很少的面片，其余都是蘑菇。

放下饭碗，法海开口了。我看见了奇怪的事，说出来怕人说我宣传封建迷信。

斯炯说，这是在家里，只有我和阿妈。

法海才说，我碰到鬼了。

斯炯没说什么，只看了阿妈一眼。阿妈也不以为怪。

他说，他在老街上遇到鬼了。那些鬼在破房子里生火，还在破窗户下晾晒了野菜和蘑菇。

斯炯说，不要说了，再说，我以后不敢再去那地方了。

法海笑了，说，我看到你以前写在板壁上的字还在呢。

斯炯沉下脸来，那是另一个人写下的。一个鬼写下的。

连着下了几天雨。

天气也一天冷过一天。山下下雨，山上起了雾，把山林和天空都遮得严严实实，寒气四起。机村人知道，那是山上的雨已经变成了雪。但是地里的庄稼还没有收回来，空气中充满了那些没有结穗的麦草在雨水中沤烂的味道，那是令人绝望的味道。

终于，无有边际的冰凉雨水止住了，云缝中放出耀眼的阳光。

那时，斯炯正在屋里跟阿妈说话。

阿妈说，这么多雨，不要说庄稼，地里的草都沤烂了，没有指望了。

法海说，烂了就烂了吧，人反正也不能靠吃草过活。

斯炯说，我操心的不是这个，是雨把青㭎和蘑菇都沤烂了，那才是不让人活。好在太阳出来了。

说完，她就把孩子塞到他外婆怀里，出门去了。

连续阴雨后的荒野真是凄楚。林子里的蘑菇都腐烂了。那么大一个蘑菇圈里，起码有两三百朵蘑菇，经过连天阴雨，只剩下十几朵没有腐烂。她赶紧把它们收集起来。斯炯觉得，蘑菇腐烂的气味令她有些心伤。于是，她抬起头来，把视线转移到树上，她看到青棡树籽还一粒粒挂在枝头上，拇指头那么大一颗颗的果实，紧嵌在褐色壳斗中，闪闪发光。斯炯想，不成熟的庄稼烂在地里，等太阳把树上的水气晒干，就该到树林里来搞秋收了。她的心情立即就好多了，觉得笑容浮现在了脸上。她抬手在脸上抚摸一阵，把双手举在眼前，并没有看到笑容转移到手掌之上。

出了树林，斯炯对自己说，太蠢了，笑怎么会跑到手上。

但她知道自己笑得更厉害了，于是一边走，一边把手举在眼前，想看到上面确实有笑容出现。

她一路想青棡树上那些饱满的亮锃锃籽实，一面笑着。这是饥荒将要驾临机村的时候，她知道，有了这些籽实，他们一家就能熬过荒年。她在说，阿妈，看着吧，哥哥看着吧，儿子看着吧，我能让一家人度过荒年。

等到她觉得走到了家门口，要抬手推门时，才吃了一惊。

她不在村子里自家的门前！

她发现自己站在那条荒废已久的小街上。她不敢对自己说，一定是遇见鬼了。那时的机村人相信，有一种鬼会把人引到他们的地盘上。

斯炯想起了哥哥的话，说她以前用木炭描在板壁上的字还在。她想，那是鬼在引我呢。脚步却止不住，很快就来到了她帮过佣的吴记旅店门前。她描下的字真的还在，但被风吹日晒雨淋，不止是字迹已经快淡到没有，连木板的棕褐色也将消失殆尽，变成了一片惨白。她伸出手，要去摸摸那些淡淡的字迹，木板就破碎了。不是她手碰触到的那一小块，而是整个一面板壁都塌下来。腐烂的板壁塌下来的时候，没有一点声响，就是悄然下滑，变成一些细碎的粉末，堆在她脚前。店铺的内部一下在她面前洞开。

接下来，她看到了一堆有气无力的燃着的火，看到了一个人，一个老人，面容悲戚坐在火边。

斯炯惊呆了，哥哥法海说有鬼，现在，一个鬼真的出现在她面前了。

那个鬼抬起眼皮，看着她，哑声说，是斯炯吧。

斯炯不敢惊叫，小声说，鬼啊！

那个鬼说，我不是鬼，我是吴掌柜。

斯炯想跑，却挪不动步子，恐惧把她的双脚钉住了。

那个鬼又说，你仔细看看，我是吴掌柜。

这回，斯炯从这个鬼身上看出一点过去那个掌柜的影子。小眼睛，山羊胡须。斯炯战战兢兢问，掌柜，你死了吗？

我没死。

那你的鬼怎么回来了。

掌柜的嘴里发出了哭声，我们一家七口人从这里走的，只有我一个人回来了，变鬼的那些人都回不来了。掌柜哭泣的时候，眼泪鼻涕从那沟沟坎坎的脸上慢慢滑下来，最后，都亮晶晶地挂在了那几绺花白干枯的胡子上。掌柜又伸出一双瘦脚，两只脚上套着不一样的鞋子，两只鞋底都已经磨穿。他说，要是捡不到这些鞋，我都走不到这里了，走不到你们蛮子地方了。

斯炯问了一句话，你走来这里干什么？

掌柜小心翼翼地问了一句话，我惹你不高兴了？

斯炯在民族干部学校学到的东西涌上心头，涌到嘴边。不准说蛮子地方，解放了，民族政策，要说少数民族地方。

是啊，是啊，解放了，说错话也是不允许的。我想我只有走到这里才有活路。山上有东西呀！山上有肉呀！飞禽走兽都是啊！还有那么多野菜蘑菇，都是叫人活命的东西呀！

听着这些话，斯炯也变得眼泪汪汪了。

以前的掌柜说，我想求你要点东西。

斯炯说，呀，掌柜，现在我们一家为省点粮食，吃得满身都是蘑菇味，哪里还有东西可以施舍给你呀！

掌柜笑了，斯炯长大了，会哭穷了。他笑着的时候，露出了通红的水淋淋的牙龈。

斯炯想起，以前掌柜的牙齿就不好，吃完饭，就用腰上挂着的一只象牙签剔牙。他从牙缝里剔出的都是牛肉羊肉或者野物肉的粗纤维。他会举着这些细肉丝在眼前，感叹自己的苦命。感叹自己在老家立足不住，来到这只能吃肉而少有菜吃的地方。他常常举着牙缝里剔出来的肉丝怀念家乡那些菜，豆腐、豆花、莲藕、笋、丝瓜、豆尖……这样的结果是，他的牙缝越来越宽，从牙缝里剔出的肉纤维越来越多。那时，掌柜就这样天天诅咒这个蛮子地方，诅咒自己开的这个店。

现在，他那些稀松的牙齿快掉光了，嘴里就剩下颜色鲜艳的让人恶心的牙龈。

他对斯炯说，给我一小块肉吧，我满身都是草的味道了。

斯炯想起以前他讨厌肉的样子，说，没有肉了。同时，嘴和喉舌间唾液泛起，生起了她对肉的怀想。

掌柜又哀求，我要盐，不然，往肚子里塞再多野菜和蘑菇，我也站不起来了。

斯炯笑了，有了供销社，盐可比以前便宜多了。

掌柜又露出他满嘴令人恶心的牙龈，他说，我吃了两只土拨鼠，好多泥鳅，和着野菜一起煮，但没有盐，身上还是没有力气，我都快站不起来了。他说，只要你给我一些盐，身上有了力气，我就能弄到更多的肉。

斯炯回家，告诉放羊的哥哥，说老街上没有鬼，是以前的吴掌柜偷跑回来了。斯炯包了些盐在旧报纸里，让哥哥放羊时顺便送去。

哥哥不同意，说，千里万里的，说回来就回来了，你怎么晓得他不是个鬼？

斯炯说，你是和尚，念两句咒，就是鬼也镇住了。

哥哥说，我不是大喇嘛，一个烧火和尚的咒怕是没有那么大法力吧。

斯炯却抽不出时间往那条废弃了的老街上去。雨水一停，工作组就组织全部劳动力抢收地里那些因肥力过度而不能成熟的麦子。工作组在动员会上说，收不到粮食，但这些麦草都是很好的饲草，可以把集体的牛羊喂得又肥又壮，庄稼怕肥，难道牲口也怕肥吗？组长有学问，说了一句村里人不懂，工作组里人也大多不懂的话，失之东隅，收之桑榆。这句话经过多次解释，多重翻译，终于让村里人听懂了。这句经过多次翻译的话最后成了这样：太阳出来时没有得到的，会在太阳落山时得到。

有人说怪话，说太阳出来时失去的粮食，太阳落山时变成了草。

工作组说，草喂牛喂羊，就变成了肉，所以，太阳落山时就得到了肉。

收割下来的草太多了，晒在栅栏上，一束束挂在树上，整个村子充满了正在干燥的麦草散发的清香。放羊的法海和尚更忙了，夜里起来两次，往羊圈里添那些草。他的羊群吃着这些肥美的麦草，胀得都走不了路了。早上，羊栏门打开，它们都惺忪着眼睛，又肥又懒，赖在圈里不肯上山了。

斯炯只好在一个黄昏，带着满身的麦草香亲自把盐送给吴掌柜。

吴掌柜守着一坑微火，火上架着半边铁锅，里面的野菜都煮成了糊，他又流下眼泪，望眼欲穿，望眼欲穿呀！若大旱之望云霓呀！他直接把一撮盐入在口中，吃了，又往野菜糊里放了许多，也呼呼噜噜地喝了。他心满意足地拍着肚皮，说，斯炯，你的家乡真是好地方，这么大的山野，饿不死人的呀！

斯炯就想起他以前诅咒这蛮子地方的情形来。

还没等斯炯开口，提提这些旧事，掌柜又哭了起来，可是，这么好的地方，我是待不长啊！

斯炯说，你就待在这里，怎么待不长？

掌柜说，现在不是随便跑来跑去的时代了。我的户口不在这个地方。我的户口在饿死人的地方。

虽然不时有传言说，内地的汉人地方这两三年都饿死人了，她还是不能相信掌柜一家都死得只剩下他一个人了。掌柜吃了盐，更有力气絮絮叨叨了。这让斯炯有些不耐烦。她看见月光越过墙头落在脚前，就要告辞离开了。掌柜说，你不要走，山里好多野菜都可以吃，你们不认识，我把那些野菜教给你。他从墙头上拿下晾得半干的野菜。斯炯一看，眼前就出现它们长在野地摇晃在风中的样子。她说，好吧，我知道它们可以吃了。然后，她就离开了。

吴掌柜说，过几天，你再来，我还教你认识更多的野菜。他说，你要再带些盐巴来啊！

斯炯没有回头，走在杂草丛生的老街上，前方的天空中半轮月亮在云彩中进进出出，她心里想，可怜的掌柜到底是个人还是个鬼呢？

回到家里，哥哥等在院门口不让她进门。他口里念念有词，端着一只燃着柏枝的香炉，把她周身细细熏过。这才放她进门，你不怕鬼，但不能把鬼气带回家里来。

熏完香，哥哥看她上楼，回身又往羊栏添草去了。

荒废的老街上有鬼的消息在村子里传开。

斯炯沉默不言，走在山野里，看到吴掌柜指给他的野菜，她心里就想，原来这些都是可以吃的。都是看见就认识却没有名字的。多少年后，在县里当了干部的儿子，想念山野的味道了，会捎信来说，请阿妈采些碎米荠来吧，请阿妈捎些荨麻苗吧。当然，也会捎信说，请阿妈带着新鲜的松茸来看孙儿吧。她才知道这些野菜和蘑菇的名字了。直到这时，她也才晓得，蘑菇是所有菌子的名字。她守了几十年的蘑菇圈里的蘑菇还有自己的名字。

但那是很久以后的事情了。

那时，她对这些还一无所知。她只是听凭逃荒的吴掌柜的指点，比村里人多认识了几种野菜。吴掌柜吃了盐，还是有气无力的样子，对她说，斯炯啊，还有蘑菇。蘑菇不像野菜，四出随风，无有定处。蘑菇的子子孙孙也会四处散布，但祖宗蘑菇是不动的。它们就稳稳当当待在蘑菇圈里，年年都在那里。

斯炯笑起来，我已经有一个蘑菇圈了。

真的，那你是一个有福气的人啊。

斯炯心里因他这话而有些悲伤，她想起民族干部学校干净的床铺，书，笔记本，但她随即转了话题，说，你都吃了那么多盐，怎么还是有气无力的样子啊！

吴掌柜沉默了。后来，他说，悲伤，是悲伤，我这几天才有力气想，这样活下去又如何呢？吴掌柜又笑了。他笑着说，我看我是活不下去了。这一回，他没有坐在破房子的火边不动，而是伴着斯炯穿过荒废的长满了荨麻、臭蒿和牛耳大黄的街道。走到当年的街口了，掌柜说，这棵丁香还在啊！斯炯就想起来，五六月份时，当年的街口真有一棵盛放的，香气浓烈的花树。现在，它只是纷披着盛密的绿叶，在太阳下闪闪发光。而山坡上的桦树林已经开始泛黄了。

吴掌柜说，好心的斯炯啊，你不用再来看我了，我要走了。

斯炯说，你又要回老家去吗？

吴掌柜说，冬天要来了。

斯炯回身，视线穿过那条短促而荒芜的街道，看到更远处的峡谷，和峡谷尽头那座雪山。吴掌柜的老家就在山那边什么地方。

斯炯说，多远的路啊！其实，她并不知道那路到底有多远。

吴掌柜笑笑，说远也远，说近也近，说不定一眨眼工夫就到了。

斯炯是个没心眼的人，听不懂吴掌柜是话中有话。又过了几天，她才明白掌柜说要走了是什么意思。

那天半夜，村外山坡上燃起了一大堆火。

工作组分析，这不是普通的火，是潜伏特务给反攻大陆的台湾蒋匪帮的飞机发信号。以前，台湾也有东西到山里来过，不是飞机，是大气球。大气球飞到村子上空，就爆开了，撒得满山都是彩色纸片。这些纸片画了什么或写了什么，斯炯没有见过。传单都被上山搜查的民兵捡干净了。和传单一起从天上下来的还有包裹得花花绿绿的糖果，斯炯和村里人见过但没有尝到过。工作组说了，这些糖果上粘了毒药，是蒋匪帮毒杀人民的诱饵。工作组得知山上燃起大火这一天，村里立即响起尖利急促的口哨声。民兵集合,向山上掩杀而去。全村人都在山下观看。人们看到,在杉树和栎树混生的林子和草坡之间,民兵们形成了一个包围圈,把昨夜燃起火堆的地方包围起来。包围圈越来越小。斯炯开始担心了。她把手指头伸进嘴里,用牙齿紧紧咬住。有几个民兵再往右边的林子靠近一些,就要发现她的蘑菇圈了。他们端着枪,离她的蘑菇圈越来越近。斯炯都要叫出声来了。那几个端着枪的人距她那隐秘的地方实在是太近了。她想,要是那些蘑菇像人一样,懂得害怕,一定就会尖叫着四散奔逃了。

这时,山上有人发一声喊,民兵们齐齐扑向一个地方,齐齐把枪指在了地上。

后来,他们就两手空空下山来了。

大家又回到地里收割和搬运那些穗子没有成熟的肥壮麦草。他们什么也没说,但一股神秘的气氛还是从人们中间四散开来。村民们开始议论遥远的,他们一无所知的台湾。

这气氛也感染了斯炯。晚上,吃蘑菇野菜面片汤的时候,斯炯对哥哥说,山上一定有民兵没有捡干净的纸片。哥哥说有时会看到,但都被雨淋坏,被羊咬破了。

法海说,羊都不肯咽下去的东西,你要来干什么?

斯炯说,我就是想看看。

法海抱怨,吃了那么多麦草,羊都不肯上山,每天把它们赶上山,就把我累坏了,还要替你找什么纸片。

斯炯用汤里的面片喂饱了儿子,把他塞到法海怀里,稀里呼噜地喝起面片汤来。他们不知道,这时,民兵又按工作组的安排悄悄摸上山去了。白天,他们冲上山去,只在包围圈中心发现一些灰烬,一些浮炭,还有几根啃光的肉骨头。这一回，民兵们趁月亮还没有起来，摸上山去潜伏下来。但是，这个晚上，那个燃火的人没有出现。连着三个晚上，那个燃火的人都没有出现。于是，民兵也就停止了潜伏行动。

民兵停止潜伏行动的这个晚上，吃晚饭时，斯烱对哥哥说，对你侄儿笑笑，不要把脸弄得那么难看。

法海抱怨，吃这么多野菜和蘑菇，脸好看不了。

斯烱的脸也难看起来，不给他盛面片汤，也不把儿子塞到他怀中。

法海自己觉得没道理了，他说，斯烱啊，我好像丢了一只羊。

斯烱立即放下饭碗。

我数过，一百三十八。前天数，一百三十八，昨天数，一百三十八。本来是一百三十九只啊！

今天没数？

哥哥低下头，我不想数了。

斯烱起身，马上去数！

哥哥说，天黑，看不见啊！这时，他还不知道，今天他又丢了一只羊。

这时，儿子哭了起来。平时就是哭也只是小小地哭上两三声的儿子这回却哭个不停。

法海和尚没有侍弄孩子的经验，只一迭声地说，胆巴他怎么了，胆巴你怎么了。

胆巴继续哇哇大哭。

斯烱抱着儿子，絮絮叨叨，胆巴怪舅舅不懂事呢。舅舅嫌饭不好呢。舅舅丢了羊呢。舅舅让妈妈成不了干部呢。说着说着，自己眼里的泪水就滑下来，挂在脸上。这时，村子里响起了急促的哨子声。金属口哨声响亮而又尖利，刺得人耳朵生痛。

山上那个火堆又燃起来了。

全村人都从屋子里出来，望着山坡上那堆篝火。那堆火并不特别盛大明亮，而是闪闪烁烁，明灭不定。民兵们发起冲锋，散开战斗队形，扑向山上那一堆野火。

这一回，他们没有扑空，一个人坐在火边，眼光明亮贪婪，在啃食一只羊腿。这只羊腿是来自法海放牧的羊群中的第二只羊。那个人就是逃荒回来的吴掌柜。他的山羊胡须上沾着的羊油闪闪发光。民兵们拉开了枪刺和没有拉开枪刺的枪齐齐指向他。吴掌柜叹口气，脸上露出奇怪的笑容，他站起身来，自己把手背到背后，让人来绑。上绳索的时候，他又很奇怪地笑了一下，说，没想到，临了还能做个饱死鬼。

吴掌柜当时说的话，后来从民兵嘴里传出来的，斯炯和别的村民一样，并没有亲耳听见。她和别的村民一样，当时只看到山上的火灭了，又看到一串手电光从山上下来，看到一个被反绑了双手的人被带进了工作组在的那座房子里。

那是机村少有的一个不眠之夜。很多人都认出来那个山羊胡须的吴掌柜。他们一家在村东头那条曾经的小街上开了十多年的店。他们在公路修通，驿道凋敝时离开机村，回到老家。人们还记得他离开时，带着一家老小转遍整个村子，挨家鞠躬告别的情形。但村里没人知道他何时回来，为什么回来，而且这样行事奇特，要偷杀合作社的羊，并于半夜在山上生一堆火，在那里烤食羊腿。只有斯炯知道他是出来逃荒的。知道他这么做是不想活了。

早上，民兵们要把吴掌柜押到县里去。

村里人都聚集在村中广场上，来看这个消失多年又突然现身的吴掌柜。他脸上仍然挂着奇怪的笑容。他已经变得花白的山羊胡须上仍然凝结着亮晶晶的羊油。

他的眼光在人群里搜寻。斯炯知道,他是在寻找自己。起初,斯炯躲在人群背后,不敢露脸,但她看到吴掌柜脸上露出了焦急的神情,斯炯想,这个可怜人是要跟自己告别。她便奋力挤进人群,站在了他面前。吴掌柜舒了一口气,他说,我回机村来是对的,临了还能做一个饱死鬼。

斯炯忍住眼泪,面无表情地站在吴掌柜面前。

掌柜说,斯炯啊,我看到你的蘑菇圈了。真是一个好蘑菇圈。吴掌柜又悄声说,你要去看看你的蘑菇圈。

斯炯说,天凉了,十几天前就没有蘑菇生长了。

吴掌柜很固执,去看看,说不定又长出什么来了。

民兵横横手里的步枪,说,住嘴!

本来想反驳吴掌柜的斯炯就不说话了。

吴掌柜被民兵押着上路了。

走到村口,往西北去,是开阔谷地,往东,河水大转弯那里,有一堵不高的石崖。崖顶上长着几株老柏树,树下面十几米,河水冲撞着崖壁,溅着白浪,激起漩涡。崖上的路,也在那里和河水一起转而向南。吴掌柜没有随着道路一起转弯,他一直往东走,走到了一株老柏树跟前。他回过头,看了尾随而行的看热闹的人群一眼,再转身直接往前,直到双脚踏空,跌下了悬崖,在河水溅起了一朵浪花。只有两个押送的民兵看到了那朵短暂的浪花。等其他人也扑到崖顶,看那河水时,浪花已经消失了。跌进水中的人也消失不见了。后来,那个没有了魂魄的尸身从下游几百米处冒上了水面,没有人试着要去打捞这具尸体,只是望着他载沉载浮,往他家乡的方向去了。

斯炯害怕得要命,没敢走到崖前向河里张望。她浑身颤抖往家里走去。回家的路上，她看见法海正赶着羊群上山，羊群去往的地方，正是昨晚民兵把掌柜抓下山来的那个地方。

她也就跟着爬上山去。

她追上法海的时候，羊群已经在泛黄的秋草间四散开去。法海站在一摊灰烬前发呆。昨夜，那里还是一团闪烁不定的火光，现在却只是一些暗白色灰烬和一些黑色的浮炭。斯炯盯着那了无生气的火堆的遗迹，眼泪潸然而下。法海和尚却在笑。他说，幸好民兵抓住了他，不然，他们会说我破坏集体经济，他们会怀疑是我吃了那两只羊。

斯炯流着泪，说，吴掌柜跳河了。

法海和尚平静地说，他是解脱了。

斯炯说，我害怕，他最后的话是对我说的。

法海和尚说了让斯炯记得住一辈子的话，他说，你是怕他变鬼吗？没有庙，没有帮忙超度的人，他变鬼有什么用呢？他用脚拨弄灰烬旁那段羊腿骨，说出了心中的疑问，他杀了我两只羊，为什么只有一段羊腿骨，难道他饿到连那些骨头都吃了？

斯炯对法海这样的表现很失望，觉得他是个没脑子，同时更是个没心没肺的人，便离开他转身下山。这时，她耳边响起了吴掌柜最后的话，那嘶哑而又平静的声音在对她说，斯炯，去看看你的蘑菇圈吧。

她绕了一个弯，避开放羊的法海，钻进了树林，轻手轻脚，来到了她的蘑菇圈跟前。几株栎树，几丛高山柳之间，是一片湿漉漉的林中空地。曾经密密麻麻，采了又生，采了又生的蘑菇全都消失了。只有颜色变得黯淡的落叶，枯萎的秋草，显出一种特别凄凉的情景。蘑菇们都被秋雨淋回地下，要明年的夏末秋初才肯露头了。斯炯想，吴掌柜叫我来看什么呢？一定是他临死前害怕得神志不清了。

但她随即又否定了自己，今天早上吴掌柜的样子，是他潜回机村来后最镇定自若的。斯炯不是一个脑子灵活的人，更不是个要强迫自己去想那些难以想清楚的事情的人。于是，她转过身来，带着一点失望的心情离开她的蘑菇圈。这时，她看见一只狐狸隔着一丛柳树探头探脑地向她张望。等她走出了二三十步，那只狐狸就从柳树丛后跳了出来，伏下身子在泥地上飞快地刨将进来，狐狸的头埋进了浮土和枯枝败叶中，斯炯只看到它高高竖起的尾巴在眼前摇晃不休，看到被狐狸刨出来的泥巴与枯叶在尾巴周围飞起又落下。

接着，她就闻到了肉的味道，带血的生肉的味道。

这一刻，她明白了吴掌柜那句话的意思。她冲上去，狐狸跑开。她从狐狸刨出的小洞中看见了一颗羊头。这回，是那只不甘心的狐狸隔着柳丛向她张望。她紧抓住两只羊角，口里哼哼有声，把一只羊从地下拖了出来。那是用一张剥下的羊皮包裹着的缺了一条腿的羊。也就是说，这只羊还有三条腿和一整个身子。而且，还是一只肥羊。

斯炯先是吃惊，然后就笑了起来。

她知道自己不能现在就背负羊肉下山，她更知道，要是把羊肉留在山上，那这只眼睛放光的狐狸什么都不会给她剩下。于是，她重新把羊肉埋在浮土中，把身子坐在上面，紧盯着狐狸开始歌唱。

她唱当地的歌。那歌唱的是春天到来时，草原上有三种颜色的花朵要竞相开放。蓝色的花，红色的花和金黄色的花错杂开放，那就是春天来到人间，犹如天堂。

她又用汉语唱这些年流行开来的歌。社会主义好，社会主义好。毛主席呀派人来，雪山低头向那彩云把路开。雄赳赳气昂昂跨过鸭绿江，保和平卫祖国就是保家乡。她不知道，那些跨过鸭绿江的军人早几年就已经班师回朝了。

她一直唱到盯着她不明所以的狐狸从眼前消失了。

那一天，闻到肉味来到她跟前的还有一只臭烘烘的獾，两只猞猁和好几只乌鸦。那几只乌鸦是一齐飞来的，它们停在栎树的横枝上，呱呱叫个不停。那声音让斯炯感到害怕，但她还是坚持坐在掩藏着羊肉的浮土上一动不动。她看见，躺在高处草坡上睡觉的法海被这群乌鸦吵得不耐烦了，站起身来，又是挥动手臂，又是长声吼叫，终于把那些乌鸦轰跑了。

斯炯想，这个和尚哥哥还是能帮上一点忙的。这样的想法使她感到安慰和温暖。

这样的温暖一直持续到她晚上把羊肉背回家里。

回到家时，法海不在，工作组要调查那只羊是如何被吴掌柜偷走的，他被叫去问话了。这使斯炯有足够的时间把羊肉挂到房梁上，让火塘里的烟熏着。她有把握，法海和尚是不会抬头往黑黝黝的房顶张望的。他总是低着头，总像是在看着自己的心。这个烧火和尚总是以这样的姿势，在默诵他十几年的寺庙生涯中习得的简单的经文与偈咒。除此之外，这个家里不会有人来。

本来，她想煮一块羊肉，让家里每个人，母亲，儿子还有哥哥和自己都喝上一碗香喷喷的羊汤，但她克制住了这样的冲动。她知道，这样做会让哥哥感到害怕。而母亲看着这一切，一言不发。自从她和法海回到这个家，他们的母亲就像被夏天的雷电劈了，不关心身边的事情，甚至也不再跟人说话。

忙完这一切，法海回来了。他端着手里的蘑菇土豆和面片三合一的汤，还说怪话，来世我不会变成一朵蘑菇吧。

斯炯说，没听说过有这样的转生啊。

法海说，蘑菇好啊，什么也不想，就静静地待在柳树荫凉下，也是一种自在啊！

斯炯笑了，哥哥的话让她想起一朵朵蘑菇在树阴下，圆滚滚的身子，那么静默却那么热烈地散发着喷喷香的味道。

法海又说，明天，他们要找你问话呢。

斯炯说，人都死了，问就问吧。

几天后，村子里出来一张布告。说吴犯芝圃，身为剥削阶级，仇视社会主义，逃离原籍，四处流窜，响应国际反华逆流，破坏集体经济，被高度警惕的人民群众捕获后，畏罪自杀，罪有应得，遗臭万年！那张布告跟那年头流行的盖了人民法院大印的布告不一样，是用墨汁饱满的毛笔写下的，出自当年为斯炯的名字定下汉字写法的工作组长刘元萱的手笔。

听人念了，解释了布告的意思，斯炯和机村人才知道吴掌柜的全名，叫吴芝圃。

这个名字被机村人念叨了好几年。那一年正好是十来岁的那批机村孩子，行夜路时互相吓唬，就会用不准确的汉字发音发一声喊，芝圃来了。

饥荒年过去了三四年后，那批孩子自觉已经长大成人，不再玩这个看起来幼稚的游戏。一批新的半大孩子，在村中呼啸而来又呼啸而去时，有了新发明出来恐吓同伴的游戏。他们时兴的是，突然从一个隐蔽处窜到同伴身后，把一截木棍顶在人腰间，大喝一声，缴枪不杀！这是对每月一次在村中广场上演的露天电影的认真模仿。

斯炯的儿子也快到上学的年纪了。斯炯的儿子长得比村里别的同年的孩子都白净高大。在这群饥馑年出生的瘦弱孩子中特别显眼。斯炯知道，都是吴掌柜留下的那头羊的功劳。

胆巴学那些大孩子，把一截木棍顶在舅舅腰间，说，举起手来，缴枪不杀！

他不知道舅舅是前和尚，一个并不明白高深教理的坚定佛教徒，所以，他坚决不肯举起手来。

没有得到响应的侄儿便咧开嘴哭了。

斯炯把儿子揽到怀中，你早该知道舅舅是没良心的人。

法海回击，动不动想用枪指人，喊打喊杀，才是没良心的人。

斯炯想说的是，家里这个男人除了上山放羊，几乎什么也不会干。但她不想把这样伤人的话说出口来。她只是说，请家里的两个男人不要吵闹，我们要吃晚饭了。

这已经是一九六五年了。

斯炯家的晚饭还是煮面片。但这是真正的煮面片。浓稠的汤，筋道的面片，里面有肉，还和着少许的白菜叶子。一碗吃得人身上发热，两碗下肚，斯炯面色潮红，法海的光头上已布满粒粒汗珠。胆巴笑起来，说舅舅的脑袋像早上院子里的石头。斯炯也笑了，她对哥哥说，这孩子怎么想起来这么一个比方。

舅舅把侄儿揽在怀中坐下，一本正经赞叹道，想得起奇妙比喻的脑袋是不一般的脑袋！

早晨，初秋时节，那些清冷的早上，院子里光滑的石头是确实会凝结满一颗颗珠圆玉润的露水，真还像极了法海和尚头上那些亮晶晶的汗珠。

斯炯突然像个少女一样咯咯地笑起来，傻儿子，石头结露水时那么冰凉,舅舅的汗是热出来的!

法海打了一个嗝,复又赞叹道,呀,都是麦子香和油香,我身上的蘑菇和野菜味快没有了。

斯炯说,要记住是蘑菇和野菜味让我们挺过了荒年!斯炯又说,还有一只羊。

法海念一声阿弥陀佛,说,为什么人只为活着也要犯下罪过。

也是因为哥哥这句话,第二天,斯炯瞅个空就上山去了。路上,看见可以充饥的野菜,想起都是那年吴掌柜教她认识的。掌柜穿着一样一只的鞋,指给她野荠菜,说这是吃茎的叶的,指着蕨说,这是要挖出根来取粉,混合了麦面一起吃的。吴掌柜年轻时,顺着驿道吃着这些野菜逃荒到山里来。后来成了驿道上的旅店掌柜。斯炯记得,旅店前面的柜台上还摆放着些针头线脑的小杂货,柜台后还有一只酒坛子,里面泡满了从山野里采来的草药。吴掌柜常常坐在柜台后面,舀一小碗酒,滋滋溜溜地喝着,满脸红光,目光明亮。第二次逃荒到山里,就再也指望不上这样的小光景了。

斯炯已经有几年没来看过这个蘑菇圈了。

新生的灌丛把她当年频繁进入林中的踏出的小路都封住了。她费了好大的劲,才钻进了那块小小的林中空地。阳光从高大栎树的缝隙间漏下来,斑斑点点地落在地上,照亮了那些蘑菇。蘑菇圈又扩大了一些,几乎要将这块林中空地全部占领了。一对松鸡各自守着一只蘑菇,从容地啄食。斯炯钻进树丛时,它们停顿了一下,做出要奔跑起飞的姿态。

经过了饥荒年景的斯炯,见了吃东西的,不论是人还是兽,还是鸟,都心怀悲悯之情,她止住脚步,一边往后退,一边小声说,慢慢吃,慢慢吃啊,我只是来看看。两只松鸡昂着头,红色眼眶中的眼睛骨碌骨碌转动一阵，好像是寻思着明白了这个人说的话，又低头去吸食蘑菇的伞盖了。

看到蘑菇圈还在，松鸡也安好，斯炯脸上带着笑容走下山去。

就在她下山的路上，她看到一辆卡车停在村前，人们正在从车上往下卸行李。这是撤走了几年的工作组又进村来了。

这一回的工作组名叫"四清"工作组。

斯炯走到工作组的驻地去看热闹。看村里新的靠工作组近的人把他们的行李搬进楼里。当年，她在工作组帮忙时，村里那些不进步的人就像她现在这样，懒懒地倚在院墙上，看工作组和积极分子楼上楼下，院里院外地进进出出。她不再是当年干干净净精精神神的样子了。现在的她，脸上黯淡无光，身上的衣服有些肮脏，一双套在脚上的靴子也松松垮垮。

当年把她的名字写成斯炯的组长刘元萱还在，还是穿着前胸口袋插着只钢笔的旧军装。只是这位已经四进机村的干部，这回已经不复以前的神气了。这回指挥若定，自信满满的是一个瘦小女人。

这个瘦小女人站在那里发号施令，刘元萱和别人一起进进出出楼上楼下地搬运行李。每一次，他都经过斯炯的面前，一副不认识斯炯的样子。斯炯并不在意，她从来没有让他认出来的期待。但在第三次经过她面前的时候，他停下了步子，把左手提着的网兜捯到右手，又从右手上捯到左手。这样捯来捯去的时候，网兜里的搪瓷脸盆和搪瓷缸子搪瓷碗相互碰撞，发出叮叮当当的声响。他想说句什么话，但始终没有说出来。斯炯看到他眼睛里出现了愧疚的神情。他的鬓角上出现了稀疏的白发。斯炯觉得，心脏被一只看不见的手狠揪了一下。没等他说出话来，斯炯就转身离开了。

那时的工作组每天都跟社员一起下地劳动。那个身材瘦小的女人领着大家唱歌，休息时，又给大家读《人民日报》上的文章。这在当年，都是刘组长的事情。现在，他和社员们一起坐在地边，口里嚼着草茎，神情茫然。

很多人都说，刘组长一定是犯了什么错误了。

斯炯的想法却不一样。她想，这个人反倒可以休息一下了。不像那个女组长，把自己累得脸色蜡黄。

晚上开会，女组长讲得慷慨激昂，谁都不知道她那瘦小的身体里哪能储存那么多的能量。工作组把村里的干部都换过了一遍。晚上，或者不能下地的雨雪天，女工作组长还挨家挨户地走访。对斯炯的走访，是一个下雪天。

她脸色苍白，摇摇晃晃地出现在斯炯家的火塘边。她弯着腰，把硬壳的笔记本顶在肚子上，半天开不了口。

斯炯抱出被子来在她背后做成一个软靠，在热茶里多对了些奶，放在她面前，斯炯说，不要忙着说话，喝点热茶。

那茶里面加了比平常多三倍的奶。

组长喝完奶，闭上眼，脸色红润了一些，说，谢谢，我好多了。

斯炯依然说，不要说话。

她又单烧了一壶不加奶的茶，里面加了两块干姜，她倒了满满一碗，看着女组长把那碗茶也喝了。斯炯说，我想你是肚子不舒服，这回肚子不痛了吧？

组长脸色柔和多了。

她掏出一块水果糖，剥掉上面的彩色玻璃纸，塞进斯炯儿子口中。看着孩子脸上浮现起幸福的表情，她问，孩子叫什么名字？

胆巴。他舅舅起的。

女组长说，我想起来了，我们工作组的人说，起这个名字的人有文化，知道历史上，呃，元朝的时候，就有一个胆巴碑。

组长打开了笔记本，神情也一下变得严肃了，胆巴的父亲是谁？

斯炯温暖的心房随着这句问话一下变凉了。她紧紧闭上了嘴巴。

也许我不该这么问，你有很多男人吗？

斯炯摇摇头，却紧闭着嘴巴。

我也相信你并没有交很多男人，那为什么不知道他父亲是谁？接下来，这个又来了精神的工作组长面对陷入沉默的斯炯说了很多话。中间，还穿插着姐妹、好姐妹、不觉悟的姐妹这种对斯炯的新称谓。组长带着因为奶茶与姜茶造成的红润表情失望地离开了。

斯炯却不明白，身为工作组长，那么多事情不管，却拼命打问一个孩子的父亲是谁。这个世界连一个孩子没有父亲这样的不幸事情都不能容许了吗？这个晚上的斯炯是多么忧郁啊！但是，那天晚上，她做了一个梦。她梦见了使她怀上胆巴的那件事，梦见了使她怀上胆巴的那个人。她醒来，浑身燥热，乳房发胀。想到自己短暂开放的青春，她不禁微笑起来。微笑的时候，眼泪滑进了嘴角，她尝到盐的味道。她想到，这个时候，屋子外面的草，石头，甚至通向村外的桥栏上，正在秋夜里凝结白霜。那也是一种盐，比盐更漂亮的盐。

她抚摸自己的脸，抚摸自己膨胀的乳房，感觉是摸到了时光凝结成的锋利硌手的盐。

工作组没有像以往一样，从村里调一个青年积极分子到组里，说是工作，其实是照顾他们的生活。像当年的斯炯一样，挨家挨户讨牛奶，蔬菜。这一回的工作组自律太严，也许是因为这个严肃的女组长，也许是因为形势更紧张了。

冬天,工作组仍然没有撤走的意思,一个大雪天,脸色蜡黄的女组长又登门了。

这时母牛已经断了奶,斯炯只给她烧了姜茶。

等她喝了茶,脸上起了红润的颜色,斯炯又把一只小陶罐煨在火边,她想煮一块猪肉给这个女组长。但她又掏出了笔记本。斯炯生气了,她说,你又要问谁是胆巴的父亲吗?我不麻烦别人也能把他养大。

组长涨红了脸,我只恨妇女姐妹如此蒙昧,任人摆布。

斯炯听不懂这句话,她说,你觉得我是可怜人,我觉得你也是个可怜人。

组长冷笑,听听,这都是什么话,是你的和尚哥哥教给你的吧。

斯炯后来挺后悔,当时怎么就把准备煨一块肉的罐子从火上撤掉了。

斯炯说,你可以问我别的问题。

组长说,有村民反映,盲流犯吴芝圃是你把他藏起来的。

他以前在这里开店十几年,不需要什么人把他藏起来。

那就是说,你跟他没有任何干系了。

我看他可怜,送了盐给他。

不止是盐吧?

他天天煮野菜和蘑菇,没有盐,也没有油,脸都绿了。我还送了一点酥油给他。

哦,还有油,酥油。

可他也帮了我,他一样一样把可以吃的野菜指给我,把一样一样可以吃的蘑菇指给我,那一年,地里颗粒无收,这救了我家人的命,也救了很多机村人的命。

等等，你说到蘑菇了。说是工作组教会了机村人吃蘑菇？说你天天挨家挨户去收牛奶。

不是天天，就是十几二十天，羊肚菌下来的时节。斯炯笑了，那可是工作组跟机村人学的。

你拿牛奶付钱吗？

有时付。

有时付是什么意思？

有时工作组每个人翻遍了衣兜，也没有一分钱。

后来还了吗？

有时还，有时也忘记了。

好，很好。再说说蘑菇的事吧。

其他蘑菇的吃法，真是工作组带给我们的。油煎蘑菇、罐头烧蘑菇、素炒蘑菇、蘑菇面片汤。说到这里，蘑菇这个词的魔力开始显现，斯炯脸上浮现出了笑容。组长那严厉的脸也松弛下来，现出了神往之情。她干枯的嘴唇嚅动着，轻声说，还有烤蘑菇。

斯炯笑了，不，不，那是机村人以前就会的。那就是以前的小孩子们，从家里带一点盐，在野外生一堆火，在蘑菇上撒点细盐，烤了，吃着玩。

不是说，以前机村人不认识蘑菇，也不懂得吃蘑菇。

哦，只是不认得那么多，也不懂得那么多的吃法。

组长问了这样一个奇怪的问题，你说吃蘑菇好还是不好。

斯炯想起前工作组对这个问题的表述，移风易俗，资源利用。于是说，好，很好。

听说你那时满山给工作组找最美味的蘑菇。

是啊，蘑菇真要分好吃和不好吃，羊肚菌、松茸、鹅蛋菌、珊瑚菌、马耳朵都是好吃的菌子。

组长冷笑起来，原来你在工作组的工作就是采菌子去了。

斯炯以为她还要问自己上民族干部学校的事情，但组长已经合上了本子站起身来。

走到院子里，组长摔倒了。她躺在地上，满脸的虚汗，但她推开了斯炯拉她的手，说，我自己能起来。

斯炯见她一时爬不起来，又不要自己拉她，便回到屋子里，取来一串干蘑菇。组长已经站起来了，正仔细地拍去身上的尘土与草屑。斯炯把那串蘑菇塞到她手上，说，弄一点肉，煮一点汤。

组长生气了，把那串蘑菇挂在斯炯脖子上。那串干巴巴的蘑菇悬挂在她胸前，像一串项链。组长冷笑，说，这串项链并不好看。

斯炯也生气了，她说，你要是好干部，就让我们这些老百姓能戴上漂亮的项链。

组长的脸更加蜡黄了，她抬起的手抖索个不停，嘴里却说不出话来。最后，一口鲜血从组长两片干涩而菲薄的嘴唇间冒了出来。斯炯被吓坏了。组长抹一把嘴，看到手上的鲜血时，身子就软下去，昏倒在了斯炯脚前。斯炯背上她，一口气跑到工作组的楼前，开始大声哭喊。然后，自己也吓晕过去了。她醒过来的时候，先看见一盏昏黄马灯在头顶摇晃。然后才看见了工作组刘副组长俯看着她。

她问，这是在哪里？

车上，去县里的医院。

斯炯说，请告诉我哥哥，带好我的儿子。告诉她我回不去了。

刘副组长握住她的手，斯炯啊，你受苦了。

斯炯挣脱了手，我有罪，我把组长气得吐血了。

刘副组长眼光转到别处。顺着他的目光，斯炯看到了女组长的苍白瘦削的脸。因为没有肉没有血色而显得特别无情的脸。

刘副组长叹口气，说，那就得看她醒来怎么说了。

斯炯更加害怕，挣扎着要起来，要从行驶的卡车上跳下去。刘副组长说，真有什么事情的话，逃跑有什么用？你能比吴芝圃跑得还远？

这一来，绝望的斯炯又晕过去了。

再次醒来，她已经躺在医院里了。不是在病房，而是在医院的走廊里。她动了动身子，床就吱吱作响。身边，穿着白大褂的人来来去去，从她床头旁的门里进进出出。她闭上眼睛，感觉有什么冰凉的东西正从手臂上进入体内，使得她手脚冰凉。她想，也许，什么时候，自己就被冻住，变成一块冰，死去了。于是，她紧紧闭上了双眼。但她真的没有再晕过去，也睡不着。而且，到了下半夜，她感到了饥饿。于是，斯炯哭了起来。

她不敢放纵自己，只是低声饮泣。因可怜自己而低声饮泣，所以，没有人听见。那时，医生护士已经不再频繁进出自己头顶旁边左拐的那个房间了。长长的走廊灯光昏黄，干净的水泥地闪闪发光。斯炯听法海哥哥描绘过灵魂去往佛国的路，就是一条长长的充满光的通道。斯炯想，这就是自己的灵魂在往佛国去了。突然，她又意识到，灵魂去往佛国时，怎么会想到自己是在灵魂往佛国去？这下，她真正清醒了。

她一下翻身从病床上起来，把扎在手背上输液的针头也扯掉了。她看见一粒血从针眼处冒出来，越来越饱满，在这粒血炸裂之前，她把手凑到嘴边，吸吮掉了。她起身走到床头边那道门前，并没有注意到有第二滴血又从针眼里冒出来。那道用红色写着三十二号的白门上有一块玻璃，当她手上的血滴在地上时，她正隔着玻璃门向里面张望。屋子里没有灯，但隐约可见里面的床上躺着一个人。

突然，屋里灯亮了。

是床上那个人伸手打开了床头上的一盏灯。

灯光照亮的是女组长的脸。这张脸，在白色的枕头和白色的床单中间，苍白，松弛，而又宁静。这情景让斯炯感动得又哭了起来。

组长抬手招她进去。

斯炯站在组长床前哭得稀里哗啦。

组长用她从来没有听到过的轻柔的声音说，斯炯，你不要害怕。

我不是害怕，你那么漂亮，又那么可怜。

组长脸上的神情又在往严厉那边变化了，斯炯赶紧辩解，我不是说你真的可怜，我的意思，我的意思是……

组长的表情又变回到可亲可怜的状态了，她笑了笑，说我明白你的意思，我的母亲也是一个佛教徒。只有佛教徒才会不知道自己可怜而去可怜别人。

斯炯低下头，捧住组长的手，哭了起来，我不该让你生气。

组长当然不承认是生气而吐了血，她说，不怪你，医生的诊断结果出来了：肺结核，营养不良，超负荷工作，在你们村染上了肺结核。她抽回手，头重新靠上了枕头，也许，上面会让我回老家去养病了。这时，她看到了斯炯手上的血，她递给斯炯一团药棉，让她摁在手背上。组长说，你回去吧，我一时半会儿不会回村里去了。

斯炯眼里流露出依依不舍的神情，不肯离开。

组长说，那你坐下吧。

斯炯就在床前的椅子上坐下了。

多少年过去了，斯炯也会在心里说，那是她这一辈子过得最美好的一个夜晚。在那几乎一切东西都是白色的病房中，组长的一张脸浮现出梦幻般的笑容，她的黑眼睛和黑头发在灯下闪闪发光。她柔声说，我不该那样说你，我知道你是要送我一串蘑菇。我知道，机村人数你最会采蘑菇，给我说说蘑菇圈是怎么回事吧。蘑菇真的在林子里站成跳舞一样的圆圈？

斯炯笑了。

斯炯说，蘑菇圈其实不是一朵朵蘑菇站成跳舞一样的圆圈。蘑菇圈其实就是很多蘑菇密密麻麻生长在一起。采了又长出来，采了又长出来，整个蘑菇季都这样生生不息。而且，斯炯说，本来以为今年采了，就没有了，结果，明年，它们又在老地方出现了。

组长笑了，是的，孢子和菌丝，永远都埋在那些腐殖土里，生生不息。

斯炯说，几年不采，它们就越来越多，圈子也越来越大，好多都跑到圈子外面去了。

斯炯又说，明年蘑菇季，我给你采最新鲜的蘑菇，你带着本子到我家来问话，我给你做最新鲜的蘑菇，牛奶煮的，酥油煎的，你想问什么话我都告诉你。

组长摇摇头，闭上眼，哑声说，医生说，我的肺都烂了，烂出了一个洞。明年你的蘑菇圈再长出蘑菇的时候，我说不定都死了。

面对如此情形，斯炯就说不出什么话来了。她就那样木呆呆地静坐在组长床前。

过了很久，组长又睁开眼睛，你放心回去吧。我不会再来打扰你了。不会再来问你那些你不想回答的问题了。

斯炯走出医院时，天正是黎明时分。柳树梢头凝着晶晶亮的霜，河面上流着嚓嚓作响的冰。

从县城回机村的路真长。她从黎明走到黄昏，灰白的路还在脚下延伸，风吹动树林，发出尖利的哨声。饿得难受时，她从溪边上取一块冰，含在嘴里。冰不能饱肚子，但那锐利的冰凉却能使她清醒一些。半夜时分，她走到村子边上，全村的狗都叫起来。她看见一个人穿着厚皮袍，站在桥头上。那个人打开手电筒，照向斯炯的脸。然后，从耀眼的光柱后面传来了一个男人的哭声。她没有听出来那是法海哥哥，因为她从来没有听过他的哭。直到他说，你要是不回来，叫我怎么能照顾阿妈和胆巴啊！

斯炯这才问，你是法海吗？

我是没有用的法海，没有你，我们一家人该怎么过活？

从昨天离家开始，斯炯已经很长时间没有吃过一点东西了。她扶着桥栏说，我走不动了，你回家去取点吃的来吧，我吃了才有力气走到家去。

法海真的就转身往家跑。

跑开一段，他又转身回来，说，我这个笨蛋，我这个笨蛋！他在妹妹身前蹲下，听妹妹舒一口长气，身子软软地靠在他背上，他才猛然起身，把妹妹背回了家里。

斯炯在哥哥背上哭了，又笑了。

斯炯记得，那天晚上，哥哥给她吃了多少东西啊！他总是搓着手说，再吃一点吧，再吃一点吧。后来，斯炯实在是一点也吃不下了，才让哥哥扶着到了儿子床边，一头栽下去，搂着儿子就睡着了。

斯炯不知道这一觉自己睡了多久。当她睁眼醒来时，她知道，自己肯定不止睡了一个晚上。她一睁眼，站在床前的儿子就跑开了，喊道，阿妈醒了，舅舅，阿妈醒了！

法海赶紧过来，告诉她，工作组长要见你，原先的那个刘组长。

斯烔梳头洗脸，完了，却坐下来喝茶。

法海很吃惊，你不去见工作组吗？

斯烔说，你想去，就替我去吧。

我去了说什么？

你想说什么就说什么。

我没有什么要说的。

那你就说，我家斯烔想离他们远一点。

法海后来真把这话对刘元萱组长说了。某天，他赶羊上山时，恢复了工作组长身份的刘元萱出现在路口上，他说，怎么，我不是叫你转告你妹，我有事情要跟她交代吗？

法海说，我家斯烔说，你们工作组请离她远一点。

刘组长吃了一惊，我没有听错吧？她真这么说了？

佛祖在上，她真这么说了。

刘元萱重新当上组长，一改很久以来的倒霉样，重又变得像当年一样意气风发。所以，他大度地说，她是让那个女人弄害怕了，今天不来，明天会来的。

但斯烔始终没有在工作组面前出现，甚至在村中行走时，也故意不经过工作组所在的那座楼房了。

春天到来的时候，机村经历了有史以来前所未有的大旱。天上久不下雨，村里引水灌溉的溪流也干涸了。溪流干涸，是机村人闻所未闻的事情，可这不可思议的情形就是出现了。道理也简单，山上的原始森林被森林工业局的工人几乎砍伐殆尽，剩了的被一场大火烧了个精光。

那天，斯炯去泉边背水。在干旱弄得庄稼枯萎、土地冒烟的时候，这片藏在林子里，从几棵老柏树下汩汩而出的清泉使得这一小方天地湿润而清凉。斯炯把水桶放在台子上，躬身一瓢瓢把清冽的泉水舀进桶里。她动作很轻，不想弄乱了那一氹水中倒映着的树影与蓝天。她突然感到害怕，饥荒又要降临这个山村了吗？而且，这一回，不止是地里庄稼歉收，大地失去了水的滋养，野菜，特别是喜欢潮润的蘑菇也难以生长。这时的斯炯做出一个决定，她要去用水浇灌她的蘑菇圈，让蘑菇生长。

但是，第一次尝试就失败了。

从泉眼到林子中她的蘑菇圈，没有成形的路，等她满头大汗到达目的地，泉水早就从没有盖的背水桶中泼洒殆尽了。

斯炯央告木匠为她的背水桶加一个盖子。木匠惊诧地瞪大了眼睛，呀呀呀，斯炯啊！从古到今，谁见过背水桶加过盖子啊！我可不敢乱了祖传的规矩。不久，斯炯要替背水桶加盖的消息，成为一个笑话在村里迅速流传。

有些人甚至在斯炯背水回家的路上，拦住她问，斯炯不会背水了吗？斯炯会因为背水桶没有盖子，把水都泼洒到路上吗？

几天后的早上，太阳刚刚升起，天上没有一丝云彩，空气中充满了呛人的尘土味道，有人拦住斯炯又提起要给背水桶加盖子的话，以博大家一笑。这回，斯炯停下了脚步，她说，我是要给背水桶加上盖子呢，我怕有一天，水还没有背回家，就都被太阳晒干了。

那些年，人心变坏了，人们总是去取笑比自己更无助的人。所以，斯炯这样的人总是成为村人们笑话的对象。但是这一天，当斯炯说出了这句话，那些人再也发不出笑声。说完这句话，斯炯背着水走过那些可怜人，留下这些逞口舌之快的人在那里回味她这句话，想想自己的生活，为她这句话感到害怕。

时间回去十几年，不到二十年，是机村的土司时代。机村的老年人和中年人，都从那个时代生活过来，他们知道，在那个时代，如果有人像斯炯一样先是有了给水桶加盖般的荒唐新奇的想法，继而又说出有诅咒意味的话，那她就成了一个邪恶的女巫。旧时代的人和新时代的人有一样其实相当一致，就是相信现实中的灾难是因为一些灾难性的话语所造成。土司时代，斯炯会被土司派遣来的喇嘛宣布邪祟附身，而从人间消失。今天，那些被她这话震惊的人们赶紧把情况汇报到工作组。

那一天，工作组刚收到气象局对天气咨询的复函。一、限于条件，气象局无法提供超过半个月的长程天气预报；二、可以预见到的半个月内，机村所在地区依然不会有降水。

这边正一筹莫展，村民们又报告来斯炯说的话。

当即有人拍案而起，要把这个恶毒的女人抓起来。

刚刚复任了工作组长的刘元萱这回却很冷静，他说，跟土司时代一样，宣布她是女巫，赶到河里淹死，天上就会下雨吗？

说完，他就背着手去了河边。河边就在村庄下方，在庄稼地下方二三十米的河岸下滔滔流着，但没有提灌设备，水上不到高处。刘元萱又去到机村的泉眼，也许可以用水渠把泉水引来浇灌土地。这个时候，他有点责备自己的官僚主义了。算上这一回，他已经在机村工作了五年有余，喝了那么多机村的甜泉水，却没有到泉眼处来看过一眼。进到那圈围着泉眼的柏树丛中后，地面潮湿了，空中也弥漫着水气。

刘元萱在这里碰见了斯炯。

斯炯刚刚盛满了水桶，正用东西封住没盖的桶口。她用来封闭桶口的是一张已经被水泡软的羊皮。她正用那羊皮盖住了桶口后，又用细绳紧紧地扎住，拴牢。刘元萱组长突然开口说话，吓得她惊叫一声从水桶旁跳开了。

还是刘组长伸手扶住了水桶，说，这样子水就不会被太阳晒干了？

斯炯捂住胸口，出口长气，一屁股坐在地上，不再说话。

刘组长放缓了声音，以后不要再说这种没头没脑的话。

斯炯闷在那里，勾着头一言不发。

刘组长又说，你不要害怕，那个女人不会回来了，不会再有人追着你问问题了。

斯炯突然抬头，说，都是可怜的女人，我不怕她，我喜欢她。

刘组长不高兴了，她连命保得住保不住都不知道，不管你喜不喜欢，这女人都不会再回来，我又是工作组长了。他见斯炯又不说话了，便拨弄着蒙在水桶上的羊皮，前些年缺粮，你存野菜，存蘑菇，今年天不下雨了，你老来背水，是要在家里存满水吗？

斯炯提高了嗓门，你不是爱吃各种蘑菇吗？天旱得连林子里的蘑菇都长不出来了。

刘元萱换了组长的口吻，困难总是会过去的，你要对党有信心。

这些日子，斯炯觉得自己开始在明明白白活着了，所以才能说出那种让全村人情感激荡的话。可眼下，又被这个人的话弄糊涂了，天下不下雨，跟共产党有什么关系，跟信心有什么关系？

说这种话的人真是可恨的人，但斯炯早就决定不恨什么人了。一个没有当成干部的女人，一个儿子没有父亲的女人，再要恨上什么人，那她在这个世上真就没有活路了。

刘组长又说，你也是苦出身，有什么困难可以找组织嘛。

斯炯背上了水桶，直起身，说，我不会来找你的。然后，就转上了山道。

刘组长看着她的背影消失在林中，摇摇头，释然一笑，转身便把围着泉眼下方挡着的木头挡板拔了，把那一氹水放得一干二净，为的是看清楚泉眼出水处有多大的流量。他看清楚了，不过是筷子粗细的三四股水从石头缝中涌出。他本来打算要开一条水渠，把泉水引去浇灌庄稼，但这水量也太小了，不等流到地里，真就像斯炯说的，不等流到地里就被太阳晒干了。

这回，轮到失望至极的刘组长垂头坐在了泉眼边。

而此时的斯炯正背着水桶往山上爬。山坡陡峭难行，但她很喜欢听到背上桶里水翻腾激荡时发出的好听的声音。她一边往山上爬，一边在心里排列这个世界上好听的声音，排在第一的就是水波的激荡声。一只鸟停在树枝上叫个不停，她抬起头来，说，你的声音也是好听的声音。这几天，那只画眉鸟跟她已经很熟悉了。每天都飞到这丛柳树上来等她。她知道，转过这个柳丛，就是那群栎树包围着的蘑菇圈了。这鸟它是来等水喝的。

斯炯到了蘑菇圈中，放下了水桶，一瓢又一瓢把水洒向空中，听到水哗一声升上天，又扑簌簌降落下来，落在树叶上，落在草上，石头上，泥土上，那声音真是好听的声音。洒完水，斯炯便靠着树坐下来，怀里抱着水桶，听水渗进泥土的声音，听树叶和草贪婪吮吸的声音。她特意在桶里剩一点水，倒在八角莲那掌形的叶片中间，那只鸟就从枝头上跳下来，伸出它的尖喙去饮水。看到鸟张开尖喙，露出里面那长长的善于歌唱的舌头，她禁不住露出笑容。

那些烈日当头的干旱天气里，不管是工作组还是村干部，再要催动眼看收成无望的村民参加集体劳作成了一件非常困难的事情。

男人们偷偷潜进山林打猎，女人们采挖野菜。只有斯炯的法海哥哥还得每天把羊赶到有水有草的地方。而斯炯每天两次背水，悄悄去浇灌她的蘑菇圈。八月的一天，斯炯刚背水到林边，她就知道，蘑菇出土了，因为那熟悉的好闻的蘑菇气息已经钻进了她的鼻腔。

那天，她浇完了水，便半跪在山坡上，把一朵一朵刚刚探头的蘑菇细心采下来，直到牵起的围裙装得满满当当。她心满意足地站在林边，看见吸饱了水分的土地，正在向她奉献，更多的蘑菇正在破土而出。那只鸟跳下枝头，啄食一朵蘑菇。斯炯对它说，鸟啊，吃吧，吃吧。

那鸟索性跳到蘑菇顶上，爪子紧抓着菌盖，头向下一口口尽情啄食。

斯炯又说，吃吧，吃吧，可不敢告诉更多的鸟啊！

鸟停下来，歪头看着斯炯，灵活的眼球骨碌碌转动。

晚上，斯炯把一朵朵蘑菇切成片，用酥油一片片煎了。香气四溢的时候，她想，这么好闻的味道，全村人一定都闻到了。饭后，本来她是想请哥哥法海帮他做一件事的，但天一黑下来，哥哥就急着要出门。他已经和村里一个和斯炯一样的女人好上了，天一黑，心就不在自己家的房子里了。

所以，天一黑，等家里破戒和尚出了门，斯炯把剩下的蘑菇兜在围裙里，带着儿子胆巴出门了。每到一家人院门前，斯炯就取几朵蘑菇放到胆巴手上，让他穿过院子放在人家门口。胆巴把蘑菇放在人家门口石阶上，再敲敲别人家的门。胆巴人小，敲门声却很响。等到人家闻声开门时，母子俩已经走到下一家人的门口了。那个夜晚，斯炯带着儿子走遍了全村。在法海天天去过夜的那一家，母子俩偷藏在墙角，看那女人衣衫不整地出来，看见门前的蘑菇，发出了惊喜的声音。母子俩还看见法海光着和尚头也出现在门口，看见蘑菇，赶紧便把那女人拉进了屋子。

胆巴摇着斯炯的手，说，我看见舅舅了，法海舅舅！

斯炯憋着笑声，已经憋得喘不上气来了。

最后，是工作组的那幢房子。

连胆巴都知道人们把天干不雨的账也算在折腾人的工作组头上，所以不肯把蘑菇送进院里。斯炯就把最后几朵蘑菇放在了院墙上面。

斯炯对儿子说，那个人爱吃这个东西。

胆巴说，我不知道你说的那个人是谁？

他说你的名字有文化。

儿子说，我也不知道什么是文化。

斯炯说，那你就住嘴吧。后来，她又说，吴掌柜教会我认野菜，工作组教会我做蘑菇。

儿子真的就不再开口，不再理会她。

斯炯第三回把采来的新鲜蘑菇悄悄送到各家门口，回来的时候，发现自己家的门口石阶上也有一样东西。那是一块新鲜的鹿肉。

接下来，门口又悄然出现了野猪肉和麂子肉。

大家都心知肚明，是谁往他们家门口送去四回蘑菇。斯炯也知道，是村里哪家会打猎的人上山打猎，偷偷送来了鹿肉野猪肉和麂子肉。在那个炖了野猪肉吃的那个晚上，斯炯对胆巴说，邻居的好，你可是要记住啊！那时，村民们几乎都知道了这些蘑菇是斯炯背水上山养出来的。吃了她用水浇灌出来的蘑菇，人们才知道她要给水桶加盖的用意了。木匠自己带了尺子上门来，斯炯啊，把你的水桶给我量量尺寸吧。

斯炯心里的怨气上来了，水桶加了盖子，就像马生了角了。

木匠说，是我说的糊涂话呀，老脑筋哪想得到会做给为蘑菇喂水的人哪！

斯炯叹口气，大叔呀，不必了，蘑菇季都过去了。

木匠说，明年还要用呀！

斯炯，好心的大叔，可不敢这么去想！明年再这样，几朵蘑菇也救不了人了！

一句话，那时，机村人在背地里都叫斯炯是养蘑菇的人。

一天晚上，斯炯家门口又出现了一块肉。斯炯没有架锅生火，而是对法海说，拿着这块肉，去看她吧。

法海脸都笑开了花，说，妹妹你都不知道她那两个孩子有多馋！

早上，法海回来，斯炯问了他一句话，你也是男人，也可以上山去打猎啊！

法海却一脸认真地说，那怎么可以，我是和尚啊！

斯炯就笑了，她心想和尚也不该要女人啊，然后，她又哭了。

日子就这么过去了。

“四清”运动还没有结束，“文化大革命”又来了。

工作组还待在机村，却很是无所事事了。听说州里，县里，都有造反派起来斗争领导。那一阵子，工作组得不到新指示，不知道怎么开展工作了。

刘元萱组长日子难过，便披了大衣在村子里漫无目的地走动。不喜欢他的人就说，这人怎么像只找不到骨头的狗一样啊。

村子不大，他在村里带着不安四处走动时，难免要和斯炯碰见。

第一回，他说，哦哦，知不知道人们都叫你是养蘑菇的女人啊。

斯炯没有说话。

第二次碰见，正好胆巴跟着妈妈一道，刘元萱就蹲下来，孩子该上学了，但村里那个小学校的老师都进县城搞运动去了。

斯炯还是没有说话。

第三次碰见，刘元萱都瘦了一圈，他脸上露出悲戚的神情，斯炯啊，我想我该走了，这一走，这辈子怕是见不着了。

斯炯跟他错身而过时说，你还会来的，每一回你走了，都回来了。

刘元萱在她身后说，形势变了，形势变了。我赶不上趟了呀！

这一天，村里几个在外面上中学的红卫兵回来了。他们是开着卡车回来的。不止他们自己回来，他们还带来了更多的红卫兵。他们做的第一件事情就是冲进工作组那幢房子，把机村最大的当权派刘元萱揪下楼来。据说，刘元萱当时已经收拾好东西，背上背包准备下楼了。那个夜晚，村里的小广场上燃起了大堆篝火，由红卫兵开起了刘元萱的批斗大会。机村人真是恨这个刘元萱的。施肥过多使得庄稼不能成熟而造成第一次饥荒。刘元萱深深地低下头，以致纸糊的高帽子几次落在地上。说到去年天旱，又使机村陷入颗粒无收的情形时，他却抬起头来，说，这个账不能算在自己头上，天不下雨他没有办法，森林工业局砍伐光了山上的树林，使得溪流干涸的责任也不在他。这种态度使从县城来的红卫兵愤怒不已，当晚，刘元萱就被打断了一条腿和两根肋骨。

当天晚上，这群红卫兵又把刘元萱扔上卡车，呼啸而去。

这一去，就再也没有了消息。

两年后，那些意气风发的红卫兵却灰头土脸地回到了村子，回来接受贫下中农再教育，当社会主义新农村的新农民了。

其中一个改了名字叫卫东的，成了村里小学校的民办教师。

关闭了三年的小学校又敲起了钟声。胆巴和村里孩子都上学了。

胆巴第一天上学回来就拿一块木炭在家里墙壁上四处书写，毛主席万岁！他还会用据说是英语的话说这句话，朗里无乞儿卖毛！

法海对此发表评论，毛主席是大活佛。一次又一次转世，要转够一万年呢。

胆巴对舅舅大叫，我要告你！

舅舅当即吓得脸色苍白，我以后不敢乱说乱动了。

胆巴举起印了毛主席像的写字板，向毛主席保证！

法海说，我保证。

发生这事的时候，斯炯不在家。她没有去背水，也没有去看她的蘑菇圈，她是被邻居家的女人叫走了。那女人采回来很多水芹菜，怕里面混有毒草，把人吃出毛病，请她去帮忙辨认。

斯炯带着一把水芹菜回来，发现法海把胆巴灌醉了。前两天，他在放羊时，从一个树洞里掏到一个小小的野蜂巢。正是满山毛茛和金莲花盛开的季节，蜂巢里自然盛满了黄澄澄的蜂蜜。法海很珍惜这点蜂蜜。不珍惜不行啊。这时母亲已经去世两年了，但他这点甜蜜，想给妹妹，想给侄儿，又想给相好的寡妇和那两个总是吃不饱的孩子。所以，他把那带蜜的蜂巢藏了两天，也不知道该拿出来给谁。

但这一回，他知道自己说了不该说的话。他想让胆巴迅速忘掉自己说过的话，只好拿出了蜂蜜，找出了家里的酒。他不喝酒，家里就斯炯有时会喝上几口。他把蜂蜜挤到碗中，又调上了酒。胆巴很快就被蜜里的酒醉倒了。

法海想，等胆巴醒来，肯定就会忘记他说过的话了。

斯炯进了家门，便闻到酒香和蜂蜜香，她盯着法海，你这个和尚，怎么喝酒了。

法海摇摇头，眼睛却看着酣睡的胆巴。

斯炯便摇晃着撕扯着哥哥的身体，你哪里像个和尚啊！

十多年后，一九八二年，法海又回到了重建的宝胜寺当起了和尚。

胆巴从州里的财贸学校毕业，当了县商业局的会计。每次买了酒，买了糖果回家看妈妈，斯炯留下酒，让胆巴带上糖，去庙里看看你舅舅吧。

胆巴就去庙里看舅舅。

舅舅吃了糖，甜蜜得眼睛眯成一条缝。那时，大殿里正在诵经，鼓声咚咚，众多喇嘛的诵经声汇成一片，在那些赭红墙壁的建筑间回荡。胆巴问舅舅怎么不去参加法事。

法海用头碰碰小佛龛里的佛像，我老了，修不成个什么了。

法海其实就是在庙宇旁自己盖了两间房子，一日三餐之外，随着寺院的节奏，诵经礼佛而已。他自己都不知道自己究竟算不算寺里的正式喇嘛。不过，他的小屋洁净而光亮。他赤着脚在擦得干干净净的地板上走来走去。胆巴拿出了一本沉重的书，那是一本碑帖的拓片汇编。胆巴把沉甸甸的书打开了给舅舅看，你给我起的名字真的写在这书里呢。

然后，他把碑文用汉文一字一字念给舅舅听，师所生之地曰突甘斯旦麻，童子出家，事圣师绰理哲哇为弟子，受名胆巴。梵言胆巴，华言微妙。

舅舅就俯身下去，用碰触佛像的姿势碰触碑文。

这时，屋子里光线一暗，是寺里胖活佛和他的随从的身子堵在门口，遮断了光线。

法海赶紧起身，又用额头去碰活佛的身体。

活佛进来了，气喘吁吁地坐下，对胆巴一欠身子，官家的人来了，贫僧有失远迎啊。

胆巴笑了，舅舅替我起的名字，这个名字，七百年前就写在元朝的碑文上了，是那时帝师的名字啊！

活佛并不懂得历史学，也不懂得崇奉藏传佛教的元代宫廷中的事情，也不识得汉字，但还是对着摊在地板上的书赞叹，功德殊胜，功德殊胜啊！然后，活佛转眼示意随从开口说话。

那侍从躬躬身子，活佛请施主参观一下寺院。

胆巴心想，转眼之间，自己的称谓已从官家变成施主了。寺院的建筑都是这三四年间新修的。大殿、护法神殿、活佛寝宫、时轮金刚学院。以前的医学院和上密院还是一片废墟。参观完毕，活佛回去休息。侍从送胆巴回法海房里。胆巴说，你们一定有什么事情吧。

活佛的侍从说出了要求，希望帮寺院解决一些橡胶水管，把山泉水引到寺院里来。再建一个水泥的池子，就不用和尚们天天上山取水了。

胆巴听了，心里为难，但他没说商业局并不管橡胶水管。他只说，那我试试看能不能帮到你们。

那时，县里的各种机构已经很多了，商业局管很多东西，恰恰橡胶水管是生产资料，由物资局管，由水电局农业局管。这让胆巴这个刚刚工作不久的商业局会计就作了难。一拖两月，事情还没有眉目，让他寝食难安。

事有凑巧，一天，单位里突然骚动起来，人人都很激动，说县委县政府派了人来考察年轻干部。县里其实就来了三个人，组织部长、办公室主任和工会主席。他们占了局长办公室，一个个找人谈话。胆巴也接到通知，待在办公室，哪里都不要去，等人来叫。从早上到中午，到下午下班，好多人都去谈过话了，却还没有人来叫他。他是晚上九点才走进局长办公室的。

别人怎么谈的，他不知道。他的谈话完全是闲聊。

主谈的是办公室主任，他把一个卷宗摊开在膝盖上，第一句话就是，你是机村的人？

是。

你叫胆巴？

我叫胆巴。

你知道吗？通常胆巴这个名字，都写成旦巴，元旦的旦，而不是胆子的胆。

是，跟我一样的名字的人都写元旦的旦。

你知道这是为什么？

我不知道，我阿妈斯炯说，是那时的工作组长让这么写的。

这个写法有来历，元代时就这么写了，元代有一个喇嘛帝师也叫这个名字你知道吗？

我知道，我专门请县文化馆的老师帮我弄了一本胆巴碑帖。

年轻人不错，学财贸的，还能读碑帖。然后，侧身问组织部长和工会主席，两位还有什么话要问吗？

两位说，刘主任你是主谈，你说。

刘主任有点激动了，他说，胆巴呀，我就是那个把你名字写成这样的工作组长。你不认识我了。

胆巴却不知怎么就语塞，不知道怎么回应这句话。

工会主席见了，说，胆巴呀，还不谢谢刘主任，名字别具一格，人也要别具一格呀！中央精神，干部要知识化年轻化，自己要有进步的心啊！

胆巴还是语塞，我听阿妈和舅舅说过工作组的事，但那时我还小，记不得了。

刘主任感叹，你那舅舅可把你阿妈斯炯害苦了。他合上卷宗，站起来拍拍胆巴的肩膀，不要紧张，有什么事情来县委找我。他还把胆巴送到走廊里，什么时候回村里，问候你阿妈斯炯。记得给我带些蘑菇来，你阿妈是机村最知道蘑菇长在哪里的人！

刘主任又把手放在胆巴肩膀上，记得有事来找我！

不几天，局里就传开消息，胆巴要提升为商业局副局长。

听了这消息，胆巴就觉得该去看望一下在机村待过的刘主任。他先回了村子把遇到以前工作组刘组长的事说给阿妈斯炯听。

阿妈斯炯时常神情迷离。这时又显得目光游移，沉默半晌，说，这个人还记得我们山里的蘑菇味啊。

胆巴说，他要我送些蘑菇给他。

胆巴没有说自己可能会被提升副局长的传言，只说舅舅挂单的宝胜寺让他弄橡皮水管的事，说为这件事情得去求这位刘主任帮忙。

阿妈斯炯又一次眼神迷离，你舅舅，你舅舅。

胆巴早早睡了，他要起个早，把该男人干的事情都帮阿妈干了。天刚亮，他就起来，先修理了有些歪斜的院门，又把一堆柴火劈了。这时，满院子都是栎木梓子的香气。这时，阿妈斯炯从院外进来，露水打湿了靴子和袍子的下摆。她一早上山，采来了新鲜蘑菇。

一朵一朵的蘑菇上沾着新鲜的泥土、苔藓和栎树残缺的枯叶，正好在新劈开的木柴堆上一一晾开，它们散发出的香气和栎木香混在一起，满溢在整个院子。母子俩吃完早餐，蘑菇上的水汽也晾干了。

阿妈斯炯对儿子说，我还是愿意你自己吃了这些蘑菇。

阿妈，这个刘主任真的特别关心我。

阿妈斯炯想对儿子说，这个人也曾经特别关心过你阿妈，但话到嘴边，她没说出来。这么美好的一个早上，天空湛蓝，河水碧绿，儿子又要出门，她不想说那些令人不高兴的话。于是，阿妈斯炯说，好吧，我的蘑菇圈里有采不尽的蘑菇。要是你的朋友喜欢，就回来告诉我吧。

阿妈斯炯还告诉胆巴，蘑菇圈里的蘑菇越长越漂亮了。

不会吧，村里人都上山采蘑菇，没听谁说，他们的蘑菇越来越漂亮了。

阿妈斯炯说，他们没有自己的蘑菇圈。他们上山只是碰见蘑菇，而从不记住，是哪一块地方给了他们蘑菇。

胆巴把这些蘑菇送到刘主任家去，他没想到刘主任会激动，而且激动到如此程度。

蘑菇整整齐齐地装在柳条篮子里，一朵朵躺在柔软干燥的松萝里。

刘主任涨红了脸，瞧，装一只篮子都这么上心，这么漂亮，你的阿妈斯炯可不是一般的乡下老太婆！

胆巴不知如何回应，只好沉默不语。

刘主任伸手，一一抚摸那一朵朵蘑菇，哦，哦，它们的样子都跟当年一模一样啊！

然后，刘主任握着这篮蘑菇亲自下了厨房，留他一个人在客厅里喝茶。那时的胆巴，还是一个没有父亲的乡下孩子的禀赋，怀着自卑，紧张不安，捧着茶杯，不知怎么和这家的女主人以及和自己年纪相当的这家人的漂亮女儿说话。

女主人说，和老刘谈恋爱的时候，我去过你的老家。

他终于没有说出一句得体的话。他想了几句话，自己都觉得那是不得体的，他知道，一定有句得体的话，但这话就是不肯来到他的嘴边。

这时，厨房里传来热油的吱吱声，飘出来蘑菇受热后的变化了的香味。女主人说，是个老实的娃娃。

他们家的女儿知道自己是干部子女，知道自己是城里人的那种高傲的女孩。她几乎不用正眼看他。

她对她妈妈说，老爹着了什么魔啊，就为了几朵蘑菇！

她妈妈制止她，丹雅！女主人又转头对胆巴说，还是你这样的吃过苦的孩子懂事。这句话让胆巴更局促不安了。这时，女主人让他帮助把折叠桌摆放起来。这简直就是对他的赦免。胆巴手脚利索地把折叠桌打开，摆上桌面，又依次打开四只折叠椅。

刘主任炒好的菜上桌了。三个菜有两个是蘑菇。一个蘑菇炒鸡肉片，一个生煎蘑菇片。刘主任自己先伸筷子，品尝后又赞叹。吃完饭，主任把他叫进书房。里面的确有很多的书。他先取了碑帖来，给胆巴看，说，你的名字就在这上面，你的名字可是有来历的！他要胆巴自己把胆巴两个字找出来。胆巴很快就找出来了。

刘主任有些吃惊，我不知道你也懂书法。

胆巴老实告诉，自己并不懂书法，但他听过刘主任给自己取名字的故事。所以，专门找了胆巴碑帖，找到了自己的名字。他又说，我还知道阿妈斯炯的炯也是主任当年选的字，而没有用别人常用的穹或琼。

刘主任看着他，很动情的样子，说，有心就好，有心就好。我老了，要退休了，你年轻，只要有心，会有出息的。他把骄傲的女儿叫进来，说，丹雅比你小两岁，不懂事，不努力，不晓得珍惜自己的福气，以后，你要多多照顾她！

胆巴说，我哪能照顾她。

刘主任告诉他，明天，组织部就下文了，你就是县商业局的副局长了。

靠在门口的丹雅就噘嘴说，看看，送几朵蘑菇，就当副局长了。

刘主任说，这事前天县委就通过了，今天他才送蘑菇，这有什么关系吗？

胆巴有话，想等丹雅退出去才对刘主任说，但她靠在门上，用背顶着门摇晃身子，就不出去。

刘主任说，有话就说吧。

胆巴说，舅舅在的那个庙，想要些橡胶管子，把水引进寺院……

刘主任打断了他的话，你舅舅，你那个舅舅，要不是他，你阿妈斯炯也是一个体体面面的国家干部！

胆巴低下头，阿妈斯炯不怪舅舅。

好人，好人哪，谁都不怪！好人哪！回家告诉你阿妈斯炯，我一定会照顾好你！

果然，不几天，胆巴的副局长任命就下来了。是组织部长在全局职工会上宣布的。第二天，胆巴就搬了办公室，就在局长的隔壁。一个月后，他就知道这个副局长该怎么当了。两个月后，他就捎信给舅舅，让他们来县城拉橡胶管子。春节回家时，他当副局长已经四个多月了，已经不怕跟人说话，有点当官的样子了。

陪阿妈斯炯去宝胜寺看舅舅时，活佛陪着他看架好的橡胶管子如何引来了山上的泉水。舅舅就从大殿旁的水池边直接从橡胶管中接来水给他烧茶。舅舅对阿妈斯炯说，到底啊，到底啊，我们家是要出干部的。我耽误了你，可胆巴真出息了。舅舅又说，想必是那个刘组长真为他的名字挑了好字吧。

阿妈斯炯冷着脸说，我名字的字也是他挑的。

胆巴就提醒舅舅，水开了，还不下茶叶啊。

胆巴没有告诉舅舅和阿妈斯炯，这水管是他用了局里的自行车和电视机指标换来的。

那几年的商业局不是后来市场放开后的景象，什么东西有指标是一个价，没有指标是一个价钱。因为商业局管着这些紧俏商品的指标，胆巴在这个县城就成了一个人物，可以说是一个没有人不知道的人物。

当局长没两年，当初上刘主任家时对他不理不睬的丹雅也常常主动来找他了，而且，还叫他胆巴哥哥。

这时的胆巴不再是那个笨嘴拙舌的乡下孩子了。他说，我怎么当得起让你叫哥哥，不敢当，不敢当啊。

丹雅说，可是老爹让我叫的，你该不会不听他老人家的话了吧。

胆巴说，这么说来，就只好任你叫了，叫吧。你有什么吩咐？

我要买两台电视机。

两台？你一双眼睛要看两台电视？

我要出去旅游。

旅游？那时旅游在这个县城里还是一个很新鲜的词汇。

我从来没有看过大海，我想去大海。

我也没有看过。

那你就弄四台，我卖了指标，我们一起去看海！

我跟你？不行，我们又没有谈恋爱。

你想跟我谈吗？

胆巴又露出了乡下老实孩子的狗尾巴，低下头摆弄办公桌上的报表，不吭声了。

我不好看吗？

好看。

你不喜欢好看的女青年吗？

你是个不务正业的女青年。

好吧，那就还是只要两台电视机吧。

胆巴就只好写条子给丹雅两台电视机。

丹雅就和她的男朋友坐了一天长途汽车去省城，又坐了两天两夜火车去海边。那一趟旅游回来，丹雅在这个小县城里的名声就毁了。她上班的防疫站收到铁路公安通报，她和一起去海边的漂亮男朋友在火车上干了那种事情。这个消息像火焰一样飞快奔窜，使这个沉闷小城的人们兴奋起来。那种事情！而且是在火车上！怎不叫人两眼放光！而且，出了这个事，丹雅的那个男朋友就消失不见了。他当官的父亲下文将他调到省城去了。人们说，那个花花公子和丹雅是在文化宫的舞会上认识的。舞会上！才只见了两面！就一起坐火车了，在火车上干下丑事了！

那时候的胆巴和身边很多人一样，还没有见到过真正的火车。

那时，电影院里正好在放映关于火车的电影《卡桑德拉大桥》。电影院里也有漂亮男女在行进的火车上亲热的画面。胆巴在电影院看得热血贲张，人生中第一次，他被强烈的情欲控制住了。他闭上眼睛，想象着丹雅斜靠在他办公室门前说话的样子，不能自已。

自此以后，胆巴总是夜里折腾自己的身体，又因为在县城附近抓蔬菜基地建设，整天在地头做说服农民的工作，他竟日渐消瘦了。

刘主任也消瘦了。他见了胆巴便唏嘘不已。我瘦是因为丹雅，你瘦是工作太辛苦了吗？

胆巴鼓起勇气，我也是因为丹雅。

刘主任脸上露出了惊骇的表情，但他迅即镇静下来，你这个人啊，你不知道她有男朋友吗？不然她也不会在……

我知道。

刘主任脸上显露出痛苦的神情，她名声不好，和她来往，对你的政治前途不利。

不几天，刘主任叫他去家里吃晚饭。丹雅不在家。饭桌上多了一个女青年。女青年是个很持重的小学老师。胆巴明白，这是刘主任给他介绍对象。这姑娘眉眼也端正，就是没有丹雅那种魅惑的味道。饭后，胆巴和那位女老师沿着河堤散了两公里步，但他在夜里折腾自己身体时，还是魅惑万千的丹雅浮现在天花板上。

一个星期天，他回家去看望阿妈斯炯，路上，遇到防疫站设的一个关卡。邻近的草原畜群中爆发了口蹄疫，防疫站的人穿着白大褂背着喷雾器给过往车辆消毒。胆巴坐在吉普车里，一眼就从那些穿白大褂，戴大口罩的人中认出了丹雅。他一眼就看出，她也瘦了。他屏住呼吸，看着丹雅来到了他的车前，围着车子喷洒药液。他看见了她口罩上方和帽子下方那道缝隙露出的那双眼睛忧郁而空洞。他摇下车窗，哑声说，丹雅。

丹雅眼睛里的光聚集起来，认出了他。

胆巴清了清嗓子，丹雅，你瘦了。

丹雅眼里露出骄傲而倔强的神情，没有说话。

司机发动了吉普车，胆巴说，我对刘主任说了。

他恨我不争气。

我对他说，我爱上你了。

丹雅被镇住了，站在原地表情漠然。

胆巴又重复了一次，我对你爸爸说，我爱上你了。

车开动了。他看到丹雅眼里泛起了泪光。他对丹雅摇手，来看我吧。他没想到的是，当天下午，他正在家里修理院门，一边跟阿妈斯炯说话，丹雅就出现了。

阿妈斯炯拉住丹雅的手，说，我好像三辈子前就见过你了。

胆巴脱下手套，对丹雅说，进家里喝点热茶吧。

丹雅的身子软软地靠在了胆巴身上。阿妈斯炯手忙脚乱，往茶里添了太多的奶。胆巴就对阿妈斯炯说，也许丹雅想尝点新鲜蘑菇呢。

阿妈斯炯便提上柳条筐上山去了。

屋子里静下来，火塘里劈柴上的火苗发出微风吹拂一样的声音。丹雅把头靠在了胆巴的肩上。胆巴一动不动，仿佛天地间有一种巨大的重量全然落下来，把他整个人罩住，使他动弹不得，使他不能抚摸，也不能亲吻身边这个美丽的女青年。

然后，丹雅开始哭泣。

胆巴依然一动不动。

丹雅开始说话，你知道那件事情了？

胆巴点点头。

一回来，全部人都讨厌我，全部人都躲着我。

胆巴想说，我没有躲着你，但他的嘴唇被自己突然变得黏稠的唾沫给黏住了。

你说，我碍着别人什么了。丹雅坐直了身子，她的愤怒开始喷发，我自己的身体，我自己的情感，碍着别人什么了？！

丹雅说到身体的时候，胆巴的身体也开始燃烧起来，他把丹雅揽进怀里，紧紧拥抱。开始丹雅也回应给他热烈的拥抱，但当他的手伸向她胸口的时候，丹雅坚决地推开了他，正色说，你以为我是个可以随便的人吗？

胆巴说，我爱你。

说说你怎么爱我的。

胆巴是老实人，他说，看电影的时候我就爱上你了。我天天晚上都想你。

电影，有火车的电影?《卡桑德拉大桥》?

胆巴点头。

一个耳光落在了他的脸上，你怎么想象的? 在火车上，脱掉我的裤子，还是撩起我的裙子?

胆巴捂住脸，是，我每天晚上都想跟你做爱，在火车上，在飞机上，在船上。要知道，那时候的胆巴除了在电影里，还没有真正见到过这三种交通工具。他说，是你的事情让我情不自禁地这么想。

丹雅流着泪冲出了房子，往村外去了。胆巴想追，紧走几步，怕村里人笑话自己，只好吩咐司机追上她，送她回县城。

阿妈斯炯采了蘑菇回来，却不见了客人，我以为你有女人了，带回来给阿妈看看。

胆巴突然觉得很悲伤，我爱她，她看不上我。

阿妈斯炯用新鲜酥油在平底锅里煎蘑菇片给他吃，满屋子满口都是山野中草与树与泥土复杂的芳香。

那时，胆巴一个月挣七十多块钱，每次回家，他都拿个十元二十元给阿妈斯炯。阿妈斯炯告诉他，这些蘑菇拿到六公里外的汽车站上，有些旅客愿意买上两斤三斤，每斤能卖五毛钱。阿妈斯炯说，你不用给我钱了，告诉你吧，我已经有了三个蘑菇圈，今年已经卖了一百多块钱了。

照例，他又带了一柳条篮子的蘑菇给刘主任家。他一进门，丹雅就起身，回到自己房中，砰一声把门关上。刘主任坚持要他去请前次那个女青年来家里吃饭，胆巴推说有大堆财务报表要审，借故离开了。刘主任又急急追到楼下，告诉他，那个小学老师回了话，愿意跟他继续接触。

胆巴对刘主任说，我已经爱上别的人了。

刘主任问，谁？

胆巴说，你的女儿丹雅。

刘主任脸色发白，定在那里，像被雷电击中了一般，你怎么可以？怎么可以……

胆巴想，如此栽培自己的刘主任原来心里瞧不上自己。走在路上，他想，自己再也不会登这一家人的门了。但到了晚上，他青春的身体燃烧起欲望时，那个在黑暗中飘在天花板上的风情万种的形象仍然是丹雅。

有事没事，胆巴都故意在丹雅单位附近的街道上出没，偶尔碰见，丹雅依然对他视而不见。丹雅对他不理不睬。但他依然不能自已，对着那个被周围人刻意孤立的身影充满同情与欲望。

再后来，丹雅身边出现了一个新的漂亮男青年，胆巴心痛一阵，便慢慢恢复了平静。他还是偶尔送点蘑菇给刘主任，但不再去他们家里了。

第二年，阿妈斯炯的蘑菇在那个汽车站卖了两百多元。阿妈斯炯进城来。晚上，阿妈斯炯睡在儿子床上。胆巴睡在钢丝床上。阿妈斯炯说，等到存够一千块钱的时候，她就把钱给他结婚用。胆巴心里算了算，笑着说，那我还得等上三四年啊！

阿妈斯炯也笑，说，我看你自己也不着急嘛。

胆巴没有告诉阿妈斯炯，这段时间，他操心的事情是能不能当上商业局长。他说，我不着急，我等阿妈存够一千块钱。他还告诉阿妈斯炯，下次送蘑菇来，得是三只柳条篮子。

阿妈斯炯心痛了，那我一年要少存几十块钱了。

阿妈斯炯又把这话转述给法海老和尚听。法海老和尚劝妹妹，侄儿是干大事的人，你心痛几篮子蘑菇干什么?！因为胆巴又帮寺院批了几公斤金粉给寺庙大殿的黄铜顶镀金，又弄了十几公斤白银指标打造舍利塔，法海在庙里的地位大大地提高，早年的一个熬茶和尚，差不多是非正式的厨房总管了，长得也有点脑满肠肥的意思了。

阿妈斯炯两年里送了几篮子蘑菇，胆巴就当上了商业局长。

毫无预兆，蘑菇值大钱的时代，人们为蘑菇疯狂的时代就到来了。

不是所有蘑菇都值钱了，而是阿妈斯炯蘑菇圈里长出的那种蘑菇。它们有了一个新名字，松茸。当其他不值钱的蘑菇都还笼统叫作蘑菇的时候，叫作松茸的这种蘑菇一下子就值了大钱。去年，阿妈斯炯在离村子六公里的汽车站上还只卖五毛钱一斤。这一年，一公斤松茸的价钱一下子就上涨到了三四十块。

阿妈斯炯说，佛祖在上，那是多少个五毛钱呀！

胆巴说，是六十个到八十个五毛钱！

阿妈斯炯冷静下来，没有那么多。是三十到四十个五毛钱！公斤，公斤，你晓得吗？一公斤是两个一斤。

是的，公斤这个新的度量衡单位是随着松茸这种蘑菇的新名字一起降临的。出松茸的季节，在机村一带的山里，随海拔高度的不同，有些地方是在夏天的末尾，有些地方是秋天的开始。让人感到奇怪的是，那些收购蘑菇的商人，他们并没有见过长在山里的松茸，却总是准时出现在每个刚刚长出头一茬松茸的地方。他们开着皮卡车，来到一个村子，打开后车门，推出一台秤来，生意就开张了。那秤不是提在手里滑动秤砣在杆上数星星的杆秤，而是台秤。台秤像是一架真正的仪器。机器的轮廓，钢铁的质感，亮闪闪的表面，称出来的东西的重量都以公斤计算。阿妈斯炯发现，这些商人算账不用算盘，他们用电子计算器。只要按动那些标上了数字与符号的小小按键，一些数字便幽灵一样，在浅灰色的屏幕上跳荡。

一切真是前所未有啊！

三十二朵蘑菇就卖了四百多块钱！

阿妈斯炯真是眉开眼笑。那天，她就坐在村头核桃树的阴凉下，守着商人的摊子，看倾巢出动的山里人奔向山林，去寻找那种得了新名字叫作松茸的蘑菇。阿妈斯炯是一早上山的，现在太阳升起来，慢慢晒干了她被晨间露水打湿的长袍的下摆。脱在一边的靴子也晒干了。这时，有人陆续从山上下来。有人是一二十朵，更多是三朵五朵。

松茸商人就问阿妈斯炯为什么独独是她的蘑菇又多又好。

阿妈斯炯还没张口，就有村里人争着回答，工作组早就教他认识这些蘑菇了！

马上有人出来辩驳，不对，是跳河的吴掌柜！

还有人喊，他儿子是商业局长。

阿妈斯炯就笑了起来。她听得出来，这些话里暗含着些嫉妒的意思。阿妈斯炯心里涌起她与蘑菇的种种故事，心里一时五味杂陈，但她还是喜欢的，喜欢以这样的方式受到众人关注。

这时，一片乌云瞬间就布满了天空，虽然夏天已到了尾声，但还是继续要带来雷阵雨，她站起身来，拍拍袍子上的草屑准备回家，但她刚走出几步，随着隆隆的雷声，硕大的雨滴就噼里啪啦砸了下来。阿妈斯炯又跑回到核桃树下。满世界都是雨声，都是雨水和尘土混合的味道。起初这味道有些呛人，但很快，尘土味便消失了，雨水中混合的是整片土地，所有石头，所有草木被激发出来的清新浓郁的味道了。

阿妈斯炯兴奋得两眼放光，因为聚在树下躲雨的人群中，只有她一个人知道，在山上，栎树林中和栎树林边，那些吸饱了雨水的肥沃森林黑土下，蘑菇们在蘑菇圈开始吱吱有声地欢快生长。这不是想象，阿妈斯炯曾经在雨中的森林里，在她的蘑菇圈中亲眼见识过蘑菇破土而出的情景。夏天，雷阵雨来得猛去得也快。雨脚还没有收尽，蘑菇们就开始破土而出了。这里一只，那里一只，真是争先恐后啊！

雨慢慢停了，太阳复又破空而出，村庄上空出现了一弯鲜明的彩虹。人们开始四散开去。

那个蘑菇商人来到阿妈斯炯跟前，问她，大妈，他们说的事情是真的吗？

阿妈斯炯说，没有人叫我大妈，他们都叫我阿妈斯炯。

那么，阿妈斯炯，他们说的事是真的吗？

阿妈斯炯笑了，你问他们说的哪一件事？

他们说你的儿子是商业局长。

阿妈斯炯却说，这时山上又长出了好多蘑菇呢！

不会吧，百十号人刚把林子扫荡了一遍。

阿妈斯炯说，那你在这等着我。

说完，阿妈斯炯真的又上山去了。

那个商人抽了一根烟，在这个不大的村子走了一圈，回来坐在车里小睡一会儿，再抽一支烟，又在这个村子里转了一圈。回来，见又被露水湿了衣裳和靴子的阿妈斯炯已站在皮卡车跟前了。

这一回，阿妈斯炯带回来五十三朵蘑菇。其中四十八朵是她从最早的蘑菇圈和后来相继发现的三个蘑菇圈里采来的，剩下几朵则是偶然的零星的遇见。遇见零星的那几朵时，阿妈斯炯还嘀咕来着，你们怎么像是没有家的孩子呢，可怜见的！

看着那些可爱的菌盔紧致，菌柄修长的新蘑菇，那个商人想起了一个成语，雨后春笋，他说，嚯，雨后松茸！

阿妈斯炯当然不知道这个成语，她只说，这会儿，山上又长出好大一群了。

这时已是夕阳衔山时分，雨后色彩鲜明的森林影调开始变得深沉，松茸商人说，可惜他不能再等了。现在，他要连夜驱车五百公里到省城，明天早上，这些松茸就会坐最早的一班飞机飞到北京，再转飞日本，到明天这个时候，这些蘑菇就出现在东京的餐桌上了。

商人说，在那里考究的晚餐桌上，每人也就吃到两片松茸，一片生吃，一片漂在汤里。商人说，要是日本人不吃，这东西哪里会值到这样的价钱。

围观的机村人就都说日本日本。也有人埋怨，这些日本人为什么不早点吃这东西？

商人便讲了一大通道理。他说了改革开放，说了信息交流，还说了交通建设。他说，要是没有好的公路，没有飞机，不能二十四小时内把松茸送上异国的餐桌，日本人钱再多，也没有这个口福。超过二十四小时，娇嫩的松茸就失去了鲜脆的口感，时间再长一点，它们就烂在路上了。

那一年，机村以及周围的村庄，都因为松茸而疯狂了。

早上，天刚破晓，启明星刚刚升上东方天际，最早醒来的鸟刚刚开始在巢中啼叫，人们就已经起身去往林中，寻找松茸了。不到一个月，林中就已蹚出了一条条小道。阿妈斯炯不会凑这个热闹，她也不用天天上山。她只是在人们都下山了，才起身上山。看到人们在林中踩出一条条小路，她就有些心疼，因为那些踩得板结的地方，再也不会长出蘑菇来了。蘑菇不是植物，不会开花，不会结出种子。但在她想象中，蘑菇也是有某种看不见的种子的，以人眼看不见的方式四处飘荡，那些枯枝败叶下的松软的森林黑土，正是这些种子落地生根的地方。

阿妈斯炯继续往城里送蘑菇。还是在柳条篮子中铺了松软的跟蘑菇散发着差不多是同样气味的苔藓。一朵朵菌柄修长的松茸整齐地排列。阿妈斯炯对胆巴提出一个问题，松茸的种子是什么样子呢？

胆巴无从回答这个问题。

胆巴说他会去图书馆查找资料，肯定会从书上得到答案。

下个星期，阿妈斯炯再去县城送蘑菇，胆巴告诉她，蘑菇都是有种子的，只是蘑菇的种子不叫做种子，而叫孢子。

孢子是个什么鬼东西？

胆巴打开总是揣在身上的会议记录本，上面有他从图书馆抄来的关于孢子的定义。孢子，就是脱离亲本后能直接或间接发育成新个体的生殖细胞。

阿妈斯炯叹息，胆巴，你现在说的都是我不懂的话。

胆巴合上本子，老实说，这些科学我也不太懂。

阿妈斯炯自己做了总结，反正就是说，蘑菇是有种子的，不然，它们怎么一茬又一茬从地里长出来呢？

说话时，胆巴把篮子里的蘑菇分成了四份。分装在四个塑料泡沫模压的盒子里，他要将这些蘑菇分送给四个人家。即将退休的刘主任、县委书记、县长、组织部长。阿妈斯炯有些不高兴了，你要送给什么人我不管，但你不尝一点阿妈斯炯亲手采来的蘑菇吗？

胆巴说，我不操心我没有新鲜蘑菇吃，阿妈斯炯现在有了一个新名字了？

嚯，那个老太婆她有新名字了？

她有一个越来越多人知道的新名字了，这个名字叫作蘑菇圈大妈。他们说，别的人找到的，都是迷路的孩子，蘑菇圈大妈找到的才是开会的蘑菇。

阿妈斯炯就拍着腿笑了，开会的蘑菇！说得好！如今不像当年，村长招呼开会，再也聚不起那么多人了。

晚上，阿妈斯炯睡在儿子的大床上，路灯光透过窗帘的缝隙落在枕边，她还在想，开会的蘑菇。

胆巴送了那些蘑菇回来了，在阿妈床边打开钢丝床睡下来，阿妈斯炯禁不住笑出声来。

胆巴问她为什么还没有睡着。

阿妈斯炯干脆大笑起来，开会的蘑菇！

第二天早晨，胆巴送阿妈斯炯到汽车站，迎面碰见了舅舅法海和尚。法海舅舅老了，躬腰驼背，步履蹒跚，看见妹妹和侄儿却满脸放光。

胆巴赶紧把舅舅和跟着他的寺院管家请到街边店里吃早餐。早餐是这个县城的标配，一份牛杂汤，一屉牛肉芹菜馅的包子。每次，舅舅和寺院管家一起出现，就是来提要求，要他帮忙办事。他说，有什么事，说了我还要开会。管家却不着急，掏出一方毛巾擦去和尚头上的汗水，庙里的喇嘛们都常常为您这位大施主祈福呢。

胆巴说，我算什么施主，没有上过一份香火钱。

管家就把这些年他帮过的忙细数一遍，这才是有大功德的施主啊！

胆巴说，你们找到我，不帮也不行啊！

管家便示意法海和尚说话。

法海舅舅便两眼放光，我侄儿有本事，我脸上有光，有光啊！说着，他脸上也放起光来了。

胆巴开口道，就说这回是什么事吧。

管家说，这回是政府鼓励的事，我们要保护寺院四周的山林。胆巴知道，这些年，内地开放了木材市场，收购木材的游商游走山里，村民们便提斧上山，把过去森林工业局大规模采伐后的有用之材再清理一遍，盗伐的情形一年重于一年。管家说，寺院愿意组织僧人，保护寺院四周的山林，想要求得政府的支持。

胆巴笑了，说，这真是好事，便带了两个穿袈裟的老者去见林业局局长。

局长听了管家的想法，立即表示支持，当即叫了办公室主任和一位科长来，命他们立即起草一份文件，宝胜寺后山、前山均划为封山育林保护区，宝胜寺僧人组成的巡山队有权把盗伐林木者扭送公安机关。

林业局局长说，和尚喇嘛愿意保护自然生态，这是新生事物，我支持新生事物。两个和尚得了文件欢喜而去。

林业局局长这才对胆巴说，封山育林的牌子一插，那两座山上的松茸就全归了寺庙，老百姓就不敢染指了。

胆巴说，我怎么没想到这一处来！

林业局局长说，我都五十多岁了，看人看事，见不光明处就多了，你年轻，大有前途，有时候，把人事看得简单些反倒是好的。

过些日子，舅舅法海生了病，胆巴便去庙里看望。

胆巴真实的想法，是要看看寺院如何封山。寺院真的在这为松茸激越的季节封了山。他们不但插上了林业局发放的封山育林的牌子，还把年轻体壮的僧侣组成了巡山队，每人一截长棍，把守住每一条上山的小径。除了寺院附近的村民，其他人不准上山。而且，这些村民采来的松茸，都统一销售给寺院，再由寺院转售给松茸游商。寺院在村民那里压价两成，又在出售时加价一成，靠他帮忙得来的封山令又多了一个生财之道。

所以，寺院专门派了细心的小喇嘛侍奉法海和尚这个地位低下的熬茶和尚。

这些年交往下来，胆巴跟寺院的活佛说话已经很随便了。这天，见了活佛他就说，活佛你可以当董事长了。

活佛不以为忤，几百号人呢，没有管理不行，管理不好也不行，没有生财的办法不行，生财的办法少了还是不行。

胆巴不得不承认，这倒也是实话。

活佛收敛了脸上的笑容，我还有一句实话，你舅舅怕是过不了这个冬天了。

胆巴沉默，一时想不起来该说什么样的话。

活佛说，我要加派一个和尚去侍候他。

胆巴说，我还是接他去医院吧。

活佛道，命数已定，又何必到医院延宕时日呢。

回到家，胆巴把活佛的话转述给阿妈斯炯。阿妈斯炯深深叹息，那些年月，我本指望家里靠他这个男人来撑着，可他却反要我来照顾。洛卓。阿妈斯炯说，洛卓，你舅舅就是我的洛卓。洛卓这个词，翻成汉语就是宿债。这是按佛教的观点。按佛教的观点，阿妈斯炯这个妹妹和法海哥哥这样的关系，就是因为她的前世欠下了法海前世的债务。这笔债务可能是金钱的，更可能是道德的或情感的。

阿妈斯烔在佛前添了一盏灯，湿了一回眼睛，便平静下来了。

她用额头贴着胆巴的额头，胆巴，我跟你没有洛卓，不然不会让我这么省心。可是，你还欠我的。

胆巴紧贴着阿妈斯烔的额头，我不忍心你一个人住在乡下，搬进城里来和儿子一起吧。

我不能抛下那些蘑菇圈，现在它们那么值钱！阿妈斯烔笑了，再说了，你那么小的房子，要是来一个喜欢你的姑娘，我还能睡在你的床上吗？

这一年下第三场雪的时候，法海这个曾做了好多年机村牧羊人的熬茶和尚走完了他这一生的轮回。

胆巴是事后才得知这个消息的，那是春节回家的时候，阿妈斯烔才告诉他，舅舅已经走了。他走得安详又干净。

安详是指法海临终没有什么痛苦。干净是说，天葬时，他的躯壳都被神鹰打扫干净，作了最后的供养。

那天晚上，胆巴也在佛前给舅舅点了一盏灯。

阿妈斯烔突然发话，你舅舅那样一辈子有意思吗？

胆巴很吃惊，阿妈斯烔会问出这样的话。他说，对相信轮回的人是有意思的吧。

阿妈斯烔接下来的话把她自己也吓着了，要是没有轮回这件事呢？她赶紧说罪过，罪过，一定是魔鬼把我的舌头控制了。

胆巴笑起来，给阿妈斯烔斟一碗加了油和糖的青稞酒，来吧，阿妈。

阿妈斯烔喝下一口酒，突然间眉开眼笑，说，是啊，这就是这一世的人生的味道。

那时，屋子外面开始下雪了。冬天干燥的空气中立时就充满了滋润的干净的水的芬芳。雪还使在风中发出声音的树与草、与尘土都安静下来。

这是一个令人安定满意的新年。阿妈斯炯说，这才是人该有的新年，可她居然活到老了，才得到了这样一个新年。她愿意这个世界上的所有人，一直都有这样的新年。

可是，第二年的新年，整个村子都陷入悲哀的气氛中。因为两个年轻人盗伐了一卡车林木，一个年轻人被警察抓住，一个年轻人开着载重卡车逃跑，最终撞上山崖而丢掉了性命。

第三年的新年，他们家来了一个躲债的年轻人。

这个年轻人不甘心只是把采来的松茸卖给那些收购松茸的商人，他自己收购松茸，结果在村里收了一车价值数万元的松茸却在路上遇到泥石流，结果这些松茸没有乘飞机到达日本，而是眼睁睁地烂在车里，变成了一堆爬满蛆虫的臭烘烘的烂泥。他那些松茸都是从村子里赊来的，这个晚上，村民们都上他家讨债，胆巴见状，便把他带回到自己家里。

第四年，胆巴当上了副县长，还有了女朋友，但他回到家却长吁短叹，因为让他分管的商业系统在新形势下已经难以为继。照道理，市场开放搞活，一直在商业局工作的人应该更会做生意才是，可是，这些人偏偏不会，几乎在所有的方面，都在和那些个体商户的竞争中败下阵来。最后，商业局下属的百货公司，都分成一个一个柜台分租给那些雄心勃勃的个体户了。

第五年新年，是阿妈斯炯不开心，因为她失去了一个蘑菇圈。松茸季节里，她被两个同村人跟踪了。每一次，他们都赶在她的前面采走了新生的松茸。后来，他们和村里的其他人一样，只要松茸商人一出现，就迫不及待地奔上山去，他们都等不及松茸自然生长了。他们采走了她的蘑菇使她心疼，更让她心疼的是，当他们等不及蘑菇自然生长时，便和村里其他人一样，提着六个铁齿的钉耙上山，扒开那些松软的腐殖土，使得那些还没有完全长成的蘑菇显露出来，阿妈斯炯赶上山去时，他们已经带着几十朵小蘑菇下山去了。新年的晚上，阿妈斯炯心疼地对胆巴说，人心成什么样了，人心都成什么样了呀！那些小蘑菇还像是个没有长成脑袋和四肢的胎儿呀！它们连菌柄和菌伞都没有分开，还只是一个混沌的小疙瘩呀！阿妈斯炯哭了，她说，记得吗？你说书上说蘑菇的种子叫孢子，我看到那些孢子了！

阿妈斯炯的确在栎树树林中看到了蘑菇圈被六齿钉耙翻掘后的暴行现场，好些白色的菌丝——可以长成蘑菇的孢子的聚合体被从湿土下翻掘到地表，迅速枯萎，或者腐烂，那都是死亡，只是方式不同而已。枯萎的变成黑色被风吹走，腐烂的，变成几滴浊水，渗入泥土。那都是令人心寒与怖畏的人心变坏的直观画面。

那一年，胆巴心里萌生一个想法，在村子里成立一个松茸合作社。一来，集体议价，可以防止游商压级压价；二来，订立保护资源的乡规民约共同遵守。

县长和书记都支持他的想法。

县长说，你的老家机村盛产松茸，也是资源破坏严重的地方，就在那里搞个试点。

那一年，胆巴在“五一”节结了婚。

不是当年刘主任介绍的那个姑娘。这个姑娘是胆巴自己在文化宫的舞会上认识的。姑娘的父亲就是县里的副县长。那次舞会上，那个姑娘说，我知道你就要成为我父亲的同事了。一次，他到县里开完这位副县长召集的协调会。散会时，他都走到门口了，副县长发话，胆巴局长请留一下。

副县长端详了他半天，说，我想问你一句不该问的话。

胆巴不言语，等他发话。

副县长说，听说你是一个私生子？

胆巴很平静，说，阿妈斯炯没有告诉过我父亲是谁。

副县长手指轻叩着桌面，说，美中不足，美中不足。好了，我告诉你吧，我家姑娘看上你了。

胆巴便想起了舞会上那个眼光明亮的姑娘。

副县长又说，好吧，你们可以交往交往，不过，你要记住，我们可是规矩人家！

他就开始了和副县长叫作娥玛的女儿的交往。娥玛是组织部的一般干部。第三次见面，就坦率地告诉胆巴，她父亲说，要么自己努力进步，要么找一个进步快的丈夫。她怀着柔情说，我是一个女人，我愿意选择后者。

胆巴很吃惊。吃惊于这个姑娘能将这功利的坦率与似水柔情如此奇妙地集于一身。交往日久，拥吻，缠绵，彼此探索身体时，娥玛对着他的耳朵呢喃，你说我能不能把你脑子里别的女人赶走。

胆巴说，已经只有你了。

娥玛吹气如兰，说，那么，那个你刘叔叔家的丹雅呢。

胆巴很吃惊，你怎么知道我想过她。

娥玛说，她那样的女人，没有女人的男人都想过她。

胆巴便继续向娥玛的身体进攻。到了最关键的环节，娥玛从床上起来，理好衣服，先生，这一步必须等到我确定你是我丈夫那一刻。

胆巴有些尴尬，也有些气恼，你守身如玉，却又这么懂得男人。

娥玛回答，你以为必须跟男人上床才能懂得男人吗？

松茸季降临之前，胆巴结婚了。

已经从县政协退休的刘主任来参加了简单的婚礼。丹雅也来了。刘主任端着酒杯，上来说的却不是祝贺的话，他说，我退休了，闲不住，也想弄弄松茸的生意，我是老机村了，就在机村搞个收购点。

胆巴知道，并不是他想做什么松茸生意，是想做这个生意的丹雅在背后怂恿。胆巴只好告诉他，县里马上要在机村搞个松茸合作社，这样有利于保护资源，并防止恶性竞争。

刘主任当然不高兴，说，你不必在这个时候如此答复我。

胆巴心里当然很过意不去。接下来，他在机村亲自抓的松茸合作社试点失败了。

村中老人对他说，合作社，我们都当过合作社的社员，小子，你还想让我们再饿肚子吗？回家问问你阿妈斯炯，她是怎么成为蘑菇圈大妈的吧。

胆巴还是坚持召集全体村民开了一个会，说明此合作社不是彼合作社。有人假装听懂了，说，好啊，阿妈斯炯的蘑菇圈里的松茸就是我们大家的了。全村平分松茸的钱。

阿妈斯炯可不客气，那你们偷砍树木的钱，做生意挣的大钱都要大家来平分了。

胆巴在村里待了三天，一户一户地说服，也没有什么结果。

这件事情也就黄了。书记和县长都是老干部，见此情形并不为怪，好多事情不是我们想不到，而是确实做不成啊！胆巴这话也是为他们很多半途而废的事情开脱的吧。

胆巴在心里把合作社的事情放下了，带着新媳妇娥玛回家来。阿妈斯炯拿出一套花了将近十万块钱买来的珠宝送给儿媳。阿妈斯炯说，你要看好胆巴，他是个傻瓜，只不过是个善良的傻瓜。是的，是的，我也是个傻瓜，但也不会傻到把钱白分给大家。

娥玛换下一身短打，穿上藏装，戴上阿妈斯炯用松茸钱置办的红珊瑚与黄蜜蜡，脸上的喜气和珠宝相映生辉。

阿妈斯炯因此抹了眼泪，说，这座房子，从来没有这样亮堂过啊！

她温了加了酥油的青稞酒，悄声对娥玛说，就在这座房子里，就在今天晚上，你给我怀一个孙子吧。

那天晚上，临睡时，阿妈斯炯亲手给儿子和媳妇铺了床褥，自己却不睡觉，坐在院子里，身边放了一壶酒，在大月亮下摇晃着身子歌唱。半夜醒来，胆巴听见阿妈斯炯在院中歌唱，正要起身下床，却被娥玛缠住，阿妈可是给了我一个大任务。

胆巴复又倒在床上，老太婆跟你嘀咕什么来着。

老人家要我和你今晚给她造个孙子。

胆巴笑了，不是一直造着的吗？

那就再造一次吧。

那个晚上，他们给阿妈斯炯造孙子真是造得轰轰烈烈。

启明星刚刚升上天际，阿妈斯炯轻手轻脚上了楼，扒开了火，用陶罐煨了块上好的藏香猪肉，然后，上山去了。林子里飘着雾气，阿妈斯炯第三次停下来，倾听后面有没有脚步声，确信身后什么都没有时，她钻进了林子，这时，雾气散开不少，她看到蘑菇圈中已经新出土了十几朵蘑菇，但她并不急于采摘。

阿妈斯炯拂去一些栎树潮湿的枯叶，一块石头在她手下显现。她在这块石头上坐下来，她脸上洋溢着幸福的神情，用甜蜜的声音说，我不着急。她静静地坐下来，袍子的颜色接近栎树树干的颜色，也很接近林下地面的颜色。只有一张脸洋溢着特别的光彩。那光彩使得有轻雾飘荡的，光线黯淡的林中也明亮起来。

她坐下来，听见雾气凝聚成的露珠在树叶上汇聚，滴落。她听见身边某处，泥土在悄然开裂，那是地下的蘑菇在成长，在用力往上，用娇嫩的躯体顶开地表。那是奇妙的一刻。

几片叠在一起的枯叶渐渐分开，叶隙中间，露出了一朵松茸褐色中夹带着白色裂纹的尖顶，那只尖顶渐渐升高，像是下面埋伏有一个人，戴着头盔正在向外面探头探脸。就在一只鸟停止鸣叫，又一只鸟开始啼鸣的间隙之间，那朵松茸就升上了地面。如果依然比做一个人，那朵松茸的菌伞像一只头盔完全遮住了下面的脸，略微弯曲的菌柄则像是一个支撑起四处张望的脑袋的颈项。

就这样，一朵又一朵松茸依次在阿妈斯炯周围升上了地面。

她看到了新的生命的诞生与成长。

她只从其中采摘了最漂亮的几朵，就起身下山了。

她在平底锅中化开了酥油，用小火煎新鲜蘑菇片的时候，她听到儿子和媳妇起床了。听到媳妇娇媚的说话时，阿妈斯炯真的眉开眼笑了。当他们按城里人的方式完成繁琐的洗漱时，蘑菇也煎好了。她在卧房中换好被露水打湿的衣服时，胆巴和他的新媳妇正吃得眉开眼笑。她看见媳妇把松茸片夹进儿子口中，阿妈斯炯幸福得脸上露出了难过的表情。他们身上还散发着男欢女爱过后留下的味道。

胆巴对妻子说，瞧瞧，阿妈斯炯为你打扮得像过节一样！

媳妇扶着阿妈斯炯坐到小炕桌前，从陶罐中盛了汤，双手奉上。

阿妈斯炯哭了，她咧着的嘴却没有出声，滚烫的泪水哗哗流淌。媳妇也红了眼圈说，胆巴告诉过我，阿妈吃过的苦，阿妈受过的委屈。

阿妈斯炯又笑了，我不是难过，我是幸福。离开干部学校那一天，我就没有指望过，还能过上今天这样的好日子。

胆巴告诉我，宝胜寺恢复那一年，法海舅舅带胆巴去寺院做小和尚，是你连夜走了几十里路把他抢回来的。

哦，那个往生的死鬼！

媳妇小心翼翼挑拣着词汇，你，你，不好的，不顺利的命运都是……

哦，不，胆巴的法海舅舅，他自己就算不得一个真和尚。一个熬茶和尚算什么真和尚？一个有过女人的和尚算什么真和尚？我儿倒能做一个真和尚，但我舍不得他。不说往生的人了。我喜欢你们像现在这样。昨夜，你们俩一起睡在这老房子里，我喜欢得坐在院子里一夜没睡，希望你们已经种下一个好命的新生命了。

阿妈斯炯还指了指窗口上的那一方青山，说，等有了孙子，我的蘑菇圈换来的钱，才能派上用场。

回城的路上，新婚夫妇回味阿妈斯炯那些话，娥玛倚在胆巴肩上，又哭了一场。她说，我因为什么样的福气，得了这么一个善心的妈妈。

第二年蘑菇季到来前，阿妈斯炯得了一个孙女。

孙女长得像胆巴。大眼睛，高鼻子，紧凑的身板。

阿妈斯炯让胆巴带着她到银行专开了一个存折。在上面写了孙女的名字，一个蘑菇季下来，她居然往里面存了两万块钱。

又过些年，松茸的价格涨涨跌跌，但到孙女上小学的时候，存折里已经有了十万块钱。

那时，前工作组长刘元萱已经退休多年了。丹雅也结过两次婚了。后一次离婚时，她索性办了留职停薪的手续，用从后一任做木材商人的丈夫那里分得的钱做本，自己做起了蘑菇商人。

蘑菇生意并不像早年一手钱一手货收进来卖出去那么简单。这个时候的蘑菇生意已经公司化了。那些互为竞争对手的公司小小合作一下，就能把一个游商的发财梦给破了。

丹雅也遭受了这样的命运，那笔离婚得来的钱，随着收上来却出不了手的松茸一起消失了。据说，在一家贸易公司门口，看着腐烂的松茸变成臭烘烘的黑色黏液从车厢缝隙里渗出来，丹雅在那里吐了个天昏地暗，吐尽了她胃里的食物和胃酸，还有眼泪，以及对以往过错的种种悔恨。

从此以后，她成为了另外一个人。即便是她终于取得生意上的成功时，依然没有变回从前那个丹雅。

据说，她在父母家里躺了好几天。第五天，丹雅起了床，宣布说我要从零开始。

退休后无职无权的刘元萱问她，从零开始，你这个零在什么地方。

丹雅承认自己也不知道这个零在什么地方。但她说，你提携过的胆巴都当副县长了，你得让他帮帮我。

刘元萱说，你要找谁帮忙我管不着，唯独不能找他！

丹雅冷笑，当年胆巴追我，你也说这话！不然，我现在是副县长夫人了！

这是一个晴朗的早晨，太阳光斜斜地从东窗上照进来，落在沙发前的地板上。刘元萱受了刺激，脸孔涨得通红，从沙发上站起来，然后就摇摇晃晃地倒下了。他倒在了那方阳光里，张大的眼睛里光芒渐渐涣散。

他听见丹雅在打电话叫救护车。他一直在说，用不着了，用不着了。但丹雅没有听见他这些话，只见到一些无意义的白沫从他嘴角溢出来。直到听见了救护车声，丹雅才俯身下来，听见从那些越积越多的白沫中冒出来的微弱的声音。丹雅听到了她父亲最后的那句话，胆巴是你的哥哥，你的亲哥哥。

急救中心的医生冲进屋内，摸摸前工作组长刘元萱的脖子，听听他的心脏，再用小电筒照照他的瞳孔。然后，记下了他的死亡时间。丹雅跌坐在沙发上，欲哭无泪。看着早晨的阳光离开了地面，照到墙边的矮柜上。看到父亲没有了生命的躯体躺在了担架上，蒙上了白布，离开了这个居住了十多年的单元房，上了救护车，往医院的停尸间去了。

在殡仪馆的送别仪式上，县里领导都来了。胆巴也在其中。这时，他已经是常务副县长了。他走到丹雅面前，也像别的领导一样要跟她握手，但是丹雅一下就靠在了他的肩头上哭了起来。这时，还有刻薄的嘴巴悄悄议论，要是当年就嫁给胆巴，她今天就不会这么伤心了。

此情此景，胆巴有些尴尬，说，刘叔叔走了，我也很心伤。

丹雅对他说，爸爸最后留了一句话，他当年不让你追我，因为他也是你的爸爸。

晚上，胆巴眼前浮现出躺在棺材里穿了西服，涂了口红的那张灰白色的脸，心里有种空洞的悲哀。那是一个颇为抽象与空洞的父亲的概念引发的悲哀。娥玛说，好了，我知道刘叔叔对你好，但人都是要走的。

胆巴犹豫半天，还是把丹雅的话告诉了娥玛。

娥玛说，这不会是真的！

娥玛又说，这事情也可能是真的。

我怎么可能知道她的话是真的。

回去问阿妈斯炯。

这种事我怎么问得出口！

那也得问清楚了。

这么多年不清楚不也过来了。

娥玛很老到地说，不是死去的人的问题，是活着的人的问题。

活人的问题?!

是啊，就是你追求过的丹雅。如果阿妈斯炯说不是，那你就躲着她远远的，不必再去理她。如果是，那就是另一回事，她再不争气，也是你妹妹啊！

蘑菇季到来了，阿妈斯炯捎了信来，叫两口子带着孙女去看她。如今，一天天老去的阿妈斯炯不怎么肯出门了。于是，两口子便在一个星期天带了女儿去看乡下奶奶。

路上，娥玛对胆巴说，我们把孩子奶奶接进城里来住吧。

胆巴心思不在这上头，你自己对她说。

机村离县城不远不近，五十多公里，过去，路不好，就显得离县城远。现在，漂亮的柏油路面，中间画着区隔来往车道的飘逸的黄线，靠着河岸的一边，还建起金属护栏，疯狂了十多年的林木盗伐也似乎真的被遏制住了，峡谷中水碧山青。胆巴两口子，因为阿妈斯炯的蘑菇圈，不必存钱为女儿准备学费，率先买了十多万的富康车，办私事时，都不用公车，这在群众中为这位副县长加分不少。别人的乡下母亲都是一个负担，他们的乡下母亲，却每年都为他们攒几万块钱。

娥玛便常常赞叹，胆巴，你怎么有这么好的一个妈妈。

胆巴叹息，我的苦命的妈妈。

有时，娥玛便摇晃着阿妈斯炯的肩头，阿妈斯炯，胆巴是什么命，有你这么好个妈妈。

阿妈斯烔叹息之余，又眉开眼笑，可能我上辈子也欠了他的洛卓，这辈子来还。

胆巴说，阿妈斯烔以前你只说，你欠了往生的舅舅的洛卓！

孙女问，什么是洛卓？

阿妈斯烔说，洛卓是前世没还清的债。我欠你死鬼舅爷的是坏洛卓，欠你爸爸的是好洛卓。

胆巴说，要真是如此的话，这辈子我又欠下阿妈斯烔的洛卓了！

那你下辈子还当我儿子吧。

胆巴一句话涌到嘴边，突然意识不对，又咽了回去。不想，这句话倒被阿妈斯烔说了出来，下辈子我得给你个父亲。

胆巴便说，刘元萱死了。

谁？

当年的刘组长。

阿妈斯烔又挺直了腰背，沉默了一会儿，说，胆巴，这个人就是你父亲。

胆巴说，临死前，他自己也告诉丹雅了。

胆巴以为阿妈斯烔又会说洛卓，会把这一切都归结于宿命和债务。但阿妈斯烔没有这样说。她说的是，这下我不用再因为世上另一个人而不自在了。

这句话出来，娥玛的眼睛就湿了。

胆巴不敢直看阿妈斯烔的眼睛，他看到的是比村子里其他人家整洁的屋子。火塘边擦得铿亮的铜壶，壁橱上整齐排列的瓷器。电视机的屏幕也擦得干干净净。看着看着，胆巴的眼睛也湿了。他第一次以一个男人的视角去想这个女人。她怎样莫名其妙失去了干部身份。她怎样遇到一个本该保护她却需要她去保护的兄长。她怎么独自把一个儿子拉扯成人。她怎样知道儿子的父亲就在身边而隐忍不发。现在，这个人死了，她也只说，这下我不用再因为世上另一个人的存在而不自在了。

娥玛把头靠在阿妈斯炯的肩头上，阿妈斯炯去城里跟我们在一起吧。

阿妈斯炯挺直了的腰背松下来，她说，也许吧，也许吧，可是，我怎么离得开这座房子，还有山上的蘑菇圈。这句话是一个引子，为了引出后面要说的一大段话。她说，这个世界上的很多人，生命是从生下来那一天就开始的。可我的生命是从重新回到机村的那一天开始的。她说，我回来的那一天是个好天气，风吹动着刚刚出土不久的青翠的麦苗，村里人那时还是合作社的社员，他们正在地里锄草。他们都直起腰来看穿着干部衣服的斯炯穿过被风一波波拂动的麦田，走过村里。她说，我在他们的注视下，唯一可以做到的就是不让自己哭出来，不让自己倒下去。知道吗，在工作队里，在干部学校，我学过多少比天还大的道理啊！但是，那些道理都帮不了我。那些道理不能告诉我，为什么法海和尚每天都听见我在山里叫他，他就是忍心不出来。那里我头一回想起那个字眼，洛卓——宿债。我回到家里，一头倒在床上，睡过去了。是胆巴让我醒来的，他动了，肚子里那个小家伙动了。那是胆巴头一次动弹。说到这里，阿妈斯炯对已经四十多岁的儿子伸出手，过来，儿子，过来。胆巴挪动到阿妈斯炯身边。阿妈斯炯伸手揽住了他的脑袋，抱在自己怀中，那时，我就知道，我就是把法海和尚找下山，带回村里，也不能回到干部学校了。我知道，如果我不说出孩子的父亲是谁，那也不能继续穿着好看的干部服了。哦，我在干部学校的皮箱里还有一套崭新的干部服一次都没穿过呢。

年已四十多岁的胆巴鼻子发酸，在阿妈斯炯怀中说出了该在他童年少年时代的艰难时刻就说出的话，我爱你，阿妈，你有没有觉得我也是一个洛卓，一个宿债？

不，不，阿妈斯炯猛烈摇头，你在我肚子里的时候，我还没见过你，那时，我只能想，这是我的又一份宿债。真的，我只能那么想。让我怀上你的男人，还有干部学校，都是专讲大道理的，但我知道我肚子里有了一个人的时候，我只知道，我又走上我母亲的道路了，她带到这个世界上两个没有父亲的孩子。我只能想，这是我的一份宿债。我的宿债让我犯了这些不该犯的错。我不该让一个有妻子的男人在我身上播种，我不该跑到山上去寻找一个该由警察去寻找的和尚。

一生中第一次，胆巴靠在母亲怀中流下泪来。

好孩子，你哭吧。从知道有了你那一天，我就告诉自己我要坚强，我也一直告诉一天天长大的你，要坚强。现在，你哭吧。

娥玛也挪过身子来，靠在阿妈斯炯怀中，哭了起来。

阿妈斯炯亲吻媳妇的脸，尝到了她潸然而下的泪水的味道。她说，知道吗，我生胆巴的那一夜，他法海舅舅吓坏了，跑到羊圈里和他的羊群待在一起。我把胆巴生下来，我把他抱到床上，自己吃了东西，和他睡在一起。我看见他睁开眼睛看了一眼妈妈。那时，我就知道，我的生命开始了，我不能再犯一个错了。不管我有没有欠别人的宿债，我也不会再犯一次错误了。我那些话不是对神佛，对菩萨说的，我是对自己说的。现在我知道，我那些话是对的。我的儿子长大了，给我带回来这么好的媳妇，这么漂亮的孙女。

阿妈斯炯突然转了话头，我死后，这座房子就没人住了，就会一天天塌掉吗?

胆巴说,等我退休了,就回来住在这里。

阿妈斯炯高兴起来,她笑了,我还要把蘑菇圈交给你,我要让我的蘑菇圈认识我的亲儿子。

那天晚饭,阿妈斯炯喝了酒。酒使她更加高兴起来。她突然兀自笑起来,对儿媳妇说,你知道吗?那年胆巴带了刘元萱的女儿来过这座房子。我想,雷要劈树了,当哥哥的想娶妹妹了。我对自己说,上天真要把我变成一个听天由命的老太婆,让我死去时都不能甘心吗?

胆巴说,哦,阿妈斯炯,我那时只是可怜她。那么多人讨厌她,我就想要可怜她。他没有说,他青春的肉体也曾热烈渴望那种人们传说中的放荡风情。

阿妈斯炯挥挥手,阻止胆巴再说下去。她说,我能把蘑菇圈放心地交给你吗?

胆巴说,我不会用耙子去把那些还没长成的蘑菇都耙出来,以致把菌丝床都破坏了。

是啊,那些贪心的人用耙子毁掉了我一个蘑菇圈。

我也不会上山去盗伐林木,让蘑菇圈失去阴凉,让雨水冲走了蘑菇生长的肥沃黑土。

是啊,那些盗伐林木的人毁掉了我第二个蘑菇圈。我担心的不是这个,我担心你的合作社。阿妈斯炯对娥玛说,你知道他想搞一个蘑菇合作社吗?

我知道,那时我刚刚认识他。

你不能让他搞这个蘑菇合作社。

胆巴想说什么,但阿妈斯炯阻止了他。我要你听我说,我不要你现在说话。我知道你的合作社不是以前的合作社。可是，你以为你把我的蘑菇圈献出来人们就会被感动，就会阻止人心的贪婪？不会了。今天就是有人死在大家面前，他们也不会感动的。或者，他们小小感动一下，明天早上起来，就又忘记得干干净净了！人心变好，至少我这辈子是看不到了。也许那一天会到来，但肯定不是现在。我只要我的蘑菇圈留下来，留一个种，等到将来，它们的儿子孙子，又能漫山遍野。

胆巴告诉阿妈斯炯，如今，政府有了新的办法来保护环境，城镇化。这也是真的，胆巴副县长正主抓的工作之一，就是把那些偏僻的和生态严重恶化的村庄的人们往新建的城镇集中。把那些被砍光了树的地方还给树。把那些将被采光蘑菇的地方还给蘑菇去生长。

阿妈斯炯说，我老了，我不想知道你说的这些事。我一辈子都没有弄懂过这个世界上的许多事，我只要你看护好我最后的蘑菇圈。

又过两年。胆巴升职了，他去邻县当了县长。他离家远了，五百公里外，任职的那个县和家乡县中间还隔着一个县。隔一段时间，他都要接母亲来住一段时间。每回，阿妈斯炯都住不长。冬天，她说，天哪，再不回去，这么大的雪要把我院子的栅栏压坏了。春天，她说，再不回去，那些荨麻会长满院子，封住我家门了。更不要说松茸季快到的秋天，天哪，我想它们了。孙女问，奶奶的它们是谁？阿妈斯炯说，奶奶的它们是那些蘑菇，它们高高兴兴长出来，可不想烂在泥巴里，把自己也变成泥巴。

胆巴县长只好派车送她回去。

二〇一三年，胆巴再次升职，这回是另一个自治州的副州长了。这回，中间隔了五个县，一千多公里了。阿妈斯炯说，天哪，你非得隔我越来越远吗？胆巴说，不是我隔你越来越远，是世界变小了。阿妈斯烔说，哦，那不是越来越拥挤了吗？阿妈斯烔问孙女，就是因为这个缘故，你才要嚷嚷着要去美国念书吗？哦，你去吧，一个老太婆怎么拦得住这个变小的世界啊。孙女说，我就是想看这个世界有多大！

阿妈斯烔说，哦，你爸爸可不是这样说的，他说这个世界变小了。

孙女说，爸爸骗你的，世界很大。

哦，他总是胡说什么世界变小了。哦，这一次他没有骗我，我知道，人在变大，只是变大的人不知道该如何放置自己的手脚，怎么对付自己变大的胃口罢了。只是，我跟不上趟，我还要活在自己的世界里。说完这些话，阿妈斯烔起身回家。

是的，这是二〇一三年，气势浩大的夏天将要过去，风已经开始变得凉爽，这是说，初秋，也就是一年一度热闹的松茸季又要来到了。

离村口远远的，阿妈斯烔就下了车，提着她的柳条篮子往村里走。她不想让村里人看见她是坐着官车回来的。她过了桥，手扶着桥上的栏杆时，摸到了温暖的阳光。她走过村里的麦田。现在的麦子不是当年的麦子。这些麦子都是新推广的良种，植株低矮，穗子饱满沉重。没有风。她身上宽大的袍子和手里篮子碰到了那些深深下垂的饱满麦穗，窸窸作响。

在村口的核桃树下，她小坐一阵，她仰脸对着蓝色的深空说，天哪，我爱这个村子。

还没走到家门口，她就闻到了阵阵浓烈的青草的味道。

她熟悉这种味道。那是很久很久以前，没有公路以前的年代，她还是小姑娘的年代。村子里还有驿道穿过，村东头还有条小街和几家店铺的年代。她在吴掌柜家帮佣，替来往的马帮准备饲草。镰刀下的青草散发出来的就是这种味道。还有就是机村那个饥荒年,人们收割没有结穗的麦草时的味道。现在,鼻腔里充满的这种味道让她停下脚步,身子倚在院墙边,阿妈斯炯对自己说,我是不是要死了。

她听见一个声音说,还不到时候呢。

她说,那我怎么闻见了以前的味道。

阿妈斯炯推开院门,见到的是村子里两个野小子,现在却弯腰在她的院子中,挥动镰刀刈除她不在的这一个多月院子里长满的荒草。牛耳大黄、荨麻和苦艾。就是那些被割倒的草,在阳光下散发出强烈的味道。

这两个野小子几次跟踪她,想发现她的蘑菇圈,这会儿,他们直起腰来对着她傻笑。

阿妈斯炯说,坏小子,你们就是替我盖一座房子,我也不会带你们去想去的地方。

这时自己家的楼上有人叫她,阿妈斯炯!是我,我来看你来了!

恍若是当年工作队在时的情形,从楼上窗口,露出一张白花花的脸。上楼的时候,阿妈斯炯嘀咕说,哪有来探望人的人先进了家门!她的头刚升上楼梯口,便手扶栏杆停下来,要看看是谁如此自作主张。那个人已经在屋里生起了火,此时正背着光站在窗口,让阿妈斯炯看不清脸。阿妈斯炯说,主人不在,得是我们家的鬼,才能随便进出这所房子呢。

那人迎上来,说,阿妈斯炯,我们正是一家人啊。

这回,阿妈斯炯看清了,这是个女人。一个松松垮垮的身子,一张紧绷绷亮铮铮的脸,你是谁?

你记不得我了,我跟胆巴哥哥来过你家,我是丹雅!

阿妈斯炯不知道自己脾气为何这般不好,她听见自己没好气地说,哦,那时你可是没把他当成哥哥。

丹雅笑起来，是啊，那时我爸爸都吓坏了。

阿妈斯炯坐下来，口气仍然很冲，这回，你是为我的蘑菇圈来的吧。

丹雅摇摇手，有很多人为了蘑菇圈找你吗？

没有很多人，可来找我的，都是想打蘑菇圈的主意！

丹雅说，我要跟你老人家说说我自己，我不是以前那个男人们白天厌恶，晚上又想得不行的女人了，我现在是自己公司的董事长和总经理。

阿妈斯炯说，哦，我大概知道总经理是干什么的，可董事长是个什么东西？

董事长专门管总经理。

阿妈斯炯笑了，姑娘，你自己管自己？好啊，好啊，女人就得自己管好自己，不是吗？

得了，阿妈斯炯，你老人家就不能对我好一点吗？我是你儿子的亲妹妹！也许你恨我们的爸爸，可他已经死了。

阿妈斯炯沉默，继之以一声叹息，可怜的人，我们都会死的。

你要死了，蘑菇圈怎么办？我知道你会怎么说，交给胆巴照顾。他照顾不了你的蘑菇圈，他的官会越当越大，他会忘记你的蘑菇圈。

阿妈斯炯像被人击中了要害，一时说不出话来。

丹雅说，阿妈斯炯，你知道什么最刺激男人吗？哦，你是个大好人，大好人永远不懂得男人，他们年轻时爱女人，以后爱的就是当官了。你的儿子，我的胆巴哥哥也是一样。

阿妈斯炯生气了，那就让它们在山上吧。以前，我们不认识它们，不懂得拿它们换钱的时候，它们不就是自己好好在山林里的吗？

我的公司正在做一件事情，以后，它们就不光是在山林里自生自灭，我要把它们像庄稼一样种在地里。

丹雅带着阿妈斯炯坐了几十公里车去参观她的食用菌养殖基地。塑料大棚里满是木头架子。木头架子上整齐排列的塑料袋装满了土，还有各种肥料。工人在那些塑料袋上用木签扎孔，把菌种，也就是广口玻璃瓶中的灰色菌丝用新的木签扎进袋子里。

阿妈斯炯说，丹雅，你的孢子颜色好丑啊！

孢子？什么是孢子？

阿妈斯炯带一点厌恶的表情，指着她的菌种瓶，就是这个东西。

这是菌种！我亲哥的妈妈！

孢子，总经理姑娘，它们的名字就是孢子。我的蘑菇圈里，这些孢子雪一样的白，多么洁净啊。

好了，你说看起来干净就行了。

洁净不是干净，洁净比干净还干净。

你真是一个自以为是的老太太。

我都要死的人，还不能自以为是一下？

丹雅说，阿妈斯炯我喜欢你。

哦，可你还没有让我喜欢上你。

在另一个塑料大棚中，阿妈斯炯看到了那些木头架子上的蘑菇。那是一簇一簇的金针菇。看上去，白里微微透着黄，真是漂亮。

可阿妈斯炯并不买账。她说，蘑菇怎么会长成这种奇怪的样子。没有打开时，像一个戴着帽子的小男孩，打开了，像一个打着雨伞的小姑娘，那才是蘑菇的样子。

丹雅带阿妈斯炯到另一个长满香菇的架子跟前，它们像是蘑菇的样子了吧。

哦，腿这么短的小伙子，是不会被姑娘看上的。

封闭的大棚里又热又闷，阿妈斯炯说，好蘑菇怎么能长在这样的鬼地方，我要透不过气来了。

丹雅扶着阿妈斯炯来到大棚外面。棚子外面，一条溪流在柳树丛中欢唱奔流。阿妈斯炯在溪边洗了一把脸。又上车回机村。那天晚上，丹雅就住在了阿妈斯炯家。晚上，丹雅问阿妈斯炯恨不恨爸爸。阿妈斯炯摇头，恨一个死人是罪过。

我是说他活着的时候。

阿妈斯炯犹疑一阵，说，要是恨他，我自己就活不成了。

那你爱过他吗？

阿妈斯炯一点都不犹豫，没有。

那天夜晚，同一个屋顶下的两个女人都没有睡好。早上，丹雅起床的时候，火塘边壶里的茶开着，却没有人。她洗漱化妆，在一面小镜子中端详自己的时候，阿妈斯炯上楼来了。她说，昨晚我梦见新鲜蘑菇长出来了。上山去，它们真的长出来了。阿妈斯炯打开一张驴蹄草翠绿的叶子，露出来这一年最早出土的两朵松茸。修长的柄，头盔样还没有打开的伞。顶上沾着几丝苔藓，脚上沾着一点泥土。

瞧瞧，它们多么漂亮！阿妈斯炯打开这些叶片，亮出她的宝贝时，神情庄重，姿势有点夸张。

丹雅说，知道吗，阿妈斯炯你这样有点像电影里的外国老太婆。

阿妈斯炯听得出来她语含讥讽。她说，我看过电影，看到过有点装腔作势的外国老太婆，姑娘，那是一个人的体面。

几只蘑菇如何让一个人变得体面？

姑娘，不要笑话人。一个人可以自己软弱，看错人，做错事，这没什么，神佛会饶恕，因为犯错的人自己咽下了苦果。可是一个人要是笑话人，轻贱人，那是真正的罪过。乡下老太婆也不全是你电视里看到的那种哭哭啼啼，悲苦无告的样子！

丹雅被这几句话镇住了，她脸上挂着难堪的笑容，说，真像电影里的人在说话，那些外国老太婆。

中国老太婆就不会说人话？哦，姑娘，你真像是那该死的工作组长，自以为是，目中无人。我看到那个该死的人把这些不好的东西都传到了你身上了。

这句话把丹雅镇住了。她无话可说，打开化妆盒往脸上刷粉，她停不下手，以至于脸上再也挂不住，都洒落在她衣服前襟和暴露的胸脯上了。

阿妈斯炯开始做早餐，她调上面糊，把新鲜蘑菇切成片，搅和在里面，然后，在化了新鲜酥油的平底锅里滋滋摊开。她说，这是孙女和她一起研究出来的食谱。对，她还是你的亲侄女呢。你的亲侄女说，这叫机村比萨。

我的亲侄女，机村比萨？

别往脸上涂那些东西了。灰尘能遮住什么？风一吹，雨一淋，什么都露出来了，坐下来吃饭吧。

丹雅坐下来，和阿妈斯炯一样细嚼慢咽。然后，她发出了由衷的赞叹。

这一次，丹雅在阿妈斯炯家待了三天。她没有谈生意上的事情，就是吃各种做法的松茸以及种种不那么值钱的蘑菇。

二〇一四年，新的蘑菇季到来的时候，村里的道路拓宽了，还新铺了硬化的水泥路面。这使得丹雅可以一直把小汽车开到阿妈斯炯院子门口。这回，丹雅还带来了胆巴的继任者，新任的县长。

新县长说，我终于见到声名远扬的蘑菇圈大妈了。

丹雅说，阿妈斯炯，我对县长说过你的机村比萨是如何美味了。

县长说，不知道我有没有这个口福。

阿妈斯炯不知道自己为什么会心里不痛快，她说，这回是不行了，今年雨水少，新鲜蘑菇要迟到了。

丹雅说，我们看到村里已经在收购松茸了。

阿妈斯炯说，那是别人的，着急的人会把没长成的松茸从土里刨出来，反正今年我的松茸是迟到了。

丹雅对县长说，县政府该下个文件，命令蘑菇不准迟到。

县长站起身，既然来了，就四处去看看，看看县政府的文件里该写些什么？

丹雅和新县长下了楼，阿妈斯炯站在窗口，看见院子里已经聚了好多人，这些人是乡政府的干部，和村里的干部。一群人跟在县长和丹雅后面，出了院子，穿过村子，上山去了。这些人一直在半山上逛来逛去，中午到了也没有下山。只有丹雅和村干部下山来了。村干部弄了午饭送上山去。丹雅就在阿妈斯炯家休息。她穿着硬邦邦的皮鞋，在山上走得把脚磨破皮了。

阿妈斯炯问丹雅，她弄这么一干人到山上去干什么。

丹雅说，他们来找你的蘑菇圈。

阿妈斯炯弄不准她是认真的，还是只是一句玩笑话。但她心想，我的蘑菇，谁也找不见。她说，我知道，你们就是不肯死心，还要弄那个该死的合作社。

丹雅笑了，你的亲儿子都搞不成的事，我还敢想？我不搞什么合作社，我不搞什么公司加农户，这都是些小打小闹的小生意，我要做的是大生意，大事情。

你真的不是来打我那些蘑菇主意的。

阿妈斯炯啊，你说说，你那些蘑菇一年能挣几个钱？

几个钱？两万多块是几个钱？

阿妈斯炯啊，如今我要挣的是一百个两万，我想挣的是一千个两万。

我们这山上哪有你想要的那么多钱。

丹雅很得意，真正的大钱都不是一样一样买东西挣来的。会挣的，不挣那种辛苦钱。如今发大财的，都不是挣辛苦钱的人。阿妈斯炯，时代不同了！

阿妈斯炯说，时代不同了，时代不同了，从你那个死鬼父亲带着工作组算起，没有一个新来的人不说这句话。可我没觉得到底有什么不同了。

丹雅列举种种新事物，从公路到电话，到电视机，到汽车，到松茸和羊肚菌都能卖到以前百倍的价钱，她说，你真的没有看到这些变化吗？

我只想问你，变魔法一样变出这么多新东西，谁能把人变好了？阿妈斯炯说，谁能把人变好，那才是时代真的变了。

丹雅说，这样的时代真的要到来了。电脑，你知道吗，电脑。

阿妈斯炯说，我孙女，那么漂亮的女孩子，先是到别人菜园子里偷菜，后来干脆在上面杀人！

这么跟你说吧，将来把缩小的电脑装在人脑子里，叫他做什么他就做什么，叫他想什么他就想什么！

阿妈斯炯笑起来，你的话有点像那些自诩法力无边的喇嘛了！

那么，还是说说你的蘑菇圈吧。

对了，这才是你，说到底还是在打我蘑菇圈的主意了。

我不要你的蘑菇圈，我要做的这件事，有时需要借用一下你的蘑菇圈。阿妈斯炯，容我把话说完。我只是借你的蘑菇圈用一下，不要你一朵蘑菇。

借用？一个搬不动的蘑菇圈，怎么借用？

我现在还不能告诉你。今年我还用不上。或许，明年我就用得上了。也许，到你死的时候，我还用不上呢。这只是我的一个创意，一个想法。

阿妈斯炯松了口气，那就等我老太婆死了以后吧。

丹雅说，你真想死的话，死前我们娘俩得签个协议，你死后，我有蘑菇圈的使用权。

阿妈斯炯说，你们连死人都不肯放过啊！

丹雅说，听胆巴说，你给孙女存了一笔钱，可以告诉我有多少吗？

我不告诉你，反正够她上大学了。

我猜猜，你自己说了，你的蘑菇圈一年能挣两万多块钱，现在有二十万？三十万？你的孙女也是我的侄女，我的亲侄女。她想的是到外国上大学，美国、英国、法国，都是最先进的国家。阿妈斯炯啊，你那点钱，要是在外国，交一年的学费就花光了！你知道在外国念大学要多少年？！

阿妈斯炯说，我不知道。

如果读到博士，要十年！

那她年轻的时候，除了读书，什么都不干？

这时，县长一行从山上下来，丹雅便不想再跟阿妈斯炯交谈，要去迎县长了。临走，丹雅还对阿妈斯炯说，想想我说的话。

阿妈斯炯生气了，我不准你打我蘑菇圈的主意。

丹雅也拉下脸来，你的蘑菇圈？阿妈斯炯，山是你的吗？那是国家的。国家真要，你拦得住吗？

这句话弄得阿妈斯炯忧心忡忡。

整个蘑菇季，丹雅没有再出现，国家也没有来宣布这座山的权属。但村子里已经在传说，机村山上盛产松茸的栎树林将要被圈起来。圈起来干什么？机村人当然记得，多年前，宝胜寺在胆巴的帮助下，把寺院后山圈起来，封山育林，寺院靠这个垄断了山上的松茸资源。其实，丹雅的公司要做的是一个机村人和其他人都不太懂的项目。这个项目叫做野生松茸资源保护与人工培植综合体。这些字明明白白写在丹雅公司送给县政府的策划书上。但人们都说不好这个复杂的新词句，自然也无从讨论这件事情。这好比一个人不在场，人们又弄不清她的名字，那么，人们怎么可能聚在一起议论一个人呢？

再者说，这件事情在二〇一四年并未付诸行动。因为这个综合体还只是丹雅公司弄出来的一个策划案。这个方案要得到政府的审批，审批后更需要申请国家农业口的扶持资金，以及银行贷款。这个综合体项目的实施，就算是一切顺利，也要等到二〇一五年或者二〇一六年。或者，永远也不会实现。松茸的人工培植，在世界范围内都还没有实现。在丹雅的设计中，她是要把这个阿妈斯炯的蘑菇圈圈在她的综合体内。二〇一五年或二〇一六年，她就要带着政府和银行的官员来参观正在生长野生松茸的蘑菇圈。那时，她要当场宣布，丹雅公司已经成功地在野外条件下人工培植松茸，等到技术成熟稳定后，就要进行面对市场的批量化生产。

那时，丹雅公司就不愁筹不到大笔的资金，等这些资金到手，她就可以垄断区域性的松茸市场，不但如此，她还可以把用不完的钱投到更赚钱的生意上面。

阿妈斯炯，以至全机村没人能弄得懂这么复杂的生意经，所以，蘑菇季到来的时候，他们还是按照惯常的方式争先恐后上山采松茸，同时看到政府干部和丹雅公司的人在山上勘测，用仪器测量，画线打桩。

要是把这些标了一个个号码的木桩用铁丝连接起来，几乎把机村能生松茸的地方都包括在内了。

机村人开玩笑说，阿妈斯炯啊，这个蘑菇圈可比你的蘑菇圈大多了！

阿妈斯炯说，我年纪大了，要真满山都种满了松茸，我也就不用上山了。

你上不动山的时候，会把你的蘑菇圈告诉我们吗？

阿妈斯炯坚决摇头，不，等你们把所有蘑菇都糟蹋完了，我的蘑菇圈就是给这座山留下的种。

乡亲们不便反驳，因为他们知道，再这样下去，再过些年，也许满山就只剩下阿妈斯炯的蘑菇圈里还有松茸在生长了。

他们自己解嘲说，我们不操这个心，也许没有了松茸的时候，这山上又有什么别的东西值钱了呢？

阿妈斯炯摇手，那就祈祷老天爷不要让我活到那一天。

蘑菇季快结束的时候，阿妈斯炯拿起手机，她想要给胆巴打个电话。

她要告诉儿子，自己腿不行了，明年不能再上山到自己的蘑菇圈跟前去了。

她发现，这一回，跟她年轻时处于绝望的情境中的情形大不相同。心里有些悲伤，但不全是悲伤。心里有些空洞，却又不全是空洞。

两个小时前，她从山上下来的时候，连摔了几跤。不是在雨后泥泞的倾斜的山道上不小心滑倒，也不是在草坡上被那些纠缠的草棵绊倒，是她的老腿没有力量支撑得住自己的身子而倒下的。倒下后，她也没有力气马上让自己站起身来，或是护住柳条筐中的松茸。她眼睁睁地看着倾倒的筐子中，松茸一只只滚出了筐子，滚下山坡。当她挣扎着站起身来，收捡那些四散开去的松茸时，又一次次感到膝盖发酸发软，终于又瘫倒在地上。阿妈斯炯倒在草地上，她支撑起身子后，雨后的太阳出来了，照耀着近处的栎树、杉树和柳树，照着远山上连成一片的树，满眼苍翠。而在这空蒙的苍翠之上，还横着一条艳丽的彩虹。她听见自己说，斯炯啊，这一天到来了。

阿妈斯炯在山坡上休息了很久时间，然后终于还是把那些失落的松茸捡回到筐子里，回到了家里。她又花了很长时间，才把自己身上弄干净了。这才拿起了手机。

这只手机是胆巴买来专门留给她的。

她从来只是在儿子，或者儿媳，或者孙女打来电话时，在叮叮当当的响亮的音乐声中拿起电话，和他们说话。也就是说，阿妈斯炯不知道怎么用手机往外打电话。夕阳西下时分，她拿着手机出了门，在村道上遇到一个人，她就拿出手机，请帮忙给胆巴打个电话，我要跟他说话。

人家说，阿妈斯炯啊，我们没有胆巴的电话号码。

直到在村委会遇见村长，这才让人家帮着把电话打通了。

她说，胆巴呀，看来我要把蘑菇圈永远留在山上了。

胆巴很焦急，阿妈生病了吗？

阿妈斯炯觉得自己眼睛有些湿润，但她没有哭，她说，我没有病，我好好的，我的腿不行了，明年，我不能去看我的蘑菇圈了。

阿妈斯炯，你不要伤心。

儿子，我不伤心，我坐在山坡上，无可奈何的时候，看见彩虹了。

阿妈斯炯听见胆巴说话都带出了哭声，他说，阿妈斯炯，我的工作任务很重，我离不开我的岗位，不能马上来看你！你到儿子这儿来吧！

阿妈斯炯因此很骄傲，她关掉电话，说，我有个孝顺儿子，我一说我的腿不行了，他就哭了。她从村委会出来，慢慢走回家去，一路上，她遇到的五个人，她都说，我对胆巴说我的腿不行了，胆巴是个孝顺儿子，他都哭起来了。

第二天，丹雅就上门了。

丹雅带了好多好吃的东西，阿妈斯炯，我替胆巴哥哥看望你老人家来了。胆巴哥哥让我把你送到他那里去。

阿妈斯炯说，我哪里也不去，我只是再也不能去找我的蘑菇圈了。

丹雅说，那么让我替你来照顾那些蘑菇吧。

阿妈斯炯说，你怎么知道如何照顾那些蘑菇？你不会！

丹雅说，我会！不就是坐在它们身边，看它们如何从地下钻出来，就是耐心地看着它们慢慢现身吗？

阿妈斯炯说，哦，你不知道，你怎么可能知道！

丹雅说，我知道，不就是看着它们出土的时候，嘴里不停地喃喃自语吗？

阿妈斯炯说，天哪，你怎么可能知道！

丹雅说，科技，你老人家明白吗？科学技术让我们知道所有我们想知道的事情。

阿妈斯炯说，你不可能知道。

丹雅问她，你想不想知道自己在蘑菇圈里的样子？

阿妈斯炯没有言语。

丹雅从包里拿出一台小摄像机，放在阿妈斯炯跟前。一按开关，那个监视屏上显出一片幽蓝。然后，阿妈斯炯的蘑菇圈在画面中出现了。

先是一些模糊的影像。树，树间晃动的太阳光斑，然后，树下潮润的地面清晰地显现，枯叶，稀疏的草棵，苔藓，盘曲裸露的树根。阿妈斯炯认出来了，这的确是她的蘑菇圈。那块紧靠着最大栎树干的岩石，表面的苔藓因为她常常坐在上面而有些枯黄。现在，那个石头空着。一只鸟停在一只蘑菇上，它啄食几口，又抬起头来警觉地张望四周，又赶紧啄食几口。如是几次，那只鸟振翅飞走了。那只蘑菇的菌伞被啄去了一小半。

丹雅说，阿妈斯炯你眼神不好啊，这么大朵的蘑菇都没有采到。她指着画面，这里，这里，这么多蘑菇都没有看到，留给了野鸟。

阿妈斯炯微笑，那是我留给它们的。山上的东西，人要吃，鸟也要吃。

下一段视频中，阿妈斯炯出现了。那是雨后，树叶湿淋淋的。风吹过，树叶上的水滴簌簌落下。阿妈斯炯坐在石头上，一脸慈爱的表情，在她身子的四周，都是雨后刚出土的松茸。镜头中，阿妈斯炯无声地动着嘴巴，那是她在跟这些蘑菇说话。她说了许久的话，周围的蘑菇更多，更大了。她开始采摘，带着珍重的表情，小心翼翼地下手，把采摘下来的蘑菇轻手轻脚地装进筐里。临走，还用树叶和苔藓把那些刚刚露头的小蘑菇掩盖起来。

看着这些画面，阿妈斯炯出声了，她说，可爱的可爱的，可怜的可怜的这些小东西，这些小精灵。她说，你们这些可怜的可爱的小东西，阿妈斯炯不能再上山去看你们了。

丹雅说，胆巴工作忙，又是维稳，又是牧民定居，他接了你电话马上就让我来看你。

阿妈斯炯回过神来，问，咦！我的蘑菇圈怎么让你看见了？

丹雅并不回答。她也不会告诉阿妈斯炯，公司怎么在阿妈斯炯随身的东西上装了GPS，定位了她的秘密。她也不会告诉阿妈斯炯，定位后，公司又在蘑菇圈安装了自然保护区用于拍摄野生动物的摄像机，只要有活物出现在镜头范围内，摄像机就会自动开始工作。

阿妈斯炯明白过来，你们找到我的蘑菇圈了，你们找到我的蘑菇圈了！

如今这个世界没有什么是找不到的，阿妈斯炯，我们找到了。

阿妈斯炯心头溅起一点愤怒的火星，但那些火星刚刚闪出一点光亮就熄灭了。接踵而至的情绪也不是悲伤。而是面对一个完全陌生的世界那种空洞的迷茫。她不说话，也说不出什么话来。

只有丹雅在跟她说话。

丹雅说，我的公司不会动你那些蘑菇的，那些蘑菇换来的钱对我们公司没有什么用处。

丹雅说，我的公司只是借用一下你蘑菇圈中的这些影像，让人们看到我们野外培植松茸成功，让他们看到野生状态下我公司种植的松茸怎样生长。

阿妈斯炯抬起头来，她的眼睛里失去了往日的亮光，她问，这是为什么？

丹雅说，阿妈斯炯，为了钱，那些人看到蘑菇如此生长，他们就会给我们很多很多钱。

阿妈斯炯还是固执地问，为什么？

丹雅明白过来，阿妈斯炯是问她为什么一定要打她蘑菇圈的主意。

丹雅的回答依然如故，阿妈斯炯，钱，为了钱，为了很多很多的钱。

阿妈斯炯把手机递到丹雅手上，我要给胆巴打个电话。

丹雅打通了胆巴的电话，阿妈斯炯劈头就说，我的蘑菇圈没有了。

我的蘑菇圈没有了。

电话里的胆巴说，过几天，我请假来接你。

过几天，胆巴没有来接他。

胆巴直到冬天，最早的雪下来的时候，才回到机村来接她。离开村子的时候，汽车缓缓开动，车轮压得路上的雪咕咕作响。阿妈斯炯突然开口，我的蘑菇圈没有了。

胆巴搂住母亲的肩头，阿妈斯炯，你不要伤心。

阿妈斯炯说，儿子啊，我老了我不伤心，只是我的蘑菇圈没有了。